U0083882

古典詩歌研究彙刊

第一輯

龔鵬程 主編

第1冊

近五十年台灣地區古典詩學研究概況
——以1949～2006年碩博士論文為觀察範疇

林淑貞 著

國家圖書館出版品預行編目資料

近五十年台灣地區古典詩學研究概況——以 1949～2006 年碩
博士論文為觀察範疇／林淑貞 著 — 初版 — 台北縣永和市：
花木蘭文化出版社，2007〔民 96〕

目 2+238 面；17×24 公分（古典詩歌研究彙刊 第一輯：第 1 冊）

ISBN-13：978-986-7128-92-8（全套：精裝）
ISBN-13：978-986-7128-72-0（精裝）
1. 中國詩 – 歷史 2. 中國詩 – 評論

820.91   96003205

ISBN - 9867128720

9 789867 128720

古典詩歌研究彙刊
第 一 輯　第 一 冊　　　　　ISBN：978-986-7128-72-0

近五十年台灣地區古典詩學研究概況
—以 1949～2006 年碩博士論文為觀察範疇

作　　者　林淑貞
主　　編　龔鵬程
校　　稿　陳怡安
編　　表　陳怡安、饒家維、呂尹甄
出　　版　花木蘭文化出版社
發 行 所　花木蘭文化出版社
發 行 人　高小娟
聯絡地址　台北縣永和市中正路五九五號七樓之三
　　　　　電話：02-2923-1455／傳眞：02-2923-1452
電子信箱　sut81518@ms59.hinet.net
初　　版　2007 年 3 月
定　　價　第一輯 20 冊（精裝）新台幣 28,000 元

近五十年台灣地區古典詩學研究概況
——以1949～2006年碩博士論文為觀察範疇

林淑貞 著

作者簡介

林淑貞，台北市人，國立台灣師範大學文學博士，現任中興大學中文系副教授。研究方向以中國詩學為主，旁涉寓言、唐傳奇、現代文學；撰有《林昌彞詩論研究》、《詩話論風格》、《中國詠物詩「託物言志」析論》、《寓莊於諧：明清笑話型寓言論詮》、《表意·示意·釋意：中國寓言詩析論》等書，與林文寶等人合著《台灣文學》。

提　　要

　　本書旨在勾稽台灣地區近五十年攸關古典詩學之研究概況，冀能鋪展台灣學位論文之研究成果、價值與意義，提供學者開發議題之參考。選述範圍以古典詩學之研究為主，不含《詩經》、《楚辭》、詞、曲、賦等廣義之詩歌。若有跨文類之研究，亦在選述之內。起迄時間起自遷台以後之學位論文迄 2006 年止；論述理序以時代為經線，以體類為緯線；分為兩漢、魏晉南北朝、隋唐五代、兩宋、金元明、清朝；再就各代所呈現的內容依序擘分為詩家、主題、體式、流派、其他共五項來分別述評。又因台灣本土意識抬頭，另立台灣古典詩學一類，亦序以體類，若有跨類者，咸以專家詩為首，續以主題、體式、流派為序，無法歸類或宏觀論述者置「其它」一類。資料來源，以國家圖書館碩博士論文網站之檢索系統為主。文末附有學位論文一覽表，可資對照參考。

俯貽則於來葉，仰觀象乎古人

《古典詩歌研究彙刊》第一輯　序

郭英德

　　詩歌是人的心靈之音，是人籟與天籟的和鳴。沒有詩歌的國家是貧瘠的國家，沒有詩歌的時代是蕭瑟的時代，沒有詩歌的靈魂是乾涸的靈魂。

　　至少從魏晉南北朝時期開始，中國已堪稱詩歌大國，詩歌成爲人們日常交際的工具和自身才華的表露，甚至成爲人們社會身份的標誌和生命存在的象徵。對於古代中國人來說，詩歌早已深深地流溢在他們生活的每一個角落，滲透到他們生命的每一個細胞，詩歌甚至就是他們的生活本身、生命本身。因此，透過千百年來林林總總的詩歌作品，我們可以"恢萬里而無閡，通億載而爲津，俯貽則於來葉，仰觀象乎古人"（陸機《文賦》），把握中國文化的深厚精要，探視中國古人的博大心靈，從而汲取精深廣博的精神資源，再建輝煌燦爛的中華文明。從這個意義上說，閱讀古典詩歌，感悟古典詩歌，解析古典詩歌，正是我們登入中國文化殿堂的入口，觸摸中國古人心靈的滑鼠。

　　正因爲如此，在中國古典文學研究領域中，詩歌研究一直炙手可熱，長盛不衰。一代又一代學人"思接千古"，陶醉於中國古典詩歌的豐厚遺產，沉浸在與古代詩人的心靈對話之中，發掘出無數熠熠發光的精神寶藏。

　　《古典詩歌研究彙刊》（第一輯）呈現給讀者諸君的這十六部臺灣各大學的碩士、博士論文，都是以中國古典詩歌作爲主要研究對象

的。它們不僅接續了 20 世紀以來中國古典詩歌研究的深厚傳統,更展示了 21 世紀之初青年學子的明睿智慧。也就是說,它們是傳統的,也是現代的,是傳統與現代碰撞、對接、交融的結晶。

這十六部論文大致可以分為三種類型:一是側重探討古典詩歌文本自身的審美魅力,二是潛心發微古代詩人人格與風格之關係,三是深入思考古代詩學理論的豐富內涵。這三種類型共同的聚焦點,就是古典詩歌的審美意蘊和藝術精神。

中國古典詩歌以其獨特的審美風貌屹立於世界詩歌之林,千百年來一直滋養著中華民族的審美精神,至今仍然煥發出不朽的魅力。這種不朽的魅力,藉助於詩歌文本而長久流傳,生命永存。因此,閱讀古典詩歌,探索古典詩歌文本自身的審美魅力,無疑是古典詩歌研究的首要命題。臺灣地區的青年學子在這方面付出了辛勤的勞動,取得了豐碩的成果。如呂怡菁的《流動與靜止——從空間感知方式論神韻詩朦朧間隔的感知與呈現方式》,以空間感知方式作為切入點,從主觀(感知)和客觀(呈現)兩方面,掘發王士禛神韻詩朦朧間隔的獨特審美意蘊,極富啟發性。吳儀鳳的《詠物與敘事——漢唐禽鳥賦研究》,從詠物與敘事兩種不同的寫作形態著眼,細緻解析漢唐禽鳥賦各自不同的審美特徵,頗能發前人所未發之覆。朱雅琪的《魏晉詩歌中的審美意識》,雖然從審美意識立論,卻著意於通過魏晉詩歌的深入考察,重新思考詩歌的本質,力圖建立一種投置於文化視域中的詩歌美學理論。陳清俊的《盛唐詩時空意識研究》,從時空感懷、時空憂患意識、時空描寫方法等方面,對盛唐詩的時空意識進行了一番新人耳目的省察。林珍瑩的《唐代茶詩研究》一文,選題頗為新穎,解析饒有情趣。林于弘的《初唐前期詩歌研究》一文,在前人研究基礎上翻進一層,也時有新見。

詩人專題研究一直是古典詩歌研究中極富吸引力的課題。在臺灣青年學子的論文中,他們最為關心的不是詩人的歷史活動,而是詩人的人格與風格之間錯綜複雜的關係。他們著力從“人”與“文”的相

互生發中，透視詩歌文本的內在精神和書寫特徵。如劉正忠的《王荊公金陵詩研究》，以王安石金陵詩爲研究對象，對其中深含的意蘊美感，別具悟解。蒲基維的《章法風格析論——以蘇軾詞、姜夔詞爲考察對象》，藉助新興的章法學理論，以剛柔論蘇軾詞與姜夔詞的章法風格，希冀確認二人詞作各領風騷的美感效果。張珮娟的《秦觀詞的回流與拓展》，從繼承與發展兩方面，探討秦觀詞在內容、藝術、風格三方面的藝術汲養與審美創新，別有慧解。王翠芳的《稼軒豪放詞風之美學研究》，從風格美、語言美、意象美諸方面深入剖析辛棄疾的豪放詞風，並考察了這種詞風形成的人格因素、審美觀念和藝術淵源。這一類型的研究往往不僅密切關注詩歌文本自身的審美意蘊，同時也著力思考詩歌文本內蘊的詩人人格和時代風貌，從而披示出特定的個性特徵和時代特徵。

在中國古典詩歌寶藏中，詩學理論的蘊含極爲豐富，它凝聚著無數詩人和哲人對詩歌本質、詩歌特徵以及詩人自身的哲思和慧解。深入思考古代詩學理論的豐富內涵，不僅有助於我們走進古人的詩學語境，更爲貼切地說解古典詩歌文本，也有助於我們汲取古典詩歌理論的豐厚滋養，溉育當今的詩歌理論。黃惠菁的《唐宋陶學研究》，通過全面考察唐宋人對陶淵明其人其詩的接受，論證陶詩"自然平淡"的風格在中國古典詩歌審美建構中的不朽價值和重要意義，極富說明力。陳美朱的《明末清初詩詞正變觀研究——以二陳、王、朱爲對象之考察》，以陳子龍、陳維崧、王士禛、朱彝尊各自不同的詩詞正變觀爲考察對象，從不同的角度探討明末清初詩詞正變觀中極爲豐富的理論內涵。而陳柏全的《清代詩話中格律論研究》、謝旻琪的《明代評點詞集研究》二文，分別就詩歌格律論、詞集評點學兩個不同的方面，對中國古典詩歌的基本文體——詩、詞——各自的詩學內涵進行了頗有意義的考索。

臺灣地區的古典詩歌研究一直有著自身延綿不絕的傳統和獨標一格的風貌。林淑貞的《近五十年臺灣地區古典詩學研究概況：以

1949～2006 年碩博士論文爲觀察範疇》，以盡可能全備的資料，考察了 20 世紀下半葉臺灣地區有關古典詩學研究的碩博士論文，爲我們展示出近五十年來臺灣地區古典詩學研究的秀麗風景。拙見以爲，收入《古典詩歌研究彙刊》第一輯的這些碩博士論文，仍然延續近五十年來臺灣地區古典詩學研究的基本路向和基本風貌，體現出臺灣古典詩歌研究者一貫的優良作風，即更爲注重古典詩歌在結構、語言、意象、格律、風格、形態以及審美意蘊、審美意識等本體層面的研究，更爲注重中國詩學自身的內蘊發微和理論建構。而這，也正是大陸地區近二十年來古典詩歌研究的一個主要走向。我相信，經過兩岸學人"仰觀象乎古人"的共同努力和潛心探究，中國古典詩歌的審美魅力將更加昭彰於世，"俯貽則於來葉"。

我在中國古典文學研究領域學步，雖然已歷近三十年，但是對博大精深的中國古典文學卻仍然僅知皮毛，尤其對豐富多彩的古典詩歌往往只能"隔岸觀火"，"不識廬山眞面目"。此次蒙好友龔鵬程博士青睞，成爲《古典詩歌研究彙刊》（第一輯）的首批讀者，得以先睹爲快，匆匆記錄下淺薄的"讀後感"，以附諸位學子之驥尾，並求質於大方之家，不勝榮幸之至。是爲序。

郭英德
2007 年 2 月 5 日於北京師範大學

《古典詩歌研究彙刊》　第一輯（20冊）書目

近五十年台灣地區古典詩學研究概況
——以1949～2006年碩博士論文為觀察範疇

林淑貞　著

作者簡介

林淑貞，台北市人，國立台灣師範大學文學博士，現任中興大學中文系副教授。研究方向以中國詩學為主，旁涉寓言、唐傳奇、現代文學；撰有《林昌彝詩論研究》、《詩話論風格》、《中國詠物詩「託物言志」析論》、《寓莊於諧：明清笑話型寓言論詮》、《表意‧示意‧釋意：中國寓言詩析論》等書，與林文寶等人合著《台灣文學》。

提　　要

　　本書旨在勾稽台灣地區近五十年攸關古典詩學之研究概況，冀能鋪展台灣學位論文之研究成果、價值與意義，提供學者開發議題之參考。選述範圍以古典詩學之研究為主，不含《詩經》、《楚辭》、詞、曲、賦等廣義之詩歌。若有跨文類之研究，亦在選述之內。起迄時間起自遷台以後之學位論文迄 2006 年止；論述理序以時代為經線，以體類為緯線；分為兩漢、魏晉南北朝、隋唐五代、兩宋、金元明、清朝；再就各代所呈現的內容依序擘分為詩家、主題、體式、流派、其他共五項來分別述評。又因台灣本土意識抬頭，另立台灣古典詩學一類，亦序以體類，若有跨類者，咸以專家詩為首，續以主題、體式、流派為序，無法歸類或宏觀論述者置「其它」一類。資料來源，以國家圖書館碩博士論文網站之檢索系統為主。文末附有學位論文一覽表，可資對照參考。

目

錄

第一章　緒　言

　　近五十年來，台灣地區古典文學之研究成果非常豐碩，無論是詩歌、小說、戲劇或散文，各有擅場，各饒風姿。本書以古典詩學研究爲範圍，檢視近五十（1949～2006）年來台灣地區攸關古典詩學之碩博士論文之概況，冀能鋪展台灣學位論文之研究成果、價值與意義，提供學者專家開發研究領域之參考。論述理序以時代爲經線，分爲兩漢、魏晉南北朝、隋唐五代、兩宋（含金代）、元明、清朝；再就各代所呈現內容依序擘分爲詩家、主題、體式、流派、其他共五項來分別述評。關於論述、取材的範疇，說明如下：

一、論述範圍

　　選述範圍以台灣地區學位（包括碩士與博士）論文爲主，不含專書、期刊論文及研討會論文。〔註1〕

　　論述的重心以研究中國古典詩學爲主，凡關涉古典詩學之研究，皆在概述之列。不選輯的部份有二，其一是《詩經》〔註2〕，其二是

〔註1〕早年陳文華教授與筆者曾擔任國科會人文學研究中心「古典詩學組」
　　　　撰寫人，有《台灣地區古典詩研究成果述評：1949～2000》一書，
　　　　論述台灣地區古典詩研究成果，含攝專書、學位論文、期刊論文、
　　　　會議論者，取材範圍較廣，本書則專以「學位論文」爲主，不涉專
　　　　書、期刊論文、會議論者等之研究成果，二者範圍不同。
〔註2〕《詩經》是中國第一本詩歌總集，也是中國文學的源頭活水，後世詩

辭、詞、曲、賦。〔註3〕本書只取狹義的詩歌定義作爲研究的範疇，以古體詩、近體詩爲主。若涉及跨文類（文、詞、賦等）或跨媒材（題畫詩、樂詩、舞曲等）研究則在選論範疇之內。〔註4〕

二、起迄年限

本書選述之起訖年限，始於遷台以後，終於民國九十五年（西元2006）爲止，在台之碩博士學位論文。論述範疇以中國古典詩學研究爲主，不以系所爲主（有非中國文學研究所），凡與詩歌有關者，一併論列。

三、敘寫理序

編寫方式以時代爲經，以體類爲緯。古典詩學研究，以詩歌之內緣及外發之素材來分，可以概分爲兩大類，第一類是針對詩歌本身及其衍生的範圍作爲研究對象，包括對歷代詩歌、詩人作品之賞析、批評、解讀等工作；第二類以詩學理論建構、評騭爲主，包括詩論之杷

歌創作率皆取法於《詩經》，或以之爲創作的典故來源，或以詩典的方式隱括入詩，或仿效其賦比興的寫作技法，《詩經》成爲不刊的鴻教，凡是中國詩歌史，皆不能錯過此一精采的論述，例如早期陸侃如與馮沅君合著的《中國詩史》將中國詩歌擘分爲三個時期來論述中國詩歌的發展概況：古代詩史、中代詩史、近代詩史。其中，古代詩史首列詩歌的源頭，次列詩經，三列楚辭、四列樂府詩，由是可知，陸、馮二氏所定義的中國詩歌是採廣義的視角，將楚辭一併列入，復次，李曰剛的《中國詩歌流變史》，第一章亦首列《詩經》；蕭榮華《中國詩學思想史》亦是從先秦的《詩經》爲論述的起始，由以上諸書所列可得知，談論中國詩歌當不能廢棄《詩經》不論，然而，《詩經》在中國學術史上是隸屬於經學，是故，談論中國經學史，亦將《詩經》含攝進去，在文學與經學的交集當中，《詩經》另有研究體系，故而不列論。

〔註 3〕廣義的詩歌範疇當中，亦有含納楚辭（例如《中國詩史》）古體詩、樂府、民歌、近體詩、乃至於詞、散曲等，本書不選論辭、詞、曲、賦等類。

〔註 4〕所謂跨文類、跨媒材者，是指兼論詩學與其他文類或媒材者。跨文類者例如《曹植詩賦研究》、《梁末羈北文士詩賦作品研究》是跨詩與賦之研究；跨媒材者例如《白居易詩歌及樂舞研究》、《黃山谷詩與書法之研究》等。

梳、創發或對歷代詩家、時代、體式、主題作銓評等研究工作。二者
雖範疇有異，實則皆是環繞詩歌爲研究對象。如果以研究內容詳分，
則又可以分爲本質論、創作論、批評論、作者論、題材體裁論、風格
論等等。由於體類紛繁，朝代綿亙，是故採用以簡馭繁的方式，以朝
代爲主綱，以各種體類爲副線，其下簡分爲：專家詩、題材（含主題
或內容）、體裁（含各種形式或格律）、流派（含時代、地域、體類之
流派）等，冀能收提綱挈領之效。若爲宏觀之論述，不標示任何朝代
者，另列「宏觀詩學」一類；若是無法分類者，列「其它」一類；而
台灣文學之研究方興未艾，特將研究台灣古典詩學另立一章論述。凡
是跨時代者，置於時代先者之列；若是跨文類者，以含括詩歌者亦論
列；若是跨論題者，以主論作爲判別標準。文末附有統整之一覽表，
可供參閱，故於文中不另標示年度、系所及相關資訊。

四、資料來源

　　以國家圖書館碩博士學位論文檢索系統爲主，依據論文摘要撰
述而成，期以客觀態度勾勒學界之研究成果，不銓評優劣，不評騭
高下。〔註5〕

〔註 5〕本書以國家圖書館碩博士學位論文網頁檢索系統爲主，擷取各論文摘
　　　　要之概述，作爲簡介之基礎，若有錯謬，尚祈各方學者專家匡謬。

第二章　兩漢詩學研究概述

　　本時期論述範圍指東西漢、建安詩人。歷史上，東漢獻帝建安年間係指西元 196 年迄 219 年，而詩學史上所指的建安體或建安詩人係指東漢末年建安年間迄魏初，其代表人物有建安七子，再加上曹氏父子諸人。若有跨漢迄魏之論，本文皆列入漢代論述。

　　本時期詩歌發展有兩條脈流，一是樂府，一是古詩。樂府原為官署之名，成立於漢武帝，以采取民間歌謠被諸管弦為主，其後，演變成凡是可歌詠、具有音樂性質的詩歌皆可稱為樂府詩，尤以魏晉六朝為多，自此以後，樂府不再是專指官署之名，而是指具有音樂性質的歌詩皆稱之。至於古詩部份，根據《昭明文選》所留存的古詩當中，又可分為五言、七言兩種，以〈古詩十九首〉為主，大率為逐臣棄婦、朋友闊絕、遊子他鄉、死生新故之感、家國亂離之痛，非一時、一地一人之作。〔註 1〕

　　本時期論文特色，以樂府及古詩之研究為多，樂府從歌詩中獨立出來，以宏觀的角度來觀察樂府詩的來源、名義、解題、分類、範圍、

〔註 1〕若依李曰剛《中國詩歌流變史》所分，古詩與樂府之區別有五：一、樂府為民間作品，古詩係士大夫階層之產物。二、樂府可歌，古詩但可誦。三、樂府多長短句，古詩多五七言。四、樂府篇義有定範，以紀功述事居多，古詩則題材廣泛，任意為之。五、樂府貴道勁，古詩尚溫雅。

內容等,以勾勒樂府詩整體輪廓;其中,有跨越時代界線總體討論漢魏六朝的樂府詩,有獨取「文人樂府」作爲研究對象。古詩部份有專取某一內容作品作爲討論對象,如「怨詩」一類,更有以專家詩作爲討論的對象。兩漢詩歌研究偏重於樂府詩研究,有《漢代樂府詩研究》、《漢代文人樂府研究》、《漢魏六朝樂府研究》〔註2〕。另外,《漢魏怨詩研究》則以兼論古詩樂府爲主要內容。以下分別概述。

壹、樂府詩研究概述

　　基本上,早年研究詩歌當中,專門以樂府爲專題研究者較少,主要是資料有限,文獻不足,是故研究起來備覺辛苦,然而在學者的努力之下,能夠開啓日後研究風潮,甚至在系所開設樂府詩成爲課程之一,可謂一大突破。漢代樂府來源有三,其一是樂府署製作郊廟宴會之樂章,其二是民間歌辭,其三是軍中的橫吹曲及朝會道路的鼓吹曲。〔註3〕

　　早年之樂府詩研究以確立樂府來源、名義、解題、分類爲主,學位論文研究樂府詩者以鄭開道《漢代樂府詩研究》〔註4〕最早,論文採宏觀的角度,對漢代樂府詩作一覽視,共分四章,第一章論述樂府詩之起源、第二章討論樂府的分類,先臚列前人對漢代樂府時的分類有蔡邕論敘漢樂、漢明帝時樂有四品、宋書樂志、吳兢〈樂府古題要解〉、鄭樵、郭茂倩等分類之不同,再論述對於前人漢代樂府詩分類法的批評。第三章主要是論述漢代樂府歌辭題解作考証的工作,並將之區分爲朝廷樂府、外來樂府、民間樂府三類別,第四章則論述漢代

〔註 2〕本部份應以論述漢代詩歌爲主,若有跨越時代之研究時,本文爲避免繁瑣,亦一併置入探究。

〔註 3〕李曰剛指「樂府」可分三種,一、廟堂樂府,包括郊廟歌、燕射歌、舞曲歌等用於郊廟宴會;二、軍中樂府,鼓吹曲用於朝會道路,橫吹曲用於軍中馬上;三、民間樂府,有相和歌、清商曲及雜曲歌等。見《中國詩歌流變史》(台北:文津出版社,1987 二版) 第二章第五節樂府的流變,頁 66。

〔註 4〕《漢代樂府詩研究》,鄭開道,1971 年,中國文化學院碩士論文。

樂府之樂理與樂性。第五章爲結論。綜觀之，該論文的研究重點有二，對於樂府之分類及歌辭題解之考證下了甚多功夫，可爲後學奠定研究的基礎。

陳義成《漢魏六朝樂府研究》〔註5〕踵繼鄭成義之後，將論題時代放大至漢、魏、六朝，文分六篇，第一篇先針對樂府官署之元始、範疇、命篇加以分類評述，第二篇論漢代樂府，第三篇論魏世樂府，第四篇論晉代樂府，第五篇論六朝樂府，第六篇爲結論，由於是採用斷代式：漢、魏、晉、六朝四個階段來論述，故體系較明確清晰，例如第二篇論漢代樂府，他將漢世分爲四大樂府歌詩：漢代房中詞樂十七章、郊祀歌十九章、鐃歌、相和歌，此中所論除了說明存佚情形，並詮解名稱、來歷、施用情況、內容風格暨文辭與形式之關涉等，甚至探討漢世樂府所反映的社會民心，所論甚爲周洽。第三篇論魏世樂府，首論樂府歌詩至建安文士化之轉變，次論三祖一王在樂府詩中的成就，兼及以外樂府作者及其作品。第四篇論晉世樂府，將之擘分爲頌揚功烈的宮庭樂府、文士樂府兩類，分別討論其代表作者及作品。第五篇論六朝樂府，分爲六朝樂府民歌、北朝樂府民歌、文士樂府三類；「六朝樂府民歌」以討論吳歌西曲之產生背景、形式與雙關語之運用情形爲主；「北朝樂府民歌」之研究，首先辨証梁鼓角橫吹曲爲北歌，次論北朝樂府民歌之內容情調，三論南北樂府之基本差異。「文士樂府」之研究首先討論樂府民歌至六朝文士化的再轉變，次論文士樂府之代表作者及其作品，有二謝、二鮑、湯惠休、王融、謝朓、梁朝蕭氏父子、徐庾父子、陳代君臣文士等人。該論文以宏觀的角度，將漢魏六朝樂府詩發展概況、代表作者、代表作品勾勒出一個研究的範疇，使後學能根據此一輪廓繼續發展、挖掘。

沈志方《漢魏文人樂府研究》〔註6〕時代斷爲漢魏二朝，以專研文人樂府爲主，第一篇先釐清樂府的分類角度，再說明文人樂府的界

〔註5〕陳義成《漢魏六朝樂府研究》，1973年，輔大中研所碩士論文。
〔註6〕沈志方《漢魏文人樂府研究》，1982年，東海大學中研所碩士論文。

說、淵源；其次分辨文人樂府與古詩、民間樂府的差別；第二篇確定兩漢、曹魏（含吳、蜀）的研究範疇；第三篇論述漢魏文人樂府的創製因緣，有樂府制度的沿革及影響、東漢的采風與文人樂府、曹魏的時代背景與文風趨勢、文人樂府的創製動機等內容；第四篇論漢魏文人樂府的創製性質，有依前曲作新歌、空無依傍的創製、文人樂府的模擬方式；第五篇論漢魏文人樂府的內涵，將內容分為慷慨任氣的襟抱、磊落使才的壯志嚮往與嗟歎、人生如寄的感逝與遊仙三類來論述。第六篇討論漢魏文人樂府的表現藝術，分從句式篇幅、辭藻、疊句形式、描寫範圍的拓展四方面將其藝術技法表出。第七篇論漢魏文人樂府的影響，歸納出：五言詩的成熟與七言詩的開展、文人樂府與依聲填詞、模擬方式與擬古傳統的確定、文人敘事樂府的濫觴、組詩形式的擴充及影響五方面。該論文的價值是將文人樂府從樂府中獨立出來論述，使能觀察漢魏文人擬樂府創作的意義與影響。

除了上述宏觀論述樂府之外，林宏安《漢代樂府歌辭新探：從娛樂與表演角度出發的研究》提供我們觀看樂府詩的新視角，指出漢代社會熱愛俗樂表演，使樂府為首的表演藝術活動在漢代非常活躍，該文分四章論述，首章檢討漢代迄今所建構的「樂府詩學」，二章論樂府在漢代活躍之情形，三章進行漢代樂府歌辭之分析與解讀，指出鑑賞漢代樂府歌辭的新方式，四章以現場表演為基礎，探討漢代樂府歌辭之語言、文字及章法藝術特色之成因背景及其表演與書寫文本之落差。復次，高靜宜〈樂府詩中採桑與採蓮之研究〉以樂府詩中採桑與採蓮相關主題之研究，指出採桑詩形成道德主題的敘寫模式與採蓮詩以突顯詩歌聲色之美有所不同。主題論述迥異宏觀論述成為研究詩歌主流。

貳、古詩研究概述

古詩研究，分作三系，其一專論〈古詩十九首〉，其二專論建安詩歌，其三論述漢魏之古風，主要以揭開漢魏情感世界及題材為主。

一、〈古詩十九首〉之研究

　　《昭明文選》卷二十九當中列有〈雜詩・古詩十九首〉，未題作者何人 (註7)，此後乃以「古詩十九首」名之，該組詩歌乃彙編而成，非一時一地一人之作，大抵表現漢代家國亂離、死生新故、遊子他鄉、朋友闊絕、逐臣棄婦之情，因詞氣哀怨，情感敦厚，遂有研究者從抒情美學修辭藝術探論。郭姿秀《古詩十九首抒情美學研究》以美學視角來探討〈古詩十九首〉之抒情特色；王莉莉《古詩十九首修辭藝術探究》以二十四種修辭方式來探論〈古詩十九首〉之「表意方法之調整」及「優美形式之設計」的藝術效果。陳瑩珠《古詩十九首語言藝術研究》分析〈古詩十九首〉文字運用技巧之用字、句法、章法所創造出來的意象與語言藝術。以上三本論文，從抒情美學與形式藝術探討〈古詩十九首〉。

二、建安詩歌之研究

　　建安時期（196～239）起自漢獻帝建安初年，迄魏明帝景初末年，共有四十四年，此一時期文學家輩出，最有名者為三曹父子：曹操、曹丕、曹植及建安七子：孔融、陳琳、王粲、徐幹、阮瑀、應瑒、劉楨。建安時期雖以辭賦為主，詩歌亦頗有可觀，整體而言，建安文學所樹立的典範為後世取法，號為「建安風骨」，以其能反映時代動亂之精神。目前有章黎文《建安詩人情感曲折研究》、彭昱萱《建安詩文中反映的社會現象》討論範疇包括詩、文二種體類。主要揭示「以詩證史，以史詮詩」的新詮釋視角。張麗敏《建安詩歌之題材類型研究》指出建安詩歌之題材類型，在「抒情系統」中有六種題材類型，在「敘事系統」中有七種題材類型，並分析其形式意義。此二論文是目前專論建安詩歌之學位論文。

三、古詩之研究

─────────────────

〔註 7〕其中有八首在《玉台新詠》當中題為枚乘作，餘者十一首為無名氏之作。未知然否，迄今仍未成定說。

　　對於古詩內容作主題研究者有高莉芬的《漢魏怨詩研究》〔註
8〕。高文論述的範圍兼及古詩與樂府，揭示漢魏怨詩之範圍、意義、
產生的因緣、內涵與外現之藝術形式、價值與地位等。張瑞蘭《漢魏
詩歌中懷鄉意識的研究》，以「懷鄉」爲論述焦點，探討漢魏懷鄉詩
歌形成原因、構成意象、藝術表現等，並歸結漢魏懷鄉詩歌特色及影
響價值。崔恩亨《漢魏思婦詩研究》以思婦爲論述焦點，進行中國古
代思婦詩的藝術傳統及其風格探討。

　　〈悲憤詩〉與〈孔雀東南飛〉是東漢敘事詩雙璧，方定君乃以二
詩爲研究範疇，撰有《悲憤詩與孔雀東南飛之研究》一文，主要集中
〈悲憤詩〉、〈孔雀東南飛〉二首敘事詩歌之研究，探究二詩之產生時
代背景、作品真僞、詩歌內容及形式闡述及女性地位、教育與婚姻等
問題。漢代之後的三國時期，著墨者甚少，目前有張娣明《三國時代
戰爭詩研究》以三國時代戰爭詩爲論述範圍，指出三國之戰爭時在主
題、觀念、筆法皆前有所承，對後世戰爭詩之題目、體制、題型、筆
法與內容多有啓發。

參、專家詩研究——以三曹爲主

　　建安文人當中，最有特色者，除曹氏父子外，尚有建安七子：孔
融、阮瑀、陳琳、應瑒、劉楨、王粲、徐幹，但是，建安七子並非皆
以詩歌名世，或是詩歌作品有限，欲以專家作爲學位論文，恐內容薄
弱，遂無問津者。目前攸關此時期的專家研究有共有六篇：《三曹詩
賦考》、《曹植詩歌與楚辭關係之研究》、《曹植詩賦研究》……等。

　　朴貞玉《三曹詩賦考》，以曹操、曹丕、曹植父子兄弟三人爲研
究對象，論述的文本（text）以詩與賦爲主，研究的內容首先考察三
曹的世系、年譜、在建安詩歌的成就與地位，其次，解析三曹攸關詩、
賦的體裁、篇名、題材、寫作時期、內容等種種問題作探究。本篇論

〔註 8〕高莉芬《漢魏怨詩研究》、政治大學中研所、1987 年。

文的成就是結合三曹一同論述，並關涉詩與賦的討論，三曹並非只有詩作。其後，三曹同論者有丁威仁《三曹時代北地文士「惜時生命觀」研究：以建安七子與曹氏父子之詩歌爲研究對象》以「惜時生命觀」爲主題，取材範圍兼及建安七子及三曹詩歌。

　　目前專研曹操者有范德芬《曹操樂府詩之研究》，以樂府詩爲主述，指出曹操詩歌具有形式之創意、內容之豐富、意境之高遠之特色。以曹丕爲專題研究者有金昭希《曹丕詩賦研究》，以橫跨詩、賦二種文體來進行曹丕研究，指出曹丕詩歌有樂府詩及徒詩二種，而樂府詩有二種風貌，其一是繼承漢樂府傳統，其一是創造文人樂府特色。徒詩則創作量較少，統整合論詩歌之體裁、內容、修辭技巧、語言風格等。辭賦的部份則探討其內容與形式的風格特色，並以文學史的角度總結曹丕在文學史上承先啓後的地位。

　　三曹作品當中，賦作以曹植爲多。吳明津在前人研究基礎上繼續努力，以專研曹植的詩、賦爲研究範圍，撰有《曹植詩賦研究》一書，從時代背景考察對曹植詩賦創作的影響，從生平探究其特殊際遇的氣質及思想，其次從意象的表現來探討其語言形式的運用，再從遊仙詩、洛神賦來討論整體精神與思想，最後就曹植的詩賦特色爲其在文學史上找到定位。另外，尚有張忠智《曹植詩歌與楚辭關係之研究》以溯源的方式討論曹植詩歌與楚辭的關係，指出曹植詩歌寫作技巧與比興手法之運用皆襲自楚辭，該論文主要探討曹植詩歌與楚辭的關係，將二者關連性勾連起來。

本章小結

　　綜合言之，兩漢詩歌研究以樂府、古詩爲主流，尤以樂府爲大宗，是故研究者比較偏愛樂府詩的研究；至於古詩由於存量有限，且眞僞莫辨，必牽涉考証問題，致使研究者較易怯步。「樂府」之研究，從宏觀的視角作跨時代研究，從漢跨越到魏代，例如沈志方《漢魏文人樂府研究》以漢魏二朝爲主；甚有跨至六朝者，例如陳義成《漢魏六

朝樂府研究》。兩漢時期專家詩研究，基本上仍以結合式的論題爲主，或結合「詩與賦」，或「詩與文」之跨文類研究爲主，且以三曹研究爲多，非單論一家一類（或一詩）之論題爲主述。題材之研究則有怨詩、情感曲折、戰爭詩、懷鄉意識、思婦詩等面向；形式之研究則有專研古詩十九首之修辭藝術、語言藝術等；從整體研究的量來考察，目前研究兩漢時期的詩歌學位論文相當有限的，主要是此時期之原典詩歌較少，影響可開挖之研究面向。

第三章　魏晉南北朝詩學研究概況

　　魏晉六朝所涵括的時間性很長，魏代有正始詩歌，以應璩、阮籍、嵇康、何晏、劉伶等人為主；兩晉有太康、永嘉、義熙三時期的詩歌可為代表，其中，太康時期主要有三張二陸二潘一左；永嘉詩人有劉琨、郭璞二人；義熙詩人有殷仲文、謝混、陶淵明等人。南朝詩人，在劉宋時期有顏延之、謝靈運、謝惠連、鮑照等人；齊代永明時期有沈約、謝朓、任昉、陸倕、范雲、蕭衍、王融、蕭琛合稱為竟陵八友，為竟陵王蕭子良之文友。梁代有蕭衍、蕭統、蕭綱、蕭繹、江淹、劉孝綽、王筠、陶宏景、王僧儒、吳均、張率、何遜等人。陳代有陳叔寶、徐陵、陸鏗、江總等人。北朝部份，北魏有溫昇；北齊有蕭慤、顏之推、邢邵、魏收、裴讓之；北周有庾信、王褒、陽休之、祖珽、劉逖等人。

　　由於橫跨的時代長、地域廣，詩家各領風騷、獨樹一幟者甚多，是故研究者亦眾多，研究面向亦呈現多樣化，不僅針對詩歌研究，尚有涉及詩學理論的探賾。本部份為求以簡馭繁，概分為詩家、題材、體裁、比較、詩論者共有五類。

壹、專家詩研究側重陶謝二家之探賾

　　魏晉六朝之專家研究以陶謝二家居多，其次有潘岳、陸機、左思、

郭璞、傅玄、顏延之、鮑照、謝玄暉、吳均、徐陵、庾信等人。而研究專家詩，可宏觀該詩家的整體詩歌成就，亦可從某一體裁、某一主題或某從某一視角來觀察。

一、陶淵明研究偏重詩歌淵源、承襲、影響研究

陶淵明（西元 365 至 427）目前傳世的作品中，詩有四卷，共計有四言詩九題九首，五言詩四十九題一百一十七首，其詩歌內容大部份展現沖淡自然的風格，以田園詩作呈現自己任眞自得的懷抱，是故後世以「田園詩人」視之，實際上，田園詩歌並未能窮盡其風格特色，因爲其詩歌亦有憤激、濃華之作品，鍾嶸《詩品》即能識其綺麗的一面；又如龔自珍〈舟中讀陶詩〉云：「莫信詩人竟平淡，二分梁父一分騷」亦能深得其個中眞味。由於陶淵明生當東晉末年，文風崇尚雕縟藻麗，而陶氏能獨幟一格，不與時風流移，故在當代未被重視，迄唐代始有注目者，將之與謝靈運視爲自然詩派之祖，地位始昇，至宋代，主平淡詩風，有宛陵詩派梅、歐諸人倡之於前，王安石繼之於後，陶氏之平淡詩風乃成爲詩歌中一種典範。是故研究者或從詩歌內容來考察其平淡的田園風格，或從詩史來考察其承傳及影響。當今研究陶氏的學位論文中，主要可區分爲三類別：一、以文學史的視角來考究其詩歌淵源、承襲、影響等定位問題，主要有王貴苓《陶淵明及其詩的探源和分析》、高大鵬《陶詩之地位與影響研究》、崔年均《陶淵明詩承襲之探析》。二、比較研究，主要有宋政憲《陶淵明與李穡詩之比較研究──以隱逸思想爲中心》、金周淳《陶淵明詩對朝鮮詩歌影響之研究》、鄭愚烈《陶謝其人其詩比較研究》，另，黃菁芬《陶淵明、謝靈運思想與詩風較論》比較陶謝思想與詩風之異同。三、從詩歌文本探析者，主要有郭偉廷《陶淵明詩文筆下古人之研究》、林月秀《陶潛生平及其詩學新論》等撰述，劉金菊《陶淵明詩修辭探究》從修辭學入手，陳麗足《陶詩中的生命層境與藝術風格》以詩歌爲主，散文辭賦爲輔，透過唐君毅對人生體驗以尋繹陶淵明精神世界中的生命軌

跡，及作品中的美感；鄭淳云《人與自然的對話：陶詩自然意象研究》討論陶詩中的自然意象，分成天文、地理、氣象、動物、植物、礦物等面向來看陶詩意象中的情思意蘊與生命風情之美。

　　以上研究屬於多元化、多向度來探論陶淵明之詩歌。

二、謝靈運研究闡述山水詩為要

　　謝靈運（西元 385 至 433 年）著有《謝康樂集》，存詩近二百首，詩歌多以雋詞麗句摹寫山水，爲山水詩之開山祖，與東晉陶淵明專寫田園風光，並稱「陶謝」，唐代的自然詩派即祖述此二人，是故，研究者除了針對詩家的生平經歷作考證之外，必不能錯過山水詩的研究。林文月《謝靈運及其詩》首開以謝靈運爲學位論文研究的風氣，儘管謝靈運在中國文學史上的褒貶不一，但是謝氏仍是研究者青睞的對象之一。林文月之研究除前言外，共分爲四部份：一、謝靈運傳，以考察謝氏的家世、少年、仕晉、仕宋時期之生平經歷。二、謝靈運詩，分從技巧、思想情感、山水詩、太康詩派之繼承者來說明其詩歌的特殊成就。三、就謝靈運與陶淵明作比較。四、謝靈運與杜甫作比較。基本上，該論文但開風氣不爲師的作用影響後學對謝靈運研究的興趣，遂有專從山水詩來討論其詩歌成就，亦有就其用典的情形作剖析，例如李光哲《謝靈運詩用典考論》；或將其政治生涯與山水詩作一關連，例如吳若梅《謝靈運的政治生涯與其山水詩的關係》、王來福《謝靈運山水詩研究》可謂新奇而多樣。

　　李光哲《謝靈運詩用典考論》指出：承襲前人字句、意境是否與「影響」或「淵源」有關連？遂大膽提出一個假設：用典可能多少與影響、淵源有關，論文乃朝向「淵源」與「影響」立論，第一章先論探源，說明「探源」與「源流」的涵義，其次說明探源的方式、成立的條件、探源的困難、意義等問題。第二章提出謝靈運詩歌探源的難題，分從傳記資料及作品來檢視。第三章則從謝靈運詩歌用典的情形，歸納出思想淵源於儒、道、佛三家思想，並從用典看其人的思想

世界。第四章針對用典說明其詩歌特色，並對魏晉之前、後用典情形作一分析，以追溯承襲前人的情形及程度。復次，吳若梅《謝靈運的政治生涯與其山水詩的關係》、王來福《謝靈運山水詩研究》、陳美足《謝靈運山水詩之研究》皆以探究謝靈運與山水詩之關涉，在此基礎上繼續挖掘。葛建國《謝靈運詩修辭探究》則從修辭視角探論謝詩特色，陶玉璞《謝靈運山水詩與其三教安頓思考研究》指出佛教是謝靈運心靈依歸，山水則是謝靈運眼耳鼻身意想望的歸宿，而其本質則為天真、單純之詩人。

三、其他專家詩研究以跨文類為多

本時期之作家風起雲湧，研究者亦多擇取某一專家作為研究範疇，其中，研究陸機者甚多，陸機現存詩有一百零四首，其中擬古題創作樂府幾佔一半，襲用古題以寓寄自己的感憤，專從詩歌文本著手研究者有陳玉惠《陸機詩研究》、陳恬義《孤弱的悲慨：陸機詩歌研究》、吳娟萍《陸機詩歌中的時間推移意識》以時間推移為切入點，論述陸機詩歌中的時間意識。跨文類研究則有王秋傑《陸機及其詩賦研究》一書，先考辨陸機生平再論其詩與賦，是屬於生平與作品平行論述的研究，而作品又非獨取詩歌而已，兼涉賦的研究。

郭璞之研究有陳秀美《郭璞之詩賦研究》、陳子梅《郭璞遊仙詩研究》。前者以詩、賦合論為主；後者以遊仙詩為主題，探論其時代背景、思想風氣及內在思想學養與遊仙詩之聯繫，指出郭璞遊仙詩的重要及地位。

鮑照之研究有金惠峰《鮑照詩研究》、陳慶和《鮑照樂府詩研究》、黃捷榕《悲情的孤憤：鮑照詩文情感研究》、張彗冠《鮑照「代言詩」研究》等。黃捷榕研究指出貫串鮑照的生命情感是「悲情的孤憤」。張彗冠《鮑照「代言詩」研究》從代言詩之對象、內涵及語言藝術指出鮑照代言對象有寒士、文士、征夫、王侯、怨婦、歌妓、羈客、俠客等八種代言對象，而其內涵則有命運悲嘆、情愛挫折、

感時傷懷、思鄉情愁、歡遊記樂等五種情懷，繼以分析其修辭技巧、心理摹寫、情事相發、情景交融等技巧，最後歸結鮑照代言詩之特色、價值、影響及其在中國詩歌發展史之地位。

　　庾信之研究有邱淑珍《庾信詩研究》、劉瑜《庾信詩探究》二文，皆綜論庾信詩歌，陳位王《庾信擬詠懷詩研究》則專論「擬詠懷詩」，內涵論其鄉關之思、仕敵之齒、歸隱之念三部份；形式則論其對仗技巧及典故種類。

　　除了陸機、鮑照、庾信之外，專家研究尚關注其他詩家，有跨文類的研究，亦有獨取詩歌研究者，有陳思穎《從詠懷詩意象探索阮籍的生命情調》，將阮籍詠懷詩八十二首分成「現實世界」及「仙隱世界」二類進行意象分析，「現實世界」有自然、人文、歷史意象；而「仙隱世界」有空間、人物、動物、植物等意象，並揭示「現實空間」意象群是詩人所感所見之眞實世界，而「虛幻空間」則是幻想所建構者，此二類呈現不同美感及詩人的特殊生命情調。

　　其他詩家之研究，有李子煌《張華詩歌研究》論述張華之生平傳記、詩歌之內容形式、藝術表現及美學特色，並探究其在混亂政局中的心靈衝突及詩歌史之定位；張嘉珊《太康英彥：三張詩文研究》以張華、張載、張協三人爲研究範疇，主要從內容題材、藝術特色進行三張之比較研究。陳淑美《潘岳及其詩文研究》、王繪絜《傅玄及其詩文研究》、郭德根《謝玄暉詩研究》、尹慶美《吳均詩之研究》、劉家烘《徐陵及其詩文研究》、范玉君《江淹詩歌研究》等。范玉君《江淹詩歌研究》從創作背景、題材內容、摹擬組詩及藝術特色等四面向著手，分析江淹詩歌呈現的是文風轉變的詩歌風貌。李曉雯《三蕭宮體詩之研究》以蕭衍、蕭綱、蕭繹三蕭之宮體詩爲研究範疇，指出其題材豐富多變、意象塑造具有巧思，且音韻之協美及修辭法則有匠心，俱見三人宮體詩之藝術美學。

　　綜合言之，本類論文的特色在結合作家與作品之研究，本諸知其人而論其世之說。

貳、題材研究豐富而多面向

本時期的詩歌風格由建安時期的慷慨多氣，逆轉一變爲正始時期玄言無爲的詩風，所謂「正始明道，詩雜仙心」(《文心雕龍‧明詩》) 即是指此。詩人在面對政治激烈的名利權勢攘奪之中，或以韜光遁世、養性全眞，以求遠離政治風暴，或以任俠睥睨世塵，展示嬉笑怒罵的姿態以對治時局，或以悲弱沈鬱之心，寫下隱而不顯的深沈哀怨與呼號，是故整體而言，展示出二種截然不同的風貌，一是沈鬱頓挫、慷慨悲歌的風格，一是超塵脫俗、遨遊太虛的風格。

太康時期，展現「采縟於正始，力柔於建安，或析文以爲妙，或流靡以自妍」(《文心雕龍‧明詩》) 的詩風，是偏於追求華辭縟采的形式走向。永嘉以後，東晉的詩風有「理過其辭，淡乎寡味」之偏枯，其後，逆轉而出，形式追求更甚於以往，成爲駢儷盛行的時代。南朝詩歌，在詩歌的題材展示新的意義「宋初文詠，體有因革，莊老告退，而山水方滋」，山水詩的發展，獨樹一格，而同時，極貌寫物，窮力追新的宮體詩亦乘勢發展而出，力求華辭麗藻、講求聲律合吻，成爲一種文學的必然趨勢，如是多元多變的風姿，共蔚成魏晉六朝的風貌，展現在題材方面亦是多采多姿。

宏觀時代詩歌研究有劉漢初《六朝詩發展述論》、王次澄《南朝詩研究》二文，劉氏論文以宏觀的視角觀察六朝詩歌的發展樣貌，而王文則縮小至南朝爲研究範疇，二作以包覽方式，從史的角度來觀察該時期的詩歌發展情形。至於其他研究則落實在詩歌各種不同內容題材的意義彰顯，例如遊仙類有康萍《魏晉遊仙詩研究》、張鈞莉《六朝遊仙詩研究》之研究，而攸關山水詩之研究人亦甚多，例如孫淑芳《選詩之山水體類研究》、宮菊芳《南北朝山水詩研究》。前者將研究範圍放在文選選詩攸關山水體類的研究，而後者則採宏觀的視角來體察南北朝整個時代山水詩的概況。復次，論者再細細剖分各種題材作爲研究的主要內要容，例如有金南喜《魏晉飲酒詩探析》、黃雅歆《魏晉詠史詩研究》、金南喜《魏晉交誼詩類的研究》、林蔚蓉《東晉玄言

詩研究》、李正治《六朝詠懷組詩研究》、黃婷婷《六朝宮體詩研究》、吳炳輝《六朝哀挽詩研究》、羅吉希《六朝抒情詩研究》、陳晉卿《六朝行旅詩之研究》、顏進雄《六朝服食風氣與詩歌》、林恩顯《北朝詩歌的邊族風采》、沈禹英《魏晉隱逸詩研究》、李清筠《時空情境中自我影像：以阮籍、陸機、陶淵明詩為例》等。其中，林育翠《六朝樂府詩之題材類型研究》以「題材類型」研究焦點，指出六朝樂府詩內容分為「郊廟頌歌」及「民間歌謠」二類，其題材類型有十七種，包括抒情系統九種：隱逸詩、田園詩、遊仙詩、玄言詩、山水詩、詠物詩、狹義抒情詩、狹義詠懷詩、宮體詩等共有九種；敘事系統有：建國史詩、家族史詩、遊獵詩、游俠詩、邊塞詩、征戍詩及狹義敘事詩八種等；並歸結六朝樂府詩整體風貌有承先啓後之地位。是一本討論面向迴異他文之論述。

　　另外，羅文玲《六朝僧侶詩研究》探討六朝以來僧侶詩之結構與語言特色，並從文化與藝術層面探討佛詩僧侶詩風貌，指出僧侶詩的主題有：玄言詩與微言盡意、靜觀萬物皆自得、僧侶與宮體豔詩創作、吟詠佛理之作四類，揭示六朝僧侶詩在文學史上常被忽略，應重新審視其地位。沈芳如《魏晉詩歌中的懷歸意識》主要梳理思鄉戀土、遁世隱逸、長生遊仙、玄虛淡遠等懷歸意識，並分析四者之間存在的聯繫關係，勾勒魏晉文人企求安頓心靈的圖景。蔡碧芳《南朝詩歌中柳意象研究》揭示柳之情致內涵為別離相思、懷鄉戀土、擬人自比、時間象徵、愛情閨怨等五類；藝術表現則有巧構形似、迭用對偶、博引典故、敷色摹寫、賦比興手法等；至於柳意象之文化意蘊，從園林、民俗、社會生活等視角探討，以管窺南朝詩人所處的時空特色。楊芮芳《元嘉登臨詩之時空研究》分從元嘉時代背景與時空觀念入手，探討其時空內涵與表現技巧，揭示元嘉詩人不僅追求詩歌形式之美，且呈顯心靈情志。吳采蓓《魏晉南北朝詠俠詩研究》研究歸結詠俠詩之興起與時風有關，俠者形象深刻反映詩人心志，且俠者形象是詩人的功業與理想的結合。馮棋楠《魏晉南北朝文人挽歌研究》揭示文人挽

歌分為三類，一是借民間挽歌舊題賦予新內容，二是當代文人以「挽歌」為題之作品統稱為「挽歌詩」，三是贈獻挽歌，即文人為死去王公貴人所寫挽歌，並分析南北朝後，借舊題寫新意之挽歌及文人挽歌詩已逐漸式微，但贈獻挽歌卻在唐代發揚光大且歷久不衰，且五律形式成為贈獻的主要形式。吳淑杏《七夕詩之研究：以六朝至唐代為範圍》以六朝至唐代七夕作為研究主題，可窺七夕節俗之內容與演變，更可體察在不同的政治、時空背景下，時人精神生活情況，並揭示唐人對七夕節日之重視遠勝六朝。

以上諸類別展現本時期蓬勃發展的多元研究狀況。

除上所言，亦有跨文類的研究，例如：盧宜安《梁末羈北文士詩賦作品研究》是一能針對羈北文士的心態作研究的論文，論述的內容主要是討論十三位梁末羈北文士的詩與賦，以考察南方文士在北朝政治環境，作何因應，追考表現的主題內容、風格及對後世羈北文士作品之影響，是一個甚具研究價值的論題。

參、體裁研究著重聲律用典之探究

本部份是指收關詩歌的形式問題，包括體類（或跨文類）、聲律用韻、典故等問題。在學位論文當中凡以形式為研究對象者皆涵攝於此類。

劉勰《文心雕龍》早已明確標示出用典的價值與意義，今人在閱讀古典詩歌時，亦常會讀到古人善用典故的詩歌，究竟用典能興發吾人什麼樣的審美趣味？又能傳遞什麼樣的意涵？

高莉芬《元嘉詩人用典研究》，以元嘉時期詩人用典故的情形作歸納、統計、分析及其反映的美感效應作研究。詩歌用典非始於元嘉時期，以之為探討範疇，是時代隆盛的一種風潮，首先釐清研究範圍、意義，二章討論元嘉時期用典繁盛的原因有三：一是作者炫耀博學的心理及清談論辯影響，二是讀者要求合格讀者的滿足感，以探視帝室王侯的文學興趣及文化圈中的讀者反應。三是從作品角度來說明

踵事增華的文學發展趨向，歸結出才學觀與文藝美的體現。三章討論用典的表現技巧，分為引用成辭、援用古事來說明用典的技巧，以歸結表達意義與傳遞感受的意蘊。四章討論用典的語言風格與美感特質，說明用典形式美的心理依據，可表現出：典雅矜重、深采密麗、整飭工巧之語言風格，展示含蓄蘊藉、亦即亦離、美贍可玩的美感特質。五章歸結說明用典之特色、影響、及歷史評價。高氏所論雖僅是以元嘉用典為研究範疇，然而已揭示後學，用典的表現技巧為何？可能產生的美感特質為何？以及用典的歷史意義。

　　沈約的「四聲八病」說將中國詩歌的聲律帶至新的紀元，以客觀形式的聲律，成為詩歌創作中不可或缺的一環，也開啟唐律制式的規定。關乎聲律的研究通常視為聲韻學學習的內容，事實上，聲律也是研究詩歌的重要部份，歌詩有聲文、形文、情文之要求，是以聲律之學必不可忽視。向麗頻《南北朝至初唐五音律詩格律形成之研究》即是從聲韻學的視角來探討五言詩從不限句數、平仄、對偶的「古體詩」進展成講求平仄黏對的五言律詩。論述的理序先考察南北朝五言詩句數運用的狀況以量化的方式歸納出齊梁以後，八句詩成為創作數量最多的詩歌體式；其次，從詩歌內部結構討論八句式優於其他句體制的原因；第四章探討五言律詩律調平仄黏對的形成過程；第五章討論律詩對偶為何選擇中間兩聯的原因，以統計量化的方式歸納出與南北朝詩人特定的寫作題材與處理方式有關，具體物象易塑造對偶的形式，若以三部式結構章法（起首、中間、結尾）創作時，八句式中間兩聯通常做為寫物或詠物之雕模，故對偶也以中間二聯最普遍與精工。由是可知，無論從內部結構或從聲韻、對偶來觀察，八句式律化的情形是從南北朝漸向唐代發展而成。此一研究提供由古體詩轉向律化的近體詩的思考的面向，然而仍有未足者是如何解釋七言律化的現象？若純粹從量化統計、歸納而得，是不是仍可延用此一研究進路來探勘七律形成的原因？吾人認為五律、七律之轉化形成應不是個別化的，而應將二者視為同體的研究。

　　王和心《從六朝聲病說到盛唐聲律格式之實踐：以五七言詩為研究對象》探論齊梁到唐代的聲律理論作歷時性分析，並觀察魏晉到盛唐杜甫的五七言詩，逐一檢索詩人、朝代之詩作，計算其犯聲病的數量、比例，再循此考究創作實踐的發展脈絡，以尋求詩歌內在聲律發展的規律。曾瑞雯《中國律詩、書法史中文質中和之觀念與實踐：以南北朝至杜甫、顏真卿的詩歌、書法發展為觀察對象》主要探討唐代詩歌與書法發展中南北文質交揉的情形，因政治分裂而使南北文化發生差異，至杜甫及顏真卿完成南北融合，創造出唐代新風尚。詩歌的部份指出北方經學與南方文學之拉鋸，唐代宮廷詩人實踐南朝文學理論，促使唐代詩律走向完備，接著在杜甫手中完成南北融合，杜詩敘述中夾有議論的敘事模式，在當時有開創性地位，以及杜詩如何安頓詩歌技巧及儒家仁政思想的傳統精神，創造出唐詩新風貌。

　　賴貞蓉《魏晉詩歌賦化現象之研究》旨在討論魏晉詩歌有「賦化」的現象，使中國詩歌得以邁向雕琢藻繪的道路，從形式而言，「賦化」詩歌有：一、鋪陳排比之筆法；二、麗辭偶意之構句；三、華美綺巧之辭彙；四、精巧靈活之修辭；五、曲終奏雅之章法。從內容題材言，有藉景抒情、表現貴族生活、詠物及詠人之創作。由於魏晉「賦化」詩歌在內容題材及表現形式的開拓，影響劉宋山水詩及齊梁詠物詩、宮體詩的產生，更往下開出「極貌以寫物，窮力而追新」的詩歌形貌。此一研究解釋六朝特重駢儷、藻繪的形式技巧，更透示中國詩歌其實與辭賦之間有互相學習靠攏的產生情形。以上三篇論文，在體裁部份拓展新的研究視野，分從用典、聲律、賦化三角度來觀察詩歌的體類問題，頗值得關注。

肆、比較研究範圍廣泛而多元

　　比較研究包括的範圍可大可小，可從異時代的詩家同一題材的創作來分辨異同；可就同一時代的詩家作評比；或是將不同文類作比較研究，在本時期中，有王晴慧《六朝漢譯佛典偈頌與詩歌之研究》，

論述詩歌與佛典偈誦之差異，因爲其客觀形式皆爲短小、精練的語言表達方式，考鏡其同異可作爲研究中國詩歌流變及影響之用。羅文玲《南朝詩歌與佛教關係之研究》則是將二者可能關涉的狀況釐清分際。李玉玲《齊梁詠物詩與詠物賦之比較研究》是以詠物爲素材，比較詩與賦的表現手法、章篇結構等異同，以明示吾人詩與賦仍有形式與內容要求之異。復次，以詩歌作比較研究者，有李海元《謝靈運與鮑照山水詩研究》、朱雅琪《大小謝詩之比較》以辨析詩家在處理相同題材時，其運思、章法結構如何，以見高下。

伍、詩學理論研究以鍾嶸、劉勰詩論爲主

在文學史上，六朝文學盛事有三：一是劉勰之《文心雕龍》，這是中國文學史上第一部論述文論、文類、批評的專書，其重要性不言而諭。二是鍾嶸的《詩品》，是第一部銓評五言詩家的專書。三是蕭統集合眾力編輯《昭明文選》是中國第一部文學選集，由於三書之創構，標示出批評時代邁入新紀元，激發學者討論詩學理論，事涉詩論者有：李瑞騰《六朝詩學研究》、陳端端《劉勰鍾嶸論詩岐見析論》、朴泰德《劉勰與鍾嶸的詩論比較研究》、王文進《論六朝詩中巧構形似之言》、招祥麟《劉勰文心雕龍詩論之研究》、楊淑華《文選選詩研究》、江雅玲《文選贈答詩類的流變研究》、朱碧君《鍾嶸「詩品」評詩標準的研究》等等。

陳端端《劉勰鍾嶸論詩歧見析論》首開研究劉勰、鍾嶸的比較研究，劉勰的詩論主要見於《文心雕龍》而鍾嶸的作品則以《詩品》爲主，前者爲文論，後者爲詩論，然而劉勰在〈明詩〉篇及散見於各篇之中的論見，亦可管窺劉氏的詩論。陳氏論文主要分從四方面架構二者之不同：一、創作動機，二、對聲律所持的態度，三、對「興」的解釋不同，四、對個別詩家的評價不同。由是得出的結論是：一、二氏皆肯定情感對詩歌的興發作用，而劉氏更道出「抒發心之所之的志」以高於鍾氏之論。二、二氏皆重聲律，以自然美爲

詩歌美聽之極則，然劉氏尤能鑒「內聽」修養之難致，而更立「外聽」原則爲憑藉，提供寫作者可循的階梯，較鍾氏進步通達。三、二氏對「興」的詮解皆牢籠於毛鄭釋詩的傳統之下，附會於政教功能之下，然劉氏尤能重視「興」體的文學功能，故較優於鍾氏。四、對詩家評論部份，以劉氏觀察力較深，見解勝於鍾嶸一籌。由是而判定劉氏的論詩觀點優於鍾氏。事實上，劉勰是採歷史宏觀的角度綜論各類體裁的發展變化，而鍾嶸則採微觀的角度縱深地以逆溯體源、銓分三品來體察各詩家在創作風格上的依歸與定位，二者採用視角不同，只能以視點不同來檢視，難以銓分高下，亦不應判分高下，因爲作者自有其定見存在，吾人應體察其創製的初心與意義，而非持此以遽下斷語。　．

　　復次，方柏琪《六朝詩歌聲律理論研究：以文心雕龍・聲律篇爲討論中心》主要探討六朝文字的音聲之美，並進而討論規律、法度等「節奏」的相關問題，揭示《文心雕龍・聲律篇》預示的節奏發展方向是由局部走向全體，朝形式與內容合一的方向前進，迄六朝後期更講究整體呈現是一種美感境界，唐代詩歌才能在六朝聲律基礎上，達至詩歌藝術的顛峰。楊淑華《「文選」選詩研究》，討論《昭明文選》的選詩標準，首先對《文選》的外緣問題：編纂時間、成員、材料、素養、背景作一說明，其次再從詩篇選目來分析作者時代、作品數量、作品句式、作品類別來分析形式的問題。其次，評論選錄詩家之地位高下、詩篇選錄的情形、詩家比較等，並從歷代詩話的批評作一論析。再次對於選錄詩篇作比較、論述，且將《玉台新詠》與《昭明文選》選篇、編纂宗旨作比較。最後歸結《昭明文選》選詩的理論基礎何在。由本篇論文之研究，可以考知《昭明文選》的選詩標準、詩學觀點，亦可側視六朝時對於詩歌的觀點。針對《文選選詩研究》論文繼續作深入挖掘工作的是孫淑芳的《選詩之山水體類研究》此一論題是承續上一論題作挖深工作，只取「山水類」爲研究對象，使體物寫貌的傳統山水詩成爲彰顯山水景物的

整體美感。鄭婷尹《文選五臣注詩之比興思維》指出五臣注在疏通文意時有前後矛盾的現象，然而在詮釋體例方面，五臣注的價值是首部以「串講式」爲主軸來疏通文意，並兼有比興雙面思維的總集注釋，對後世注釋文學之影響，在於對文學評點提供誘發因素。

朱碧君《鍾嶸詩品評詩標準的研究》主要以《詩品》一書爲主述內容，主要用以分析詩品與人品的應合關係，用以彰顯文學與時代的關連性，以探求鍾嶸評詩的用意與標準。復次，援引美學作爲研究的進路者有廖棟樑《六朝詩評中的形象批評》，首先關注形象批評的問題，是一篇極具開發性的論文。

總體而言，魏晉六朝詩論側重《文心雕龍》、《詩品》、《文選》三者，或個別論述，或比較合論，不一而足。

陸、六朝詩學宏觀論述

本部份簡述上面無法歸類且論述爲宏觀之議題者。從思想切入者有崔世崙《魏晉玄言文學思潮研究：以玄學與文學之間的交涉爲主題》以玄學論述六朝受玄學影響而形成的特殊文學現象，具體而言，道家式的人生價值和意義和玄學相關的思維方式，如何影響文人的意識形態，並表現在文學創作當中。陳雅眞《六朝詩歌中所呈現「莊子」思想之考察》指出詩歌表現莊子思想主要在生命、窮達、逍遙觀三方面，了解六朝士人在莊子思想影響之下，提供了士人在困境中的解脫之道，引發他們另一種人生態度的思考。

六朝文風之考察有王若嫻《梁武帝蕭衍與梁代文風之研究》一文，指出梁代文風盛況有六：儒學振興、文學集團百花齊放、品評風氣瀰漫、文集類書編纂成風、宮體詩競造，並歸結對後世之影響有：啓發古文運動、沃灌文學理論、導引佛教典籍三項。田秀鳳《六朝悲美詩風研究》揭示六朝詩人處境以探討其產生悲情原因，繼而從詠懷詩、詠史詩、遊仙詩、抒情詩、宮體詩等五類題材中探討悲美詩風的內容意趣，並以：隱逸遊仙、飲酒服食、藝術遊弋、師法自然四面向

歸結六朝文人消解悲情之型態。另外，江明玲《六朝物色觀研究：從「感物」到「體物」的詩歌發展》指出欲對六朝文學「情景交融」相關問題理解，必以物色爲線索，並綜合陸機、劉勰、鍾嶸三人之說法後，揭示六朝物色論有以「感物」、和「體物」區分創作者物色觀之意，且六朝的詩歌有由「感物吟志」向「體物寫志」發展的趨勢，並歸結六朝詩由「感物」向「體物」發展之外，又指出物色對六朝文學研究中的重要議題：詩歌賦化現象、玄言詩的歷史評價、詠物詩在齊梁盛行的內在邏輯、蘭亭詩在六朝詩歌史上的意義等，作文學史的觀照。許玉純《六朝詩歌批評與人物評鑑之關係》從人物品鑑與詩歌批評二者互動關係釐析中國詩歌特質意涵之成因，分二個主軸進行論述，其一是人物品鑑之本然：人性意涵，及詩歌批評本色：審美意涵，二者對照與交匯，進而由：觀看方式、風格典型、批評語言三視角論人物品鑑與詩歌批評的交匯關係，揭示詩歌批評從人物品鑑承繼神形辯證的觀看模式，促使詩歌批評直指客體核心之詩歌，而發展出對文術技巧的分析、文質的重視及作者對作品之關注；另亦指出詩歌批評轉化人物品鑑的人體用詞，擴充批評語言之深度及面向，並塑造各式各樣文學風格等，釐析中國詩歌批評固有的「人化文評」特質之產生過程及背後意涵。祁立峰《六朝詩賦合流現象之新探》以「輻輳」法取代外緣氛圍、文類發展、作家風格之研究路徑，歸結六朝詩賦互動互滲之情況，詩取代賦的地位是「表」，而賦入主詩的內涵是「裡」，二者在六朝之後，賦的技巧、賦的視域融入詩以及大部份的文類中，再也不容分割脫離，而詩表賦裡、賦體詩用也成爲六朝後，中國文學史重要而深刻的現象之一。

對於六朝擬作之研究，在梅家玲《魏晉六朝文學新論》專書之後，後繼者有徐千雯《魏晉南北朝五言詩擬作現象研究》從擬作的理論溯源、擬作對象的選擇分析魏晉南北朝五言詩擬作的現象，主要以摹擬〈古詩〉、阮籍〈詠懷詩〉、謝靈運〈擬魏太子中集〉八首、江淹〈雜體詩〉以及其他擬體詩文論述爲重心，指出擬作逐漸脫離原作模式，

加入當代文學特質，成為文學發展重要的一環，擬作一方面提昇自己文學造詣，一方面也成為文人述說己懷的重要管道。馮秀娟《魏晉六朝擬古詩研究》亦是探討詩歌擬作問題，揭示文人在進行擬作之前，必須大量閱讀、揣摩前人作品，對作品「文體」源流、風格特色了解，藉由「文學模擬」與「文學批評」互攝互入之依存關係，得知文學批評從「擬古」中汲取經驗，並成為魏晉六朝文學重要思潮，並進行六朝詩歌中：擬、代、當、補、學、效、紹、依等泛稱「擬古」系列作品進行分析，並揭示「擬古」特質與意義，給予「擬古詩」新評價。顏芳美《魏晉南北朝擬作組詩研究》指出魏晉六朝詩人喜以「組詩」抒發情志，從魏晉阮籍、陸機、陶淵明至南朝而呈現高峰，尤其是五言八句詩為多。擬作組詩改變單篇形式，從陸機〈擬古〉、阮籍〈詠懷〉組詩，開啟風氣，文人即不斷以「組詩」來抒懷、詠史、敘事、託諷，並指出魏晉六朝組詩「擬」的特色，呈現在：儷句、修辭、用典諸方面，追求唯美詩風，形成「儷采百字之偶，爭價一句之奇；情必極貌以寫物，辭必窮力而追新」的寫照。其他，關於組詩之研究有黎慧慧《魏晉詠懷組詩研究》，旨在確定魏晉詠懷組詩在文學史上之地位、價值及意義，分析其表現手法、藝術風格、題材內容等。廖玉華有《魏晉雜詩研究》主要探論「雜詩」命題根源、雜詩與「雜體詩」之差別，並進而論述雜詩之題材類型及藝術表現。

本章小結

　　魏晉南北朝以專家詩的研究為多，且以陶、謝二家為多，其次有潘岳、陸機、左思、郭璞、傅玄、顏延之、鮑照、謝玄暉、吳均、徐陵、庾信等人，尤以陶、謝專家詩研究為多；在題材方向以展示時代特色、風貌為主的論題，有遊仙詩、山水詩、宮體詩、玄言詩、隱逸詩、交誼詩、詠史詩、飲酒詩、抒情詩、行旅詩、登臨詩、僧侶詩、詠俠詩、悲美詩風、挽詩等等，題材多樣而面向豐富；在體裁方面有專論四言詩、五言詩，亦有研究詩歌賦化、辭賦詩化、詩賦合流現象；

至於六朝音律有所發展，然研究者較少直接研究沈約四聲八病，在詩論部份，以《文心雕龍》、《詩品》、《昭明文選》三書爲主，作選詩、論詩意見之異同論述。至於宏觀六朝詩學發展之論述，有時代文風考察，有悲美詩風、人物評鑑、擬作、組詩等之研究，呈現多元有潛力的研究區塊。

第四章　隋唐五代詩學研究概況

　　本時期雖然涵括隋、唐、五代三個時期，實際上仍以唐代爲主述，隋代因爲國祚不長，詩家不多，且多橫跨至唐代，當列入唐代論述中〔註1〕，所以隋代攸關詩歌之研究甚少，僅有徐國能《隋詩研究》，爲隋代三十八年國祚之詩歌發展、創作情形、文化環境作一分析，並嘗試說明隋代承先啓後的文學史地位，標示藝術特質，使吾人對於六朝遺風承接至唐代詩歌有一個接榫點。至於五代之研究，有李寶玲《五代詩詞比較研究》，目的在考察「詩」與「詞」之沿革過程及其軌跡，研究的方法是將五代詩與詞的語言特色及文學家在創作詩與詞之風格特色變異等加以分析歸納，再比較其異同，以尋繹「詩」與「詞」發展軌跡。其中，語言特色是分從天文、時令、地理、人事、形體、服飾、稼穡、農桑、草、木、花、水果、禽、獸、蟲、魚等項去作考察；而文學家則包括：韋莊、張泌、和凝、李後主、歐陽炯、孫光憲、牛嶠、牛希濟、李珣、顧夐等人爲主，研究之結果，在語言部份得出：詩用詞不用、詞用詩不用及詩詞皆用三種語言詞彙，歸納出「詩莊詞媚」、「詩之境闊，詞之言長」風格之差別。是知該論文從語言特色及

〔註1〕例如李百藥、姚思廉、孔穎達、魏徵等人。眞正可作爲隋代代表者，以王通爲主，人稱隋末大儒，門生將其言行集爲《文中子》或稱爲《中說》，有十卷。

語言用詞來考校詩與詞不同。

唐代是中國詩歌的高峰期，詩家繁多，各具風格；詩派更迭，各據擅場，向爲研究者傾心注目。爲求以簡馭繁，本論文分爲初、盛、中、晚四期論述。唐代的詩歌創作是畫時代性的成就，偉大的詩人風起雲湧，各自成就風格，蔚成詩歌史上的奇觀，專家詩研究成爲當前研究唐詩的重點之一，入手谿徑或宏觀詩家在詩歌史上的承傳作用，或詮解詩家的獨特風格，或糾舉詩家的分期流變，或揀擇主題特色加以發揮，呈現綺縠披紛之美感。本文將學位論文研究成果擘分爲兩大類型論述，一是唐代專家詩歌分期研究。凡是以專家詩（或文學家）爲主之相關論述，含生平、箋校、考證、跨文類之研究者的學位論文有明確分期論述者，置於此類，大略依初、盛、中、晚四個時期來闡析。其二，宏觀整個唐代詩歌學位論文者，凡是攸關題材、體裁、流派、詩論皆置於此中，再分類概述。

壹、初唐時期專家詩研究

初唐詩家基本上可以分畫爲幾類，一是以沿承六朝遺緒爲主者，例如虞世南、褚遂亮、許敬宗、上官儀等人，詩風表現出宮廷台閣體的風味，氣勢豪壯而不失典麗之風。二、寓含佛教哲理，以發人深省者，有王績、王梵志、寒山諸人之提倡，三是以初唐四傑爲首，表現唐音風華。四、以陳子昂復古之風爲標榜。五、以沈宋爲主，代表近體詩日趨格律化的過程。六、以劉希夷、張若虛、張說之涵融意境，開拓視野爲主。

雖然初唐之詩歌風貌多樣而綺彩，但是考察當前學位論文研究成果，所偏重的方向，可以分畫爲幾類：一是初唐詩僧及隱逸之士的研究，含王績、王梵志（寒山亦附論於此）諸人，詩歌內容以諷諭勸善的態度，寓寄警世教化作用，或以佛理喻示世態人情，達到醒世效能；而詩歌語言的表現則淺俗易懂、直抒胸臆表達嬉笑怒罵、嘲謔譏諷、發人深省的哲思，是故在初唐文風綺艷頑靡中能獨樹風格。二是以研

究初唐四傑爲主，四傑一方面開啓雅正新風，力廓六朝爭構纖微、體氣都盡的餘習，一方面又時帶六朝錦色，形成特殊的風華體氣。三是以初唐其他專家詩研究爲主，有陳子昂、張說、張若虛諸人之研究。四是以宏觀的角度來論述初唐的詩歌，展示新的面向。以下即就此四類分別說明之。

一、隱逸與僧的結合：王績、王梵志、寒山之研究

　　唐初攸關隱逸詩或詩僧之研究，主要有王績、王梵志二人，另外，寒山〔註2〕亦附論於此。王梵志之詩歌純粹表露通俗口語化的人生哲理，而王績則受詩歌律化影響較深，至於寒山之詩則常以禪詩偈語寓寄深刻的警世道理。以下針對攸關三者之研究概述於下。

　　王績（西元585至644年）字无功，號東皋子，曾多次出仕，後又歸隱，其詩歌創作雖非初唐主流，但是其超拔流俗、自然率眞、淡野疏遠的詩歌風格反而能獨樹一格，目前研究者有趙麗莎《王績及其詩文研究》一文，該論文以王績作爲研究對象，內容分作其人及詩文二部份來論述，冀能展示王績的生平及詩文兩面向的形成背景及內涵所蘊意義，以確立其在文學史上迥異梁陳宮廷遺風影響之成就，樹立獨特的風格傲視群倫。

　　王梵志（西元590至660）早年家境殷富，中年以後家道中落，後皈依佛門，其詩歌以勸諭世人、看破世態人情之作爲多。關於王梵志之研究，有朱鳳玉《王梵志詩研究》、盧順點《王梵志詩用韻考及其與敦煌變文用韻之比較》二論文，朱氏重在詩歌文本的分析，緒論篇考察敦煌寫本的發現經過，針對三十個敦煌卷子作成敘錄，研究篇考察其時代生平、思想內容、詩歌特色及對後世詩歌的影響等，並隨文附錄用韻表、詩圖等，試圖使未能收錄在全唐詩中的王

〔註2〕寒山之姓字、籍貫、生卒年皆不詳，閭丘胤據《寒山子詩集序》認爲是太宗貞觀年間人，余嘉錫《四庫提要辨證》考定爲玄宗先天至德宗貞元人，未知然否。本處列入唐初論述，主要是因其詩歌內容與王績、王梵志相近，故列於此一併論述。

梵志的詩歌經由該論文而能給予應有的注視與地位,是當前研究王梵志詩歌不可輕忽的研究成果。盧氏關注的重點與朱氏大相逕庭,盧氏主要是從用韻的角度來考察王梵志的詩歌用韻與敦煌變文用韻的異同,目的在揭示隋代和初唐詩文的韻系相符合,又與敦煌變文的用韻相符,確立王梵志詩歌創作時間應是初唐,所用的方音是西北方音,尤其是關中一帶的方音。此一研究結果對於後人考察韻系有指點路徑的作用。

寒山子(西元 740 前後)與拾得、豐干爲友,並爲詩僧,常有詩歌往來。今存詩歌一卷三百餘首,詩歌的內容多含佛理機趣以諷諭人生,詩歌語言則淺俗易懂;關於寒山之研究如下所示:

1、卓安琪《寒山子其人及其詩之箋注與校訂》於民國六十年度完成,論文分成兩大部分來考察,一是其人生存時代之探究,二是對於寒山三百多首詩進行箋注校訂的工作﹝註3﹞,論文亦關涉思想的演變、禪境之顯示、隱居天台山之情形,並將寒山子與嬉皮作關連性的論述,是早年第一本專門研究寒山之論文,所論或嫌疏略,然開啓之功不可謂不大,其後,學者方能在基礎上繼續掘深工作。

2、沈美玉《寒山詩研究》主要是針對文本作一討論分析,然而在知人論世的前提之下,第一章仍先對於寒山的時代作探考,以確立其時代意義。第二章從內容對寒山詩歌作分類與評述,第三章再就詩歌中所展示的思想作分析,概略分出寒山的思想層面體現出儒家、道家、佛家三教思想。第四章再就價值論其三教融一的思想爲三種傳統文化所接納,並探究寒山詩見重於中、日、美三國的原因,主要在於寒山詩之說服力及詩境既深且廣,汪洋恣肆,爲東西世界的共同皈依。

3、朴魯玆《寒山詩及其版本之研究》主要的論述重點有二,一是考訂其版本問題,按海內外所知見的版本,說明其版本形式並考述其源流。二是針對詩歌內容、形式作一分析,並將寒山歸入「實用理

﹝註3﹞寒山子之詩應有六百多首,然遺逸流散,留存後世可見者,僅有三百餘首。

論」文學觀中。

　　4、趙芳藝《寒山子詩語法研究》主是從語法學入手，依音韻、詞彙、句法三部份說明寒山詩的語言特色，另外，亦將「把字句」、「被字句」獨立出來討論，是一本專從語法學來建構寒山詩歌語法的論文，開啓研究詩歌語法學的風氣。

　　5、葉珠紅《寒山子資料考辨》主要從其人、其書兩部份考索，定其生卒年及寒山詩集之版本，揭示《天祿》宋本，不可能早於《永樂大典》本之《寒山詩集》。

　　綜觀寒山研究，其人、其詩之箋注、校訂及思想、語法皆已備論，可再探究其在詩僧中的承傳地位及影響。

二、風華綺麗的初唐四傑研究

　　初唐四傑是指王勃、盧照鄰、駱賓王、楊炯，四人詩歌名顯一時，所爲詩歌有六朝綺麗風華，又能長風一振，清廓綺碎，是初唐過渡到盛唐的重要轉變接榫者，在四傑當中，盧照鄰以《幽憂子集》傳世，駱賓王以《駱臨海集》傳世，王勃有《王子安集》、楊炯有《盈川集》，四人當中，盧、駱以歌行擅長，王、楊以五律擅長，各自呈現氣勢豪宕的氣魄，而面目自然有異，然而目前攸關四傑之研究者甚少，僅得二篇：陳錦文《王勃詩賦研究》、蔡淑月《初唐四傑邊塞詩研究》，前者爲跨文類研究，涉及詩與賦，後者以討論四傑邊塞詩爲主述，顯現四傑之研究，仍待有心者繼續開發、掘深。陳錦文《王勃詩賦研究》研究的方向將詩與賦一同論述分析。其研究路徑有二，一是討論王勃詩賦與當時詩壇的概況，重點在觀察作品與時代環境的關連性。二是外緣資料研究，著重於詩文集流傳、輯佚、卷數、唐鈔本的價值及歷代鈔刻本之研究。論文研究成果在於肯定初唐文學百年的成就不容忽視，具有承先啓後作用。

三、另開新局的其他專家詩研究

　　初唐詩家中，可研究者甚多，檢視當前研究成果只涉及陳子

昂、張說、張若虛三詩家之論述，有劉遠智《陳子昂及其感遇詩之研究》、徐敏綺《陳子昂「感遇詩」語言風格研究》、李圓美《陳子昂感遇詩研究》、柴非凡《張若虛及其春江花月夜》、日人大井紀子《張說及其詩》。

　　陳子昂（661～702）年十八歲始折節讀書，酷愛黃老，有〈感遇詩〉三十八首，乃感時憤世而之作，陳子昂在〈與東方左史糾修竹篇序〉中云：「文章道弊五百年矣。漢魏風骨，晉宋莫傳，然而文獻有可徵者，僕嘗暇時觀齊梁間詩，采麗競繁，而興寄都絕，每以詠嘆。」可知其倡言復古詩風，要求興寄的詩觀。新唐書云：「唐興，文章承徐庾餘風，子昂始變雅正」，韓愈〈薦士詩〉亦云：「齊梁及陳隋，眾作等蟬噪，搜春摘花卉，沿襲傷剽盜，國朝盛文章，子昂始高蹈」皆說明陳子昂在唐詩中具有開啓新風氣的作用，因初唐齊梁餘息仍在，不脫輕艷華靡風氣，陳子昂以古意精深、神韻自然一掃六朝綺麗之風，開一代風範。研究陳子昂者有劉遠智《陳子昂及其感遇詩之研究》，分論「其人」、「感遇詩」二部份，劉氏論文在「其人」部份，從家世、生平、爲人、交遊四方面勾勒生平行誼；在環境方面則從政治、經濟、社會、文教、軍事來討論陳子昂居處的時代環境；復次，再從「感遇詩」部份首論淵源、流衍；再就詩歌分析內容及品評特色以揭示其忠而被謗、信而見疑，挽狂瀾於既倒，置生死於不顧，直道而行，橫遭冤獄的不幸遭逢。是一本側重詩歌與生平結合論述的論文。專論陳子昂〈感遇詩〉三十八首者有徐敏綺《陳子昂「感遇詩」語言風格研究》，以陳子昂三十八首感遇詩爲研究素材，進行語料分析，從韻腳安排、詩句平仄設計、同音重複和雙聲疊韻等特殊音韻形式探其音韻風格；從重疊詞、數量詞、色彩詞、典故詞四類詞彙探論其詞彙風格；從陳述句、疑問句、祈使句、感嘆句、走樣句、對偶句探論其用句風格。李圓美《陳子昂感遇詩研究》從感遇詩論其創作動機、體裁形式、題材內容、風格特色及文學史上的評價等。以上爲學者關注陳子昂的面向。

　　張若虛（720 前後）生卒年不詳，曾仕兗州兵曹，最膾炙人口的作品是〈春江花月夜〉，詩長三十六句，詩境圓美流轉，爲曠古奇作，探論者有柴非凡《張若虛及其春江花月夜》一文，以討論張若虛及其傳世作品〈春江花月夜〉爲主。文章主要分作內在與外緣研究，外緣研究主要在於將作者、時代、環境與作品作一結合。內在研究是將作品視爲一自主、獨立的自足生命，以探究作品本身的內容與形式。我們若依其章節的重要來分，又可以分爲三部份，一、論人的部份，先考察張若虛其人與時代的關涉，考索地理環境及初唐詩風。二、作品的始作與流傳過程。三、賞析〈春江花月夜〉，分從風格、結構、節奏、形象、意象與詩歌語言情感傳達等方面來論述，是第一位將〈春江花月夜〉作縝密分析的論文，所得結論有四：一、在風格方面體現浪漫抒情的詩風。二、內容方面，抒情對象是明月春風、閨情離恨，但是即景生情、即物起興已走出齊梁專寫兒女之情而有哲理沈思以啓唐音正格。三、詩體部份，使七詩古體由短小篇章展示爲三十句的長篇巨構。四、歌調方面，保有六朝清商曲中的吳歌聲調及精神，以及具有唐代音樂的成份。該論文研究成果得出〈春江花月夜〉一詩在詩歌史上不論是風格、內容或詩體、歌調有承有變。

　　張說（667～730）字道濟，武后時舉賢良方正，授太子校書郎，中宗時遷兵部侍郎，修文館學士，睿宗時爲中書侍郎知政事，開元初封燕國公，時人以與許國公蘇頲並稱「燕許大手筆」，目前研究張說者有日人大井紀子《張說與其詩》，論述方式同於劉氏之論陳子昂，先論平生行誼，再討論詩歌的內容與形式，內容部份分四類論說，形式部份則就遣辭造句、韻律節奏、章法結構三方面討論形式技巧，研究得知張說在中宗、睿宗、玄宗三朝獲得政治及文壇之地位，是台閣體過渡到盛唐的重要詩人之一。

　　由是觀之，初唐沿承六朝遺緒之詩家及上官體、沈宋體尚乏學者問津，是可開發之領域。

四、初唐多向度的宏觀研究

所謂宏觀研究，是不偏於某一專家詩的研究，而重在整體的檢視、考察。在初唐整體宏觀的研究當中，有從語法學著手，有從季節入手、或有從唐太宗朝入手、或從君臣唱和詩入手，顯示多面向的研究。

初唐用韻研究有：許燈城《初唐詩人用韻考》及陳素貞《初唐四傑詩用韻考》二文。《初唐詩人用韻考》以宏觀的角度作探究，研究的重點在於討論韻書的起源、韻書與詩韻之比較及初唐詩韻譜運用的情形，並將沈韻、初唐詩韻、廣韻及宋以後的詩韻作一比較，以考鏡中國韻書與詩韻之異同。至於陳素貞《初唐四傑詩用韻考》專研四傑用韻，研究的目的主要在探討初唐時的語音現象，及四傑個別用韻的異同現象，再參照王力之南北朝詩人用韻的情形作爲比較的基礎，以考鏡南北朝、四傑、廣韻之韻部相合或不合的情況，論述的方式分爲近體詩與古體詩兩部份，再就聲調之異同來考察韻部獨用或合用的情形，以了解平、上、去、入使用的狀況。研究成果有二：一、近體詩部份，得知數韻合用當中，與廣韻同用例不同者有駱賓王「之、脂、微」合用、「魚、虞、模」合用、「眞諄欣」合用、「眞文合用」、「寒仙」合用。二。古體詩部份數韻合用中與廣韻同用例不同者有：王勃脂微合用、語虞合用、夬隊代合用；楊炯元仙合用，盧照鄰寒桓仙合用、屋燭合用，駱賓王庚清青合用、皓小合用、嘯笑號合用，歸納出特殊用韻的現象有六類，該論文提供唐初詩韻用韻情形可往上承接南北朝。

用韻之外，研究者也從詩史的觀念討論初唐前期詩歌承繼，以下分別述論。

林于弘《初唐前期詩歌研究》研究的時間起自高祖武德元年終至高宗龍朔三年（西元 618 至 663 年）凡四十三年，在不到半世紀的年代中，研究的重點主要是要突顯初唐前期詩歌在詩史上的承先啓後、繼往開來的重要地位性，採用的方法是以量化的方式統計分析初唐前

期詩人的起迄年代、生平經歷、卒年之先後順序等，復次，再就詩歌內容分畫爲：奉和應答、宮體閨怨、邊塞寫實、詠讚述懷、田園山水、說理諧謔等六大類別，以作爲傳承與開拓的廣泛影響。形式部份則就詩歌體制、修辭技巧、修辭特色三項展示特殊的風格；最後歸結出初唐前期詩歌的承接作用與重要性。

　　凌欣欣《初唐詩歌中季節研究》主要在探究初唐詩歌中季節意象及四季詩情所透顯出來的時空意識。論述的理序先說明古典詩歌中季節感的普遍存在性及重要性，再探討詩心和四季物色的關係，是感物吟志及神與物遊的構思基礎。復次，將題材分成奉和應制、節令感懷、邊塞軍旅和閨怨、送別羈旅、山水田園、詠史懷古、詠物述懷等類，探討初唐詩歌季節意象的經營，再就用字、用韻、色彩等表現來闡發四季固有的抒情模式，旨在透過初唐的季節抒寫模式，了解時空意識的感發與觸動。

　　吳元嘉《初唐宮廷詩內容探析——以君臣唱和詩爲對象》探究初唐九十年中，太宗、高宗、武后、中宗諸朝中攸關君臣唱和的詩歌爲主要對象，目的在評論初唐君臣唱和詩在詩壇上的作用、影響。論述方式以各朝爲主，太宗朝前期體現儒家寓教於樂的文學觀，後期趨於六朝美感的追求。高宗、武后朝，詩作多爲頌揚皇室，帶有政治色彩。中宗朝無論在詩歌的數量、格律的形式都漸趨成熟工整，內容則以呈現仕隱、游仙、山水等題材爲主，研究結論揭示，經過初唐各朝的演變發展，爲盛唐詩歌奠定基礎。

　　陳怡蓉《初唐詩意觀念與詩語理論研究》主要是透過詩的思想、情感等心理活動與認知來討論文化傳統、社會環境、法典制度、個人情感態度等因素所架構出來的初唐詩歌理論。是故論述的方式先從初唐社會變遷與士人價值觀念的釐析，進而探索初唐詩文觀念的涵義，並從觀念的緣起、觀念的形成來建立詩歌理論。

　　以上爲初唐研究之概況。

貳、盛唐時期專家詩研究

盛唐詩歌基本上可以擘分爲自然詩派，以王維、孟浩然爲主；邊塞詩派，以王昌齡、高適、岑參爲主；浪漫派，以李白爲主；社會寫實派，以杜甫爲主。目前研究的態勢仍以此四派爲主導，至於宏觀盛唐詩歌的研究亦有其人。主要有金銀雅《盛唐樂府詩研究》一篇論文，內容以李白、杜甫、岑參、高適、王昌齡、崔顥、崔國輔八人之樂府詩爲研究對象，共得七百二十七首，探究內容、形式及與其他文學的關係，以考知樂府詩至盛唐發展的全貌及在文學史上的價值。以下分論盛唐時期之專家詩研究成果。

一、感遇與現實衝突的張九齡研究

張九齡（678～740）字子壽，韶州曲江人，其詩歌以〈感遇〉組詩十二首往上承接陳子昂〈感遇〉詩，形成唐代感遇詩的興寄傳統，以別於儷句俳辭的六朝遺緒，開發漢魏骨峻神竦、復古遒勁的思致，成爲重振風雅體氣的重要詩家之一。目前研究張九齡的學位論文有司仲敖《張曲江詩集校注》、徐華中《張九齡詩研究》、陳乃宙《曲江詩「儒境」研究》、余淑娟《唐代曲江詩空間意涵研究》四者。司仲敖《張曲江詩集校注》是爲張九齡研究作奠基工作，校勘所本，有商務印書館縮印南海潘氏藏明成化本、明代翻刊成化九年韶州刊本、中華書局據祠堂本校刊四部備要本、明嘉靖十五年增城湛若水刊本、明嘉靖間刊本唐百家詩、四庫本、明萬曆十二年曲江縣刊四十一年李延大修補本、全唐詩等書合校，可謂搜羅甚勤。而箋注或發明隱旨，或詮釋大義，或旁搜考證，或廣輯論說皆以按語出之，至於事典徵引、辭藻出處亦尋本討源，以明出處。

徐華中《張九齡詩研究》論文主要分爲兩大重點，一是討論詩歌文本，一是討論外緣問題。文本的部份主要是從內容題材及形式技巧來探究張九齡詩歌中所呈現的主題及藝術技巧，分從植物、感懷、山水世界、語言特色、風格、親情友情、政治生涯、理想抱負八個面向

來討論；外緣問題是將曲江詩的校注、繫年、諸家詩評臚列出來，供研究者檢索之用。

陳乃宙《曲江詩「儒境」研究》主要是討論感遇詩三十八首中所呈現出來的儒家的文學境界，是故以「儒境」言之。論述的方式先說明曲江的生平及其創作性格，再就儒境傳統來說明儒境藝術生命之開展，並將作品作一印證，復次，闡析曲江的儒境，有初步的形式構成，也有渾成之境，再針對感遇組詩分析荊州時期之階段畫分。該論文以「儒境」來論述詩歌，頗具新創性。

二、以詩證禪的王維研究

盛唐自然詩派研究以王維、孟浩然爲主，而以研究王維的論文多於孟浩然之研究。在眾多研究王維的論文中，徐賢德《王維詩研究》是從宏觀的角度來論王維的詩歌成就，其餘諸作或從王維與佛之關涉，或從禪詩來論，或從詩中的禪意境來論，皆是關涉佛與禪的論題，另外，許富居從輞川園林來討論園林詩畫意境與詩意空間，是較有特色的論文。

徐賢德《王維詩研究》是最早研究王維的學位論文，主要分從五個面向來討論王維詩：一、先對王維生平傳略作一簡述並列出簡要的年譜。二、思想。三、詩歌之源流。四、詩歌藝術欣賞。五、詩藝評價。最後歸結王維的詩歌成就以律入古，故古詩難與李、杜抗衡。律詩則另闢蹊徑，別有妙悟。至於五絕則超邁千古，七絕雖少，但是陽關一曲，成爲古今絕響，是故王維之成就以律爲工。徐氏又將王維詩分作七類來分析品評，指出應制作品格律嚴謹，人以爲難，而摩詰獨爲擅長；諷諫作品，不失風人之旨，〈息夫人〉爲佳構；詠懷之作，質樸眞淳，怨而不怒；贈答之作，情眞意婉，所作最多；旅遊邊塞之作，雄渾勁健；田園山水之作兼取陶謝之長，故能成爲自然詩派巨擘。林柏儀《王維詩研究》分從時代背景、田園山水、禪學意趣、意象塑造、音響特色、風格特色、後世評價歸結王維詩歌各種藝術特色與成就。

　　從王維與佛禪入手者林桂香《詩佛王維之研究》以論述王維詩歌與佛教的關係爲旨趣，進行方式有二，一是就王維本身與佛門接觸的情形來討論王維的佛教思想及影響。二是就歷代詩史中王維地位升降的問題，探討悟禪與能詩之間的關係，以取得詩佛地位的過程。論述的理序則側重在版本的考索、佛教思想的證入、詩史地位與詩歌的特色。一、版本部份，分宋、元、明、清、民國印本。宋刊本有北宋蜀刻本、南宋麻沙刻本；明刊本有弘呂夔刊本、正德仿宋刊本、喜靖東壁圖書府刊本、嘉靖顧氏奇字齋刊本、嘉靖洞陽書院刊本、明末凌刊朱墨套印本、項氏玉淵堂依宋重刊本、活字本；清刊本有四家詩集本、趙自耕堂本、其他；目前流衍的情形主要是北宋蜀刻本及南宋麻沙刻本，而歷代評註者有劉辰翁、顧起經、顧璘。趙殿成四人，其中以趙殿成的版本最完備。二、佛教部份，先論王維早年、中年、晚年所交接往來的方外之士，再論王維的佛學修養，分從見性與行解相應、證入的境界二部份來論述，指出王維長年禮佛，不僅鑽研佛理，更具有實際修證之功，早年較傾向於攝心看淨，其後受神會和尚影響，不再拘執攝淨之功，心境更趨於活潑自在而無礙，能達到禪者澈見自心光明藏的境界。三、詩史地位，分從唐與五代、宋與金元、明清、民國諸期來肯定其地位與成就。四、詩歌特色則從內心世界、繪畫性（意象）、音樂性（節奏）等部份來討論。指出晚唐司空圖已體認王維的詩歌澄夐精緻、清流貫達，後人又從悟禪與能詩兩路線來討論，及至王漁洋合兩者尊稱爲詩佛。且在語言文字之外能透發言外之意、韻外之致，妙在使人頓悟。最後又歸結王維晚年輞川諸作風格，是心之自在化與內在化的表現，因此而由「能詩」與「悟禪」得致契會，遂有「詩佛」之稱。其次，杜昭瑩《王維禪詩研究》主要是從王維習禪過程來討論禪詩的內容，以分類、分期、藝術技巧等問題來切入討論王維的禪詩。王詠雪《王維詩中禪意境之研究》亦是扣緊禪詩來作研究，然而切入的角度是美學中的「意境」說，首先討論意境理論之形成與發展、意境說與意象說的比較，再作意境說與禪詩之關係

的說明。其次，就詩中的禪意境背景來說明禪宗思維方式對意境說的影響及王維習禪的因緣；再次，分析王維禪詩意境營造方式及美學價值。其下，再就王維禪語、禪詩舉例分析意境營造方式及美學價值。最後歸結驗證前人對王維禪詩的批評。彭政德《王維禪詩創作技巧與藝術風格之研究》先論禪與詩之交涉融通的遞嬗軌跡；二論王維禪詩創作類型與數量，前者概分為禪跡、禪理、禪趣，後者分為單一內容與複合內容禪詩兩大類；三論王維禪詩創作形式，從詩體、聲律、語法與對仗、用字與用語四面向分析，再就表現意象手法分從視、聽、事物意象三大表現技巧分析，四論王維詩中禪理與禪跡詩、禪趣詩的意境創作技巧，前者以情意勝、以情境勝、意與境渾，後者大別為有我、無我之境兩類。最後歸結王維禪詩形塑淵源、藝術風格特色及影響，以透顯其生命價值與人生哲學。陳振盛《王維的禪意世界》分為八章論述王維與禪之關涉，主論在分析王維與儒釋道之關係，首先指出王維「以詩入禪」的觀點以表達禪境佛理，次從「以禪入詩」指出禪意無窮之禪意詩，再引用歷代畫史、畫論、畫錄來重建王維繪畫風格，對王維真蹟畫作進行考證分析，最後歸結王維詩畫以論王維禪意世界，印證王維美學思想及禪宗意境，在於「身心具在」與「身心具滅」，「身心相離」和「身心相融」的世界。陳昭伶《王維詩中的終極關懷類型》分從傳統社會三系信仰儒釋道構成生命境界來論王維之詩，第一類以禪宗教義為本，形構佛學之：「無念為宗、無相為體、無住為本」。第二類類以道家思想為精華，以「相忘於江湖」解消人的生存條件。第三類以儒家人生的終極價值貞定人間世倫的完滿狀態。

　　論王維山水詩亦有其人，李及文《王維山水詩句的美學鑑賞及研究》嘗試從美學暨電影美學的角度重新解析王維山水詩句，並分為時間與空間兩大面向作綜合統整式的鑑賞與研究。黃偉正《王維山水詩之研究》指出王維山水畫意境蕭疏清淡，崇尚水墨，創渲法，為南宗畫祖，故詩歌亦將畫意融於其中，藉詩表達畫境，此種詩畫相融的創作觀，影響宋代以後文學藝術，說明詩畫一脈相通、形神兼俱。另，

陳健順《王維五言律詩之研究》專論王維五言律詩，指出讀其詩歌如觀其一生思想生活的眞實表白。許富居《論園林詩畫意境空間之塑造——以王維輞川園爲例》主要是以輞川別業與裴迪詩文進行王維輞川二十景詩畫意境分析，透過空間經營、材料運用、設計手法及意象塑造的分析，以瞭解詩畫意境及詩意空間塑造的手法。

綜上所論研究盛唐自然詩派，大家關注的焦點多集中在王維，且以佛與禪爲重心，單獨對於孟浩然詩歌進行討論的較少，目前僅見蔡婉玲《孟浩然及其詩研究》，其研究主要目的是一窺孟浩然與唐代文化的關係及詩歌創作、美學觀對唐代詩壇的意義及山水詩在詩史上的價值。先論生平背景，再論唐文化影響之下的仕隱心態；其次，就詩歌來討論創作觀及審美觀，以其再分論詩歌創作、藝術特色及成就、影響。

三、以詩爲主的李白研究

以李白、杜甫爲共同的研究對象者目前僅有葉勵儀《李杜詩歌之歷史人物形象探討》，其研究目的主要是透過「歷史人物的形象」來討論李白杜甫的思想性格。論文分爲上中下三篇，上篇討論出現於李白詩歌中的歷史人物，依政治活動、文藝審美、思想與宗教、神仙傳說、女性關懷等方向來構築李白心目中人際互動之觀念。下篇以杜甫詩歌中的歷史人物爲主，沿承上篇的分類，瞭解杜甫詩歌具有「以詩證史」的功能，因爲杜甫關懷社會民生，所塑造出來的歷史人物特質也呈現多元化而非僅專注於個人去留問題。下篇以李杜二人詩歌中共同出現的歷史人物，來分析二人選取的角度之差異。最後研究結果，得知「政治活動」主題影響李白的人際世界，「史家關懷」主題亦影響杜甫選擇人物形象之因素，此一差異性主要是來自於遺傳與環境的交互影響。

除了上述論文之外，研究李、杜者大多壁壘分明，各自表述一家詩歌之成就與美學價值。研究李白詩歌，吾人簡單分爲幾類：

（一）以詩歌主題為研究對象

除呂興昌《李白詩研究》是以宏觀的角度來討論李白的詩歌外，其他則多從某一論題為主要研究的範疇，有從李白神話運用為研究對象，有從歌詩中的人物形象來考索李白運用人物形象的嚴肅凝視；亦有從游俠詩來考索李白遊俠面貌；或是從安史之亂來檢視李白對亂離的關懷；或是從李白詩歌中的植物意象來討論其用法與作用；或是從感時傷逝的情懷來體察李的傷逝的人生觀與具體作為，由上述可知，觀覽李白詩歌時，論者的視域不同，所探知的面向亦有所不同，可以豐富李白詩歌之研究成果。

呂興昌《李白詩研究》採用的論述方法主要是以形構主義為基礎，即完全經由對李詩文字結構之分析而獲得，其次再運用其他的角度，例如第二章是透過社會文化與心理的觀點解釋「龍泉」意識的表現基礎，第三章經由神話基型的概念分析李詩和諧生命之感人處，第四章則以歷史方法說明李白創作態度之嚴肅。論文分作四大部份，首先討論李白一生行誼的意義蠡測，兼論生平與詩之創作的可能性；再從龍泉意識、遊仙思想、醉酒生涯的嚮往、幻滅來討論李白詩歌中的苦悶心靈，次論李白詩中神話世界的追慕，呈現和諧的精神面貌，最後由李白詩中的語言特色來討論藝術成就，先論詩觀及創作態度，其下再就節奏、想像、意象、氣勢四向度討論其寫作技巧與成果。復次，宏觀李白詩歌之研究有陳敬介《李白詩研究》，以統整方式，將前人研究成果賅為十章，分別論李白生平傳說、詩歌淵源及思想特色、題材內容、詩歌風格、詩歌與其它藝術融通、意象特質、接受史、詩歌外譯之情形。陳麗娜《李白詠物詩研究》從分類、淵源、詠物詩題材擇取、物象表徵、寫物表現、詠物修辭手法等項來分析李白詠物詩的特質與價值及內蘊憂國濟世之心。

從思想層面論李白者有黃碧雲《李白思想及其詩歌藝術研究》揭示李白思想乃儒、佛、道及縱橫家綜合影響，造就其樂觀、進取、豪邁、飄逸、灑脫、浪漫、熱情個性，其藝術淵源則受莊子、屈原及六

朝曹植、嵇康、阮籍、陶淵明、謝靈運、鮑照、謝朓等人影響，而其藝術成就及風格則有邊塞、情感、遊俠、山水、詠懷、詠史詩等六類分別表現出清新、自然、俊發、飄逸、誇張、超越、浪漫、奔放六種風格。陳怡秀《李白五古詩中的仙道語言析論》運用李白五古詩中使用仙道語言來闡述李白真實思想、情感面貌、社會觀照，並揭示李白在中國詩學和道家文學上的價值和貢獻。關注李白遊仙詩則有洪啟智《論李白遊仙詩的文化心理與主題內容》揭示李白運用神仙形象作為自我象徵，以仙入詩即是運用神仙姿態來遊戲人間，如此才能解釋李白遊仙詩的動機及其創作的心靈原貌。楊文雀《李白詩中神話運用之研究：以仙道神話為主體》研究李白在道教文化影響下，神話題材作品中的意象、辭彙表達思想情感等內容。一、在結構形式方面，李白以才性來變化神話素材的結構形式，以部分代全體、典故、辭彙的方式出現。二、在語言表現方面，李白以才力改變原有意象，創造新鮮語彙，刺激讀者想像。三、在主題與境界部份，分析李白如何透過神話素材呈現特殊的生命經驗及所要表達的思想情感。最後歸結李白運用神話素材的特殊成就。

李淑媛《太白歌詩中人物形象析論》該論文以「人物形象」作為了解李白生命境界及詩歌藝術的線索，欲透過李白對人物的觀照，能具體掌握其對現實人生所關注的面向。人物分為：用世型、俠隱、神仙、女性四部份來耙梳李白與歷史人物的對應，得知李白詩歌中人物的形象，並非只見純粹美的表現，亦有嚴肅深刻的凝視。卓曼菁《李白游俠詩研究》以突顯李白遊俠詩歌之特色及建構李白的遊俠面貌為研究主旨。主述部分，首論李白遊俠詩形成淵源，由成長環境、交遊對象、任俠經歷、遊俠性格四方面剖析李白與遊俠的緊密關係。次論李白創作遊俠詩的時代背景，由任俠風潮及詩歌傳統內具的文學因素來分析。復次，對李白遊俠詩歌內涵的考察，分為俠義風範詠嘆、逸樂生活的呈映、用世情志的吐露、友誼的珍攝來包孕詩歌的意趣。復論，遊俠詩歌的表現手法及藝術特徵，從內典靈動、意象鮮活、壯言

誇辭來論述。結論對李白遊俠詩之特色作一評價。顏鸝慧《李白安史之亂期間詩作研究》旨在研究安史之亂期間，李白詩歌所展示的情志。楊靜宜《李白詩歌感時傷逝情懷研究》以李白詩歌中的感時傷逝情懷爲探討重點，分析李白對時光流逝的感嘆，論述的理序先論李白生平與感時傷逝情懷的關涉，再論導致李白傷逝情懷的因素；其次，分析詩歌中傷逝情懷的內容，共分：嘆老之將至，功業無成、嘆知音難覓，無人提攜、嘆世事虛幻無常三類。再次，分析李白因傷逝而產生的人生觀及具體作爲，人生觀有三：及早建立功業、及時行樂、學道求仙追求長生；具體作爲亦有三：飲酒、求仙、隱居。由是，得出李白不爲人注意的面向，比較眞實而人性的一面。

　　從意象論述李白詩歌者，有從月亮意象及植物意象切入。李白詩歌意象以月亮爲研究對象者有沈木生《李白詩歌月亮意象研究》從李白「觀物態度」與「心理距離」的理論將月亮意象分爲物性意象、感性意象、史性意象三種，再進行分析。「物性意象」之觀物態度是將生命品質與心境意象化，從「月形意象」與「方位意象」觀察李白超越的人生觀及自我存在建功立業的豪情；「感性意象」之觀物態度則是一種天人相應的觀物態度，以「人月互感」、「人月對語」、「人月互詮」三種樣態，體現悲天憫人胸懷及自然和諧的人生態度；「史性意象」則是一種時空錯綜的觀物態度，在「神話意象」中究詰出李白生命的現世關懷，並在歷史上追尋相應的生命，觀看出現實人生之虛無；並以「意象流動」分析不同觀物態度產生矛盾在李白詩歌中如何統一，也造就李白詩歌奇縱跌宕的風格。沈慧玲《李白詠月詩研究》，指出李白共有三百四十二首月亮詩，分爲思念、感懷、明志三類來論述，進而分析以修辭藝術。孫鐵吾《李白詩歌中植物意象研究》旨在藉由植物意象角度來探討李詩歌中植物意象的用法與作用；植物意象的部分主要是討論梧桐、桂、桑、竹、楊柳、桃李六種嘉木及蘭、荷兩種香草的本義與象徵義用法，其次再分別敘述植物意象的修辭方法與排列組合方式，復次，就植物意象呈現的詩歌效果探討李白使用植

物意象後，呈現出來的詩歌意境與詩歌風格。

飲酒詩也是研究者關注李白的一個面向。余瑞如《李白飲酒詩研究》指出李白飲酒詩佔量有四分之一強，遂分析李白飲酒詩的創作背景及歷程，以「酒」爲主要題材的詩歌要傳達的意蘊爲何？及其慣用的藝術手法爲何。同題研究有陳懷心《李白飲酒詩研究》揭示李白寫飲酒詩時，寄寓強烈政治熱情，而酒詩卻言風花雪月、歲月年華、離愁別緒。任俠使氣之內容等，以比興手法來抒情言志，而在技巧上也展現誇張、想像、示現、設色、用典等美感特質。上述論文以飲酒詩爲題，林永煌《李白酒詩修辭技巧研究》則再探討酒詩的修辭技巧，分別從李白酒詩中的內容、修辭運用、風格等面向來論述，指出李白酒詩表現出平易自然之風，具有鮮明強烈的修辭、絢麗飛動的詞語等特色。

從山水、旅遊心理論述李白者有徐圓貞《李白詩作之旅遊心理析論：以揚州系列的傳記論述爲例》以李白生命歷程爲主軸，輔以揚州系列詩作來探索李白旅遊心理，得出結果爲：一、李白深入體驗大自然，追求精神自由解放。二、功業未就心情，深深影響旅遊心理。三、旅遊過程中常縱酒攜妓，並深切寄託朝廷重用與旅展抱負、追求自我實現的心情。陳敏祥《李白山水詩研究》分從生平與漫遊、山水詩創作淵源、創作背景、創作形式特色、藝術特色等面向來論述李白山水詩，肯定李白山水詩之成就與地位，確立其在唐代詩壇之獨特成就。

（二）以詩歌體裁或形式為研究對象

從詩歌形式來探索李白詩者，有二，一是林慶盛《李白詩用韻之研究》，該文是從用韻的情形來討論李白的歌詩聲情效果及與廣韻之分類有無差別；其次，是從體裁來觀覽，有張榮基《李白樂府詩之研究》、賴昭君《李白樂府詩研究》、何騏竹《李白樂府詩中的「文學性」》、黃麗容《李白樂府詩色彩之研究》等篇。《李白詩用韻之研究》是以探究李白詩歌用韻的情形爲主，首先，探討李白古體詩的韻式技巧，再探討李白古體、近體詩韻部的分合及其通轉的現象，比較李白詩韻

與廣韻的異同及李白用韻和情感表現的關係，發現李白除承襲前人韻式外，也常自製新式，別創新局，且作詩選韻常與詩中的情感融合無間，故能達至聲情合洽效果。復次，再檢視李白用韻與廣韻的分類有極大的差別。

　　張榮基《李白樂府詩之研究》是從樂府詩的角度來討論其在樂府史詩上的地位與價值。前面四章討論研究動機、作者生平背景、詩歌觀點及淵源及六朝、唐代樂府詩產生的原因、背景；第五章才正式分析李白樂府詩的主題與內容；第六章討論樂府詩的形式技巧，包括樂府詩題、樂曲、修辭特色的，第七章再歸結李白在樂府詩的成就與地位。該論文以研究樂府的外緣問題為多，削弱樂府詩本身的研究。賴昭君《李白樂府詩研究》分從李白樂府詩形式、用字特色、修辭技巧、隸事用典等面向來論述李白樂府詩的成就。何騏竹《李白樂府詩中的「文學性」》指出李白樂府詩佔量四分之一，遂從文本內部批評探究李白樂府詩的文學本質與特色，又從視覺新鮮感、多層意義與雙軸結構三個角度剖析李白樂府詩的文學性，並進行文學本質理論之思考與建立。黃麗容《李白樂府詩色彩之研究》從宗教信仰、儒家理念、文學主張和藝術觀點綜理其與李白詩色之關係，再論其詩多以白、青、黃、紅、綠色系來達意，續論設色藝術有：引端結句、設色謀篇、色彩修辭等方面，再分析李白詩色彩美學有單純美、對比美、均衡美、律動美等項。

（三）其他攸關李白研究

　　無法歸於上述者，列於此，有唐明敏《李白及其詩之版本》、莊美芳《李太白詩探源》。《李白及其詩之版本》研究的重點有二，一是其人，一是其詩歌版本之流傳情形，雖然研究重點較重考證，但是卻是研究李白不可或缺的研究成果。莊美芳《李太白詩探源》旨在揭示李白詩歌運用典故的筆力，上篇用書考，以考察經史子集四部之中，最被李白青睞的典籍是：詩經、史記、莊子、南朝詩等。下篇陶鎔方法以討論用典技巧，得出「典為己用」形成「有我」的詩境。

由上可知，研究李白者可分從內容題材、形式體裁或主題來探索李白詩歌的藝術成就及展示的意義與價值。

四、以詩證史的杜甫研究

杜甫是中國最偉大的詩人之一，千百年來吸引大家的注目。當前研究杜甫詩歌者亦眾，吾人將之區分爲三大類別：一、以內容題材爲主者。二、以詩歌形式問題爲主者，例如聲律、字詞運用等。三、以分期來討論杜甫詩歌者。

（一）、以內容或題材畫分者

從內容或題材來研究杜甫詩歌，所著重的面向，豐富而多樣，有專研詠懷古跡五首者，有從風格來論其沈鬱頓挫，有從詩歌來分析其戰爭思想，有從杜詩所呈現的特質來捕捉其意象者；有從追憶主題來了解杜甫面對人生與時局所構築的自我形象；亦有從寫實諷諭或詩史或詠物或題畫詩來考索杜詩綺麗多彩的風姿。

區靜飛《杜甫詠懷古跡五首集說》搜集杜詩三十餘版本，按出版年代先後，分章集解，並下按語，是一本以考索注本諸說爲主的論文，可供後學參考各家解說之異同。

從風格探論杜詩者有蕭麗華《論杜詩沈鬱頓挫之風格》旨在討論杜詩沈鬱頓挫及其基本風格。所謂沈鬱頓挫，蕭氏指出「沈鬱」是指「莊嚴的悲感、深廣的憂思、含蓄的義蘊」三者，而「頓挫」是指「作者精神氣象與作品語文形態」。其形成的原因又分人格世界、詩學造詣兩方面來分析，沈鬱關乎作者情性、思想、挫折，頓挫則是關乎作者才、氣、學、習，由於杜甫人格崇偉、詩藝精妙、出神入化才能造就沈鬱頓挫之原因。其下，再分析杜甫詩藝特質，就語言及境界探討杜詩沈鬱頓挫之語文姿貌與境界特質，藉由杜詩意象豐富、聲情諧合，精神與詩藝綰合無間，而其高格迥境，尤能提昇性靈、滌蕩人心。

從戰爭思想探論杜詩者有陳菁瑩《杜詩戰爭思想研究》，旨在討論杜甫在遭逢安史之亂時，所產生的戰爭思想。主要分爲三個時期論

述。早期，在安史亂前，杜甫有反開邊域及對朝廷徵役制度不當之思想；安史之亂，造成杜甫心中震撼，引發對王師平亂的期望及對亂中百姓的憐憫之心；戰後，杜詩思想分爲對藩鎭勸諷及群胡逼視的憂慮。杜甫因戰爭所造成的詩歌風格流露出悲天憫人的情懷及一飯不忘君的忠愛精神是該論文的重點。

　　杜詩之意象研究有、簡恩定《杜甫詠物詩研究》、歐麗娟《杜甫詩之意象研究》、王正利《杜甫詩中之意志與命運衝突研究：以意象爲核心之探討》諸文。歐麗娟《杜甫詩之意象研究》旨在從杜甫詩歌所呈現的意象來討論其藝術成就；其研究成果指出杜詩意象表現之特質，反映「浮生之理」與「物理」合一的世界觀，培養將事物窮究到細緻之處的熟視，使意象更生動深刻。另外，王正利《杜甫詩中之意志與命運衝突研究：以意象爲核心之探討》論述杜詩意象中所呈示的意志與命運的關係，分從人物、動物、植物及景物四種意象行分析，人物意象中的自我意象一直擺盪在仕隱不得的衝突；動物意象中的馬可見到杜甫用世決心與外在壓力對敵與抗衡；鷹意象不逆來順受的孤獨強者，鷗意象之自由意涵，鶴意象之有方向感，鴻意象之超越，雁、燕意象有回鄉之渴盼。至於植物意象則反映杜甫幽微、深刻的部份，菊意象有感傷情懷，松柏有堅貞不移，萍意象之飄盪。凡此，皆顯示杜詩中意象有意志與命運的衝突，然而有強旺生命能量的杜甫始終與命運抗衡，故而詩歌中多充滿悲劇精神。

　　林雅韻《杜甫山水紀游詩研究》揭示杜詩山水紀游詩反映詩人思想情感、創作特色，而山水詩歌之寫作內涵、風格呈現影響後世山水詩的創作方向，雖杜甫不以山水名家，仍能還原其山水詩歌的文學地位。

　　許銘全《杜甫詩追憶主題研究》主要論述的重點有三：一是以杜甫追憶詩討論追懷往事的成因及情感變化與異同，二是以往事的蘊存與觸引作討論主軸；三是討論杜甫追憶詩的藝術構築及追憶詩中的自我形象。內容若從時期來分，有少年吳越、齊趙、梁宋、齊魯之漫遊

的追憶及盛世之追憶。若從政治來分，有政治生涯的回顧及戰亂流離之追憶。結論揭示追憶詩交織出杜甫在面對外在時代與人生的重荷下，不僅是個人生命的凋謝也是整個時代的崩潰。

　　杜甫題畫詩之研究，有楊國蘭《杜甫題畫詩研究》，是杜詩研究題畫文學之始，其後王嵩《杜甫題畫詩辨析》亦踵武其論，分析杜詩題畫山水詩、題畫松詩、題畫鷹詩、題畫馬詩、題畫佛道教詩、懷念畫友及其他題畫詩等，進行內容辨析，指出杜詩題詠之「無聲詩」已消失殆盡，而題詠的「有聲詩」則可與唐代歷史、文化、政治、藝術、宗孝作綜合性探討。李百容《杜甫題畫詩之審美觀研究》歸結杜甫題畫詩審美觀有：一、擴充延伸「傳神」審美觀的內涵；二、強調畫家「立意」之經營；三、引發崇「骨」，尚「肉」之審美思辨；四、詩人論畫，詩論影響畫論；五、由其象喻見出杜甫題畫詩，體製脫離六朝詠物詩格局；六、題畫詩乃因中國詩畫關係發展而誕生之特殊藝術形式。

　　探論杜詩寫實精神者有金龍雲《杜甫寫實諷諭詩歌研究》、李道顯《杜甫詩史研究》、王淑英《杜甫三吏三別詩研究》等篇，王淑英《杜甫三吏三別詩研究》以唐代安史亂前後三十多年杜詩三吏三別爲主題，探論肅宗乾元年間迄戰爭結束，叛賊仍充斥之社會現況，兼論其音韻之美、修辭技巧及反映現實精神。

　　探討杜詩語境教學之研究江曉慧《從語境探索杜詩教學》從「語境」之內外二面向來論述杜詩之教學，指出教師從事教學，常因人而異，各有適合的方式與歷程，最重要是掌握教學原理以提升學生學習興趣。

　　由上所示，研究者從各種不同的面向來研究杜詩，使杜詩如同鑽石般，呈現不同視域的光澤與亮彩，輝耀人間。

（二）、以形式或體裁畫分者

　　考察杜詩以詩歌形式爲主，或從體裁來研究者，基本上有修辭學領域，有從詩律來考索其運用的情形，亦有從語用學考察「虛詞」的

運用。以上論文主要有陳文華《杜甫詩律探微》、李立信《杜甫古風格律研究》、徐鳳城《杜甫律詩研究》、朱梅韶《杜甫七律詩句中「虛詞」運用之探究》、廖美玉《杜甫連章詩研究》、林春蘭《杜詩修辭藝術之探究》諸論文。

當前討論詩歌格律問題者有《杜甫詩律探微》、《杜甫古風格律研究》，偏取其一種體裁來論述發揮者有《杜甫律詩研究》、《杜甫連章詩研究》；而從修辭學的視角來觀察闡述者有《杜詩修辭藝術之探究》；專從語法學來研究者有《杜甫七律詩句中「虛詞」運用之探究》。由上可知，從形式結構或體裁來研究者亦不乏其人。

廖惠美《杜甫五律登臨詩篇章結構探析》主要以探論杜詩五律登臨之篇章結構爲主，先述篇章結構之理論基礎，再述內容之意象結構。形式上探討章法結構，分從章法之「原型」、「變型」之哲學基礎與美感效果及章法剛柔定位作概括性介紹，再就登臨詩之意象結構論其章法之原型結構與變型結構，並指出章法風格之節奏美感、對比與調和之美、篇章結構設計之特色，最後統合杜詩章法風格剛柔屬性。

陳宣諭《杜甫樂府詩研究》論杜詩之樂府詩之承傳及流變，再論主題，有社會寫實詩、婦女詩、詠物詩、規諫友輩詩、慕隱之思與世緣之念、憶昔與思、題畫詩、飲酒詩、思鄉思家、山水記遊詩十個主題所呈現的情感內容，續論其語言藝術，從表現手法、修辭技巧來探論其成就，最後歸結杜甫樂府詩之價值及對後世之影響。

黃書益《杜詩鏡銓引正史考》以楊倫《杜詩鏡銓》引正史作爲研究範疇，內容有引史記、漢書、後漢書、三國志、晉書、南北朝史、隋書、舊唐書、新唐書等九種，並歸納整理杜詩運用正史範圍之深度及廣度，得窺正史對杜詩之影響，並就考辨類型整理分析偏多偏少之原因。

張艾茹《詩歌聲律之資訊化探索：以杜甫五律爲試驗》藉由資料庫之建立，得出研究結果：一、古人詩歌聲律可藉電腦精確資訊化，二、近體詩之聲律分析，包括黏對法則、四聲遞用、用韻現象皆可透

過規則庫之建立，達到分析各種作品的聲律問題。

（三）以時代分期為主者

　　杜甫一生顛沛流離，故分期考察其詩歌情志內容，亦是一個不可偏忽的面向。目前研究者，共分爲長安期、成都期、夔州期、秦州期諸個時期來探究。鄭元準《杜甫長安期之詩研究》旨在討論杜甫自唐玄宗天寶五年齊趙西歸旅居長安，以迄天寶十五年初夏至奉先避難間所作諸詩，十年期間以旅居長安爲久，故名之，並揭示此時期爲杜甫創作風格的轉變期，是杜詩全盤風貌開展的樞紐。

　　林瑛瑛《杜甫成都期詩歌研究》旨在掌握杜甫成都時期思想情感及藝術沿承與新創，藉由思想與文學角度了解特殊心態下所創造的詩歌藝術風貌。杜詩一千四百餘首中，成都期詩作計有四百四十二首，內涵擴大，體裁運用熟練且有創格之作，詩藝風格渾成深厚、蘊藉深遠。朱伊雯《杜甫晚期詩作之精神動向：以夔州詩爲歸趨之探究》旨在考察杜詩通過「存在」與「世界」所構成之命限情境，逐步揭顯杜甫日趨凍結的命限張力中所完成的精神突破。另外，許應華《杜甫夔州詩研究》、方秋停《杜甫秦州詩研究》亦是從杜甫在某一地域所作詩歌爲研究對象，考索其詩歌情志內容與形式技巧。洪素香《杜甫荊湘詩初探》，指出杜甫一生五十九歲可分爲青壯、長安、秦州、成都、夔州、荊湘六個時期，前數期研究者眾，遂以荊湘時期爲研究範疇，指出此時期之行腳、身心狀況、人際關係與社會關懷、詩歌結構特色及修辭藝術，嘗試爲杜甫此時期之詩歌成就與價值作一論述。

（四）其他攸關杜甫之研究

　　凡不能歸類者，列於此，以比較研究爲多。例如全英蘭《韓國詩話中有關杜甫及其作品之研究》旨在檢索韓國詩話有關杜詩資料多達千餘條中，分析、評述並進而探討中韓文學交流之情形，共分數部份論述，一、有關杜甫傳記及思想。二、韓國詩話中所討論的杜詩技巧，三、討論韓國詩話中論杜詩的內容。四、杜詩評價問題。五、有關杜

詩注釋及解說。六、杜詩對韓國詩人之影響。其次有張經宏《杜甫七律與李商隱之比較研究》旨在考察杜詩七律與李商隱詩歌之異同，分從意象、對仗、用典、音律與章法等部份來討論。

五、雄偉多奇的岑參、高適、王昌齡研究

宏觀唐代邊塞詩有何寄澎《唐代邊塞詩研究》一文，分爲初盛中晚四期說明各期詩家及其代表作品，並分析各家詩歌風格特色及獨特語言的用語。而在盛唐時期邊塞詩家有岑參、高適、王昌齡、李頎諸人爲主。

研究岑參者有孫述山《盛唐邊塞詩人岑參之研究》，從外緣問題先考索世系始末、生卒年考及生平各期的仕途經歷，最後再論邊塞作品之產生、師承、內容、風格評價、版本及交遊事蹟。陳鴻圖《岑參邊塞詩研究》先論其生平，再論其人格特質、邊塞詩繫年、與唐詩人交游考、邊塞詩之美學造詣，最後歸結在物我統一中，以俊逸奇悲風格爲結。陳秀端《岑參邊塞詩研究》探論岑參邊塞詩之主題內涵與創作技巧，確立其邊塞詩價值。

高適研究者有：施淑婷《敦煌寫本高適詩研究》揭示高適生平及詩歌思想內容和藝術技巧，及詩歌之價值。蔡振念《高適詩研究》旨在以全面的視界來探討高適詩所表現的生命與情感的多樣化，而非僅歸於邊塞詩而已，因邊塞詩只佔高適全集七分之一，且其詩歌有複雜的人生感受，冀能闡揚其幽微之詩心。論文分四部份，一是敘論，說明研究概況及理論根據方法。二是外緣研究，以討論其生平及時代，三是內在研究，研究其詩歌語言之意象節奏及詩歌所反映之境界。四是結論，總結其評價。徐義龍《高適及其詩歌研究》將高適一生分成四期，二百四十四首詩分成六類：抒情贈酬類、社會寫實類、邊塞軍旅類、山水旅遊類、詠史懷古類、詠物雜詠類，而形式特徵則從體式、語言、寫作技巧來分析，指出七古詩表現最佳，而各代對其評價則以推崇爲主，到清代高詩之研究才趨於成熟階段。洪雅惠《高適七言古

詩語言風格研究》以語言風格論高適七古詩。

王昌齡研究者有：吳鳳梅《王昌齡詩格之研究》旨在研究詩格及其外緣問題，王氏詩格是建構其詩學理論的重要典籍，亦是研究唐代詩學理論不可忽視偏棄者，該論文首先辨正詩格遺文，再說明著述背景；內容問題，則分詩論的基本觀與淵源、創作論、鑑賞論來討論文質並重、用神爲高等理論，並揭示對後代詩論影響。陳必正《王昌齡詩論研究》亦是以詩論爲主，詩論原理及應用部分，討論詩的本原是心，心的作用是形象思維與抽象思維，而境的內容是三思。詩論淵源則討論立意、生勢、品第、文體觀四部份來論述。紀佳惠：《王昌齡及其詩歌研究》，指出前人研究對於王昌齡詩歌多側重邊塞詩的主題與七絕的形式探究，遂欲朗現王昌齡生平考述及詩歌內容與藝術特質，以呈現王昌齡整體風貌與深層義蘊。湯麗慧《王昌齡五言古詩的音韻風格》運用「語言風格學」論王昌齡五古詩之音韻特色，歸納結果爲：以相似發音造成頭韻現象；多以開口、細音展現唇形變化；多以舌位升降調配開口度的變化；利用連續鼻音尾展現音樂性，豐富的四聲變化；入聲多位於首字與末字；重疊詞多位於句首；不注重回環之義的雙聲疊韻詞。

除上述岑參、高適、王昌齡詩人外，李頎之研究者有陳登山《李頎及其詩研究》論文分成「人與詩」二部份研究，「其人」先論生平及其交遊考，「其詩」再論詩歌聲律問題及內容中的京兆情結與歸隱情懷、出世幻想與入世渴望的矛盾；並從心理的反向行爲論詩中的「嵩穎基型」。

六、盛唐其他詩家研究

目前有李建崑《元次山之生平及其文學》之研究，該論文以宏觀其文學成就爲主述，在詩歌部份則分爲詩論、詩風、詩歌析論三部份以探其詩歌特色。另，林海永《吳筠道教詩研究》旨在論述吳筠道教詩內涵及藝術表現技巧、生命境界之美。

　　事實上，盛唐詩家可研究甚多，但是目前仍較集中在李白、杜甫之研究較多，而自然詩派及邊塞詩亦見研究者，但是仍以錦上添花為多。

參、中唐時期專家詩研究

　　中唐詩家，若以詩歌內容的流派來分類，比較重要的有一、自然詩派，以韋應物、劉長卿、柳宗元為主；二、社會詩派，以元、白為主，劉禹錫、張籍附之；三、邊塞詩派，以李益、戎昱、姚合、令狐楚為主；四、奇險怪澀派，以韓愈、孟郊、賈島、李賀等人為主。若以時期來分類，有大曆詩人及元和詩人。另外，論題較廣則附於其他一類。

一、自然詩派以韋、劉、柳為主

　　目前研究中唐自然詩派中的韋應物有盧明允《韋應物詩研究》、崔成宗《韋蘇州及其詩之研究》、趙夏霖《韋應物及其詩之研究》三篇論文。盧明允《韋應物詩研究》，指出將韋應物置於中唐自然詩派有不妥處，主要是韋氏是由盛唐過渡至中唐的詩人，同是也創作自然詩及社會寫實的詩歌，一般詩論將其置於自然詩派，而大陸學者則專從社會寫實的角度來討論，所以切入點似有不同，如何討論韋詩才能接近真貌，似乎是一個難題。盧明允論文重點之一即在辨正此一問題。研究方法則先將詩歌作分期處理，發現韋詩作品有兩類，一是揭露社會現況、關懷人生之作品，一是投入佛道山水的詩作。研究步驟之二是將作品分析並置入時代環境之中，與歷史事件及身世、性格、際遇合併討論，發現韋詩對現實的渴望、人生的關懷非常強烈，甚有反向走向佛道自然的詩風，以寄情山水，而形成詩歌意趣、哲理的特色。步驟三是就韋詩技巧，分從修辭、意象、比興賦體來談韋詩的特色，完整呈現韋詩的風貌。最後歸結得知韋詩關懷現實人世精神、內容、題材深受白居易影響，而自然詩歌的展現，是集前人大成，為盛唐過渡到中唐的結束者，數量雖不多，但是極富藝術值，是故討論韋

詩，應從此二面向去觀覽，才能窺見完整風貌。另有崔成宗《韋蘇州及其詩之研究》以研究其人其詩兩部份爲主述。趙夏霜《韋應物及其詩之研究》從生平背景及其思想際遇爲基礎，探論詩歌之意趣、創作、風格表現、詩歌沿承影響及後人評價。

研究劉長卿者有劉美珠《劉長卿及其詩》，旨在從劉長卿其人其詩分析闡釋以肯定劉長卿在詩壇應有的地位，進而增加對劉詩之欣賞與領悟。其人部份，先作生平交遊之考索，其詩部份則分就體裁、題材、風格、表現技巧來討論，得出五言長城之稱是劉長卿自名其詩。

研究柳宗元者有曾宿娟《柳宗元永州詩研究》以永州詩九十九首爲研究範圍，探論其八種主題及形式美感之風格特色。

以上研究韋應物之詩多於劉長卿及柳宗元。

二、社會詩派研究以元、白爲多

元稹、白居易二位詩家是元和時期新樂府的代表，目前研究白居易詩歌的論文最多，而單獨討論元稹的詩歌則少。蕭永雄《元白詩韻考》、呂正惠《元白比較研究》是從宏觀的角度檢視元、白二詩家詩歌之異同。

蕭永雄《元白詩韻考》旨在運用元白詩歌通俗易曉、老嫗皆解以探求中唐用韻的情形。研究的方式是分別從元白二人詩歌中檢視陰聲、陽聲、入聲、聲調四部份用韻異同的情形，歸結出元白所用詩韻是當時實際語音，可與宋代汴洛音銜接。呂正惠《元白比較研究》檢視的角度有二，一是從家庭背景、政治生涯及立場來考索二人的生平。二是從詩歌內容來檢視，二人創作的態度及詩觀，其後再就歷代對元白詩歌的批評作一評價，使能朗現二人雖同爲社會詩派，相交至深，卻有不同的觀點與表現。

收關元稹詩歌作單獨研究有二：呂惠貞《元稹及其詩研究》、廖湘美《元稹詩文用韻考》。呂惠貞《元稹及其詩研究》主要是討論其人其詩二面向。在「其人」部份從年譜、家世、繫年、交游等方面分

析元稹身處中唐藩鎮驕縱、黨爭熾烈等錯綜複雜網絡中，交織成後人對元稹人格產生誤解。「其詩」部份則從題材、體裁二方面來討論其成就。體裁方面，深受杜甫影響，眾體欲兼備，然才情有限，未能兼備。題材方面，工於寫情，長於敘事而在酬唱、悼亡、諷諭、日常生活、艷情等創作皆有傑出的表現，然出以口語，不避重複、疊字致有淺直露之譏。廖湘美《元稹詩文用韻考》旨在利用元稹詩作通俗易曉、較接近中唐實際語音的特色來考察元稹詩文韻系與其他相關韻系的比較。得出的結果發現元稹詩韻確與長安及西北方音有共同點。

關於白居易詩歌研究的論文甚多，吾人可簡分為下列數類：

1、宏觀研究

是指對白詩作全面性的研究。黃亦真《白詩研究》首論詩歌對白居易的重要性，指出詩歌是白居易一生成敗繫於詩、終身志趣寄於詩、平生交友藉於詩、畢生精力獻於詩。次論儒家思想與白居易諷諭詩之關涉，三論佛道思想與白居易閒適詩的關涉，四論天生多情善感的情操與感傷時的關涉，歸結出白詩有平易、事實、情辭真切的特色。

俞炳禮《白居易詩研究》揭示前人研究白居易詩特別強調諷諭詩，但是在白詩二千八百八十八首當中，諷諭詩只佔一百七十二首，以數量來看，實不相符稱，遂重新檢視白詩吟哦的內容。研究結果，得出白詩絕大部份詩歌有因時命蹉跎之身世、有感而發的緣情作品，且為了忘去不得功名之煩惱，或棲心佛道，或寄情山水，或詩酒自娛。逆反前人研究指出白居易是淡薄名利、樂天知命、安貧樂道的神話，他本是熱衷功名，因積極追功名未遂，乃轉向退隱，而衣食無著，遂又創造出「兼得仕隱、優遊山水」的中隱生活，實非樂天安命的思想。林明珠《白居易詩探析》旨在探究白詩各種體製、類型、題材所呈現出來的藝術表現與成就。論文，就白詩內容分為送別、應制、宴集、贈答、唱和、閒適、表現自我、詠老、寫景、詠物；就體製分為長篇歌行、排律、新樂府等類別加以探析，著重點在觀察白居易如何觀物，如何轉化經驗成為藝術美感規律，並經由表現經驗的延展性及表現平

凡經驗的意義二方面來掌握突顯白詩在中唐時空中具有承先啓後的特殊性。

2、以題材研究為主

俞炳禮《白居易諷諭詩研究》旨在討論白氏諷諭詩。蔣淨玉《白居易詩歌中的陶淵明風範》揭示白居在田園詩與陶淵明一脈相承,且寫出〈效陶體詩〉十六首,上承南北朝鮑照、江淹擬陶之傳統,到了宋朝則演化成和陶詩,在摹陶、擬陶的陶學史上,有承先啓後的作用。

何享憫《白居易詩歌之歷史人物形象探討》論述白居易詩中三百七十五位歷史人物,有歷代各朝之帝王、貴胄、文臣、武將、後宮嬪妃、技藝人士、凡夫走卒及一般女性等等,並由張為《詩人主客圖》稱白居易為廣大教化主,是為實至名歸。沈芬好《白居易詩集中季節詩研究》將白居詩季節詩情感類型分為嘆老、宦海沈浮、曲江緬懷、相酬友情等四類,並指出白居易季節詩表現出生活態度的具體作為。簡意文《白居易詩中的衣食雅趣》以白詩中與衣食相關之題材作為主要研究內容,並對照白居易的生命歷程、思想性情、寫作風格等,將詩中衣食意象、雅趣作歸納研究。蔡叔珍《白居易「閒適」詩研究:以「情性」為考察基點》揭示白居易閒適詩觀在於「獨善」與「知足保和」,而其自我定位在「中隱」,隱於留司官,不僅明哲合身,且自得其樂。而其生活品味則在掩關而居、飲酒、寄跡山水、居家環境布置四方面展現閒適心態。侯配晴《白居易敘事詩美學研究:以諷諭詩、感傷詩為主》,從諷諭詩、感傷詩來論白氏之美學,探討形象直覺、心理距離、移情作用及內模仿所展現之藝術美。

林明珠《白居易敘事詩研究》旨在借助中西敘事理論探討白詩,擴大審美趣味以彌補傳統詩論中技巧批評之不足。文分七章論述,第一章說明整體研究精神。第二章論述白詩敘事性質,取材現實、場景刻畫、人物塑造、敘事語言口語化及散文化。第三章論述敘事詩的題材分佈,以考察擇材角度,具有傳寫民生疾苦及記述個人、省思生命。第四章探究詩歌情意內涵,在面對集體苦難時表現悲憫

同情，在面對個人生命挫傷、命運無常時尋求價值抉擇與安頓。第
五章探討敘事結構，分爲結構類型、人物塑造、敘事觀點、情節安
排等。第六章分析語言結構，從意象與敘事角度來討論，最後聯繫
敘事與詩二者，以明語言經營效果。第七章回應前述章節在內容、
形式及二者縮合方式層層剖析整體觀照，分別討論「激切樸質」與
「抒情宛轉」的風格特色。同題研究者邱曉淳《白居易敘事詩研究》
一文，揭示白氏敘事詩的藝術表現，突破傳統詩歌言事時，易缺乏
情韻的缺失，在敘事時，也能呈現詩歌涵蘊之美感。至於敘事詩的
特徵，分從題材類型、敘述方式、情節結構、人物類型上來分析。
蔡霓眞《白居易詩歌及樂舞研究》從詩歌中有關古琴、古箏、琵琶、
歌喝和樂舞的詩歌中，分析白氏聽音樂、觀歌舞的感受，描寫樂曲
及樂器演奏情形，並對音樂的觀點進行探討。最後歸結白氏音樂美
學思想，提倡新樂府，重視六義，建議恢復采風之官，對儒家音樂
思想主張治國者應重視音樂，遂被稱爲廣大教化主，以詩、樂、舞
是一種綜合藝術。

　　蔡淑梓《白居易諷諭詩的創作理論與修辭實踐》指出白氏之創作
理論爲〈新樂府序〉中的爲君、爲臣、爲民、爲物、爲事而作，並與
〈與元九書〉之：「文章人爲時而著，詩歌合爲事而作」相符，而其
諷諭詩的題材廣泛多樣，用語自然流利，人物形象鮮明，寓意深刻動
人，寫作手法意象鮮明，音韻順暢，且遣詞用字淺白易懂。

　　3、以形式體裁研究為主
　　陳美霞《白居易詩文用韻考及其與唐代西北方音之比較》旨在探
討白居易詩文的用韻現象及與西北方音：《唐代西北方音》、慧琳《一
切經音義》、玄應《一切經音義》諸韻書以及敦煌變文、曲子詞韻系
作比較，以明其異同，藉以突顯白居易詩文所表現的方音。蕭雅蓮《白
居易新樂府詩語言藝術研究》以五十首新樂府爲主，討論其修辭、句
式、音韻、用典特色、用字技巧之語言藝術。

4、白居易思想及相關研究

韓庭銀《白居易詩與釋道之關係》旨在探究白詩與釋道思想之關係，並輔以生平事蹟及其詩觀。論文分作五部份論述，一是簡述白居易家世、生平、著作及對詩文之分類。二、探討白氏對詩之認識及詩觀。三、探究白氏對佛教之態度及修養。四、探究白氏對老莊之研究及道教之實踐。五、對各家評斷白詩作一評價並對白氏內心世界加以分析探討以作爲總結。莊美緩《白居易禪詩研究》指出白居易禪詩可約以禪之妙理、典故、事跡、習法、意趣等入詩，豐富詩歌內容，主題有體悟浮生如夢，知所隨緣自適；揭示常淨自性、尋求無念無相、表明佛性平等、探求見性成佛及照見五蘊皆空等內容，至於其禪詩所呈現的審美趣味以自然清眞爲最高原則，語言則樸質清淡，充滿無限旨趣。

5、影響研究

有矢野光治《白居易及其詩對日本文學之影響》文章分三編，首論白居易生平，次論其思想及詩風，再論白氏對日本文學的影響，分平安時代、鎌倉時代、室町時代三期來討論，指出白居易詩歌對日本，尤其是平安時代的影響甚鉅，當時知識份子更以研讀白氏作品作爲個人教養之一，同時也對女性文學產生影響。復次，陳家煌《白居易生命歷程對詩風影響之研究》從生平經歷考索白居易的詩風變革。

另外，陳秀香《陳寅恪元白詩箋證稿探微》以探討《元白詩箋證稿》之內容爲經，以探求其箋證方法爲緯，闡述陳寅恪箋證之方法論及其評價與影響。

與元白同爲社會詩人者，尚有劉禹錫、張籍、王建諸人，研究成果亦斐然可觀。

收關劉禹錫研究者有：楊秋生《劉禹錫及其詩研究》、張長台《劉夢得研究》、鍾曉峰《劉禹錫詩歌創作與政治遭遇關係之研究》。楊秋生《劉禹錫及其詩研究》論文分爲「其人」、「其詩」研究，「其人」論述家世、生平事蹟、交遊、所處環境與文學環境及其爲詩態度，「其

詩」論述詩歌語言與境界二部份，語言涵括意象、音響、數字運用、主題結構；詩歌境界，則分從歷史的繁華與幻滅、特殊的時空意識、悲劇性的情緒、禪意與禪趣來論述，歸納研究成果，得知劉禹錫之詩以意為主，有氣骨，雄渾老蒼、語意雄健，尤其歌行體情調殊麗，有六朝風致，是故《新唐書》云：「卓然以所長為一世冠」。張長台《劉夢得研究》論文分成：生平、交遊、人格、思想、文學五部份論述，其中攸關詩歌者，列於文學部份討論，指出劉氏的詩論在創作與鑑賞兼重，同時也肯定詩歌具有裨補教化之功能。至於其詩歌創作則以酬答詩為論述重點，分論劉氏與各家唱和詩集之述要並對酬答詩作分析。鍾曉峰《劉禹錫詩歌創作與政治遭遇關係之研究》論劉氏之詩歌創作歷程與內容，深受政治參與影響，以永貞事件為主，指出主題內容以寄託或反映現實為主，而寫作則繼承詩騷傳統比興寄託之作，同時也有對地方民歌與新聲歌曲進行擬作與託寓。

　　張籍、王建合論者有金卿東《張籍、王建社會詩研究》一文，以張籍、王建社會詩為探討對象，因二人同為中唐貞元、元和時期社會寫實詩人，又皆以樂府詩見稱，世稱「張王樂府」，論述的重點先述二人生平及社會詩產生的背景，再論二人社會詩的主題與內容，結論說明二人在文學史上的價值與意義。

　　單論張籍者有巫淑寧《張籍及其樂府詩研究》旨在討論張籍樂府詩的思想內涵、內容、形式及張籍樂府詩的評價與影響。謝慧美《張籍詩呈現之唐代社會風情研究》討論其詩四百七十九首，指出其詩之內容具寫實精神，語言風格承繼杜甫，體式則有舊曲新聲、新題古義及稍復古意者。

　　王建之研究者有謝明輝《王建詩歌研究》從創作生涯、中唐背景、內涵、形式體製分析王建之詩，並與張籍詩作對比。顧況之研究者有塗佳儒《顧況及其詩研究》分從顧況生平事略、詩歌形成、詩歌特徵、內涵分析、風格特色及文學地位等來評價錢起。錢起之研究者有陳玉妮《錢起詩研究》以討論錢起詩作之內涵、寫作技巧、表現手法、詩

歌風格爲主。權德輿之研究有許恬怡《權德輿生平及其詩歌研究》以探論權氏生平與繫年之考證、詩歌風格特色爲主。

三、韓孟奇險與李賀怪誕詩風

中唐怪澀詩風以韓愈、孟郊、賈島、李賀諸人爲首。

研究韓愈詩歌的論文甚多，有：吳達芸《韓愈生平及其詩之研究》、張慧蓮《韓愈詩觀及其詩》、高八美《韓愈詩研究》、吳車《韓門詩家論評》、李建崑《韓愈詩探析》、黃舜彬《韓愈詩美學研究》、陳穩如《韓愈古體詩之音韻風格》、陳顯頌《韓愈詩修辭藝術探究》等。吳達芸《韓愈生平及其詩之研究》論文分爲「其人、其詩」二部份，「其人」簡述韓愈生平，附論學術思想及文論、散文成就及古文運動。「其詩」主要論述韓愈詩說及沿承新創的詩歌谿徑、韓詩中所呈現的繪畫性、音樂性、構築性、境界五者。張慧蓮《韓愈詩觀及其詩》重點在研究韓愈的詩觀及其詩歌的內容及形式特色。詩觀指出文以載道、詩文齊六經，不作無意義妍麗之詩，詩歌只是宦餘寄託性情、諷刺政治、聊以遣興的作品，韓愈作詩的態度是餘事作詩人，作詩的方法是喜好雕琢、務去陳言。詩歌內容則分就感懷寄情、託物諷諭、贈勸慰藉、摹詠景物來討論；特色部份則分從押韻、用典、遣詞三部份來論述。結論揭示韓詩最大影響在「以文爲詩」及用怪字、險韻所形成奇險冷僻的風格。以文爲詩的方式，影響宋詩，怪字險韻詩風影響中唐及後代奇險詩人，使詩歌重拓新的風格，以別於元白、張籍的社會文學，形成獨特的風格與地位，不容忽視。吳車《韓門詩家論評》以討論韓門之詩家，主要有孟郊、張籍、賈島、李賀、盧仝諸人，次要者有馬異、劉叉、李翺、皇甫湜、樊宗師諸人，目的在歸結韓門諸家之性行比較、諸家之一生境遇、諸家與韓愈關係之親疏久暫、諸家之爲詩態度與寫技巧、諸家之詩歌體裁、諸家之詩歌風格等。黃舜彬《韓愈詩美學研究》全文分三篇，第一篇論韓愈文學創作理論與審美取向；第二篇論韓愈詩歌創作論；第三篇論詩歌風格，刻意呈現「以

美爲醜」的語言審美感受。陳穩如《韓愈古體詩之音韻風格》根據廣韻再以竺家寧擬音系統爲標準，將韓愈古體詩的用字轉化爲科學的記音符號，進行詩歌音韻特色分析，包括古體詩聲母、韻母、雙聲疊韻等風格。陳顯頌《韓愈詩修辭藝術探究》主要從意境、詞語、語言三面向論韓愈修辭風格之表現。

　　施寬文《孟郊奇險詩風研究》首先從「人格風格」、「語言風格」擴清前人對孟郊兩極化的評論。其次指出「奇」是指詩思想像，而「險」是指用字修辭而言。再次，就孟郊一生坎坷境遇說明原本主張「雅正」文學，何以步上奇險詩風的原因。復次，就「詩思想像」、「險韻僻字」來說明孟郊爲情造文，而非刻意標新立異，並比較孟郊在韓孟詩派當中與其他詩人在詩歌創作上之異同。王麗雅《孟郊、韓愈奇險詩風比較》首論奇險文學論及其背景，再就二人修辭方面比較語言形式的樣態，再次，從意境討論二人異同，最後，就後世評價和接受情形說明二人在文學史上的地位及兩種風格面貌。

　　除了韓、孟之外，其他詩家亦有可論者，目前有楊良玉《王令詩研究》以研究王令，有鄭紀眞《賈島詩研究》、顏寶秀《推敲詩人：賈島藝探索》以專研賈島詩爲主。《王令詩研究》旨在透過王令一窺韓派詩歌產生的背景及其表現手法，對從性情操守、生活境遇及詩歌創作將孟郊、韓愈、盧仝、李賀、王令作一比較，以考知王令詩歌之承襲與創新之價值。鄭紀眞《賈島詩研究》旨在研討賈島詩歌的藝術成就，外緣研究，先勾勒政治背景、文學環境、生平事蹟、及苦吟的創作方式與態度。內緣研究則就題材討論贈答送悼、情志抒發、著題歌詠的詩歌；形式特色則就：用字平中用奇、意象偏於枝狹、句式巧作變格、謀篇鍛常爲精，並藉此定出其風格特色爲瘦、狂怪二風，其下，再就賈島詩歌對後世影響說明對晚唐、兩宋詩風的影響。顏寶秀《推敲詩人：賈島藝探索》指出賈島詩擅五律，詩藝則傾向清峭瘦硬、幽冷奇僻，備受晚唐五代詩人推崇，締造「賈島詩代」的風潮。

　　賈島之外，學者對於李賀之研究，亦有偏愛，有《李賀詩析論》、

《李賀詩新探》是以李賀詩歌為主述;《李賀詩文學世界研究》是透過詩來觀察李賀的意識世界、詩世界、文學思想等;《李賀詩之語言風格研究:從詞彙與句型結構分析》、《從現代語義學看李賀詩歌之語義研究》二論文則從語言學的角度來觀察其語言風格及語義。李恆敬《李賀詩析論》、李卓藩《李賀詩新探》二文皆是就李賀詩作宏觀式的攬探。先就外緣討論其政治背景、文學環境、生平概述、個性人格。內緣問題討論李賀詩歌的意象:練字、設色、用典、意象類型、意象結構;聲律部份討論:音節、句法、諧律;特殊主題:感時不遇的慨嘆、田園的幻滅與現實諷諭、神仙與特別的時間觀、別出新意的詠史、閨情與宮怨。洪在玄《李賀詩文學世界研究》旨在討論李賀的意識世界、詩世界、文學思想,觸及詩歌中的象徵性與超現實性與法國詩人波特萊爾作比較,分析二人的交感詩學,並藉著布列東的現實主義宣言,窺視李賀之現代性的文學觀念及在中國詩學史上的地位與價值。楊雪嬰《李賀詩風格之構成與表現》旨在以李賀的才性為經、以風格為緯,探討李賀詩風格構成的因素及風格表現。風格構成因素分從才性主體作內在因素的考察及從時代文風與文學淵源作外緣因素的考察。風格的表現從創作藝術心理模式論風格之呈現;從語言藝術的開發與完成論李賀詩的藝術成就。張靜宜《李賀詩之語言風格研究:從詞彙與句型結構分析》旨在以語言風格學的分析方法研究李賀如何驅遣、運用屬於自己的「詩的語言」,呈現獨特的詩歌風格。研究重點先探究李賀設色時的遣詞手法與其揀詞造句時的特殊偏好,以呈現李賀運用顏色字時的個人習慣,平仄、用韻、重疊詞運用皆是借以增進音律和諧之美的重要手法。其次,研究疊詞的構詞形式及其詩中所擔任的語法功能;再次,透過重複遣詞的過程來研究修辭現象、用詞模式;復次,討論李賀跨越自然語言的常規,呈現「連貫句」和「零句」的句型特色。朴庸鎮《從現代語義學看李賀詩歌之語義研究》旨在運用現代語義學中有關「詞彙類聚」和「語義內涵」的理論來探討漢語詩歌的詞彙特色。有關「詞彙類聚」部份是運用場域理論;「語義內

涵」是運用語義成份分析法。楊淑美《李賀詩神話題材研究》以李賀取用神話題材，進行心理基礎及運用手法之探討，將其神話題材歸納爲：神怪、歷史、死亡靈魂、冥界、自然、動植物、風俗神話及其他神話七大類，並分析李賀鍾愛的神話類型及其內在心理；進一步再指出主題意識有二：一爲生命無奈之悲，二爲生命依戀之情；藝術特色有：幻覺思維、化醜爲美、設境詭譎、用語瑰奇四方面。陳怡君《李賀詩中神話思維現象研究》亦是以神話爲論述焦點，論述李賀神話中的時間、空間、生死概念，將古今情境納入現實存在情境進行反省，呈現生命原貌。透過神話中的羲和探討李賀對自然時間的思索；神話中的女性探討空間感營造方式及李賀的意識傾向；進而討論李賀神話中對死亡意義的思索，展現李賀肯定死亡、接受死亡並藉以打破自我對肉體生命的執著。鍾達華《李賀詩意象研究》首論李賀生命意識，充滿困挫與反省，亟欲尋求寄託外，執著追求的生命觀，也讓他在對生命焦慮、對死亡憂懼之餘，也表現超越時空與生死的企圖。續論其詩歌中的心理投射的意象表現、時空意象、感官意象等由苦悶探索中轉向內心世界，聯覺出魅麗奇異的通感意象。

　　再則，將李商隱及李賀一同作研究者有趙路得《李賀與李商隱詩歌中的通感表現手法研究》，指出通感即聯覺與認知美感的組合，意即綜合各種官能的美學，「通感意象」即指詩歌中經常運用的表現手法；全文探討色彩、聽覺、觸覺之通感及通感手法所呈現的朦朧、感官交錯的綜合體驗，類似超現實主義所標榜的幻覺，進而探討二李通感表現技巧及深層的心理象徵義涵。蔡宇蕙《李賀、李商隱「設色穠麗」的詩歌色彩析論》從色彩光譜的概念進行二李詩之色彩表現及其審美內涵之研究，指出李賀詩歌喜炫耀澄鮮的紫紅青白四色，而李商隱則以朦朧冷豔的幽光幻影的白碧紫灰爲主；進而說明「設色穠豔」是隨時代轉移的審美觀念。

　　綜觀之，研究李賀之面向繁盛多樣，幾乎多落實在風格與特殊組構方式。

四、發潛德幽光之其他專家詩研究

在中唐其他專家詩人當中，裴度、姚合、薛濤、武元衡、李益諸人亦有學者撰文研究，使中唐詩家能幽光潛發，不會隱晦不彰。陳玉雪《裴度交往詩研究》主要是針對裴度經歷憲、穆、敬、文四朝，以「中興賢相」美譽聞名於中晚唐，在當時與文人名士交接往來，賓主酬唱頻繁，產生大量交往酬唱的詩歌，研究交往詩篇可知裴度與當時文人互動的關係及其文學成就，使裴度能更具實的展現文壇大老的一個面向而非僅是勳業大臣。

姚合研究有徐玉美《姚合及其詩研究》、簡貴雀《姚合詩及其《極玄集》研究》、蔡柏盈《姚合詩研究》等。徐玉美《姚合及其詩研究》以討論姚合其人其詩爲主。姚合曾作武功詩三十首，故名之爲武功體，南宋時後學模仿，致寫景寄情流於瑣屑偏僻，間亦使武功體備受批駁，因而不顯於世，該論文則抉發幽光，以見其人其詩；並揭示姚合其詩歌特色以摹景深細、清奇閒淡、少文飾貴白描爲主，在內容題材方面以困窘感懷、離情別恨、閒適情懷、詠物四端爲多，而形式部份則善用五律，用字造語以善用疊字，喜用小巧字、高遠幽深字。最後歸結姚合詩歌對後世有直接影響者有宋代四靈詩派，由苦吟、重景、白描、鍊句、清淡爲特色，武功體間接影響者有江湖詩派。簡貴雀《姚合詩及其《極玄集》研究》指出姚合存詩五百二十首，早年以「武功體」詩馳名長慶年間，晚年以詩宗享譽大和、開成年間，奉爲「唐宗」，並探論其詩歌之理論淵源、題材內容、藝術形式、《極玄集》之特色與價值及對後世之影響與地位。蔡柏盈《姚合詩研究》探論姚合詩作及詩觀，並論姚合與中晚唐詩之連繫。

黃奕珍《李益及其詩研究：符號學式之詮釋》旨在運用西方符號學理論論述李益詩歌並予以評價，冀能達到正確有效地閱讀詩歌，進一步認識文學現象、文學傳統及社會、文化等層面，並能對詩歌提出銳利的批評。陳姿羽《大曆二家詩研究：以盧綸、李益爲探討對象》主要是討論大曆詩家盧綸、李益二人之詩歌特色並將二家詩歌作比

較、評述及其對後世文學之影響。

　　蘇姍玉《薛濤及其詩研究》旨在從薛濤的個人生平及作品來探究唐代詩伎的風采，對於歷來的種種評說以及充滿杜撰、獵奇之說能獨出清流，加以辨析，窺知薛濤溫婉秀麗、清奇雅正的詩篇能在唐代詩壇爭得一席之地。鄭雅芬《武元衡詩研究》旨在分析武元衡一百九十三題、一百九十七首詩歌作品，冀能見其人及其詩歌風貌，以發其幽光。論文先考索其生平，並附錄生平大事繫年，再就武元衡與時流交往的詩歌，分析其寫作背景、目的及體製等。其下，則就作品內容或詩題分析歸納成十一類以探究其內容與取境，形式部份則探討詩歌特色，分別從體製、用典技巧、感覺表現三方面研究，最後歸結武元衡在文壇的地位。

肆、晚唐時期專家詩研究

　　晚唐是指西元 827 年至 906 年，其間，詩家備出，若依李日剛所分，大約可以就所呈現的風格分爲：

豪宕派：杜牧、張祜、李群玉、孟遲等人。

典綺派：李商隱、溫庭筠、韓偓、吳融、段成式、秦韜玉等人。

律格派：朱慶餘、許渾、項斯、司空圖、李咸用、章孝標、任蕃等人。

淺俗派：羅隱、韋莊、杜荀鶴、曹鄴、劉駕、聶夷中、羅鄴、羅虬、
　　　　鄭嵎。

怪澀派：皮日休、陸龜蒙、張蕡、魏朴等人。

幽僻派：李洞、喻鳧、曹松、于鄴、盧延讓。

清雅派：李頻、方干、薛能、鄭谷、張喬、許棠、李昌符、溫憲。

　　目前，對於晚唐詩風，仍無較好的分類方式，基本上，仍以李日剛以風格方式分畫詩家爲主。

一、諷諭唯美的晚唐詩歌研究

　　宏觀晚唐詩風有廖美玉《晚唐諷刺詩研究》、朴柱邦《唐代唯美詩之研究：以晚唐爲探討對象》；廖美玉《晚唐諷刺詩研究》研究晚

唐詩家李商隱、杜牧、皮日休、陸龜蒙、羅隱、杜荀鶴、聶夷中、韋莊諸人之詩人針砭時弊、反映現實的諷刺詩，在內容方面表達對農民的深厚同情、指陳政治社會的弊端，在形式技巧方面，體裁上大量使用近體詩作為媒介，突破新樂府之寫作傳統，且為適應近體詩的篇幅，取材上採用以小見大的方式，諷刺手法從婉言到直斥無所不宜；最後歸結晚唐諷刺詩的成就，直言無諱的諷刺風格、使用近體創作等成就，開拓諷刺詩的新寫作方向。朴柱邦《唐代唯美詩之研究：以晚唐為探討對象》旨在討論晚唐所形成獨特的唯美風格，結論歸納出三點：1、晚唐唯美詩的形象特色。2、晚唐唯美詩之意境特色。3、晚唐唯美詩之典型：無題詩。

李添富《晚唐律體詩用韻通轉之研究》旨在研究晚唐詩人用韻所顯示的語音現象及晚唐律體詩通轉用韻與韻書之比較研究，以十類合韻韻部為討論對象：

1、東韻與冬韻

2、江韻與陽韻

3、支韻微韻與齊韻

4、魚韻與虞韻

5、佳韻灰韻麻韻與歌韻

6、真韻文韻與元韻

7、寒韻刪韻與先韻

8、蕭韻肴韻與豪韻

9、庚韻青韻蒸韻與侵韻

10、覃韻鹽與感韻

另外，黃大松《晚唐詩歌中黃昏意象研究》從黃昏意象來解釋詩歌的比興寄託。

二、晚唐詩論以《二十四詩品》、皎然《詩式》論為主導

晚唐詩論大體而言，以皎然《詩式》、司空圖《二十四詩品》為

主。鍾慧玲《皎然詩式研究》旨在研究皎然〈詩式〉、〈詩議〉所呈現的詩學理論有：一、詩論的基本觀念：復古通變說、文質並重說。二、創作論則拈出：獨創與模擬說、取境與神詣說、比興與用事說、聲律與對偶說、二俗十五例說。三、鑑賞論：文外之旨說、詩有五格說、三格三品藻說、歷代作家述評說。四、辯體論：十九體釋義。五、影響論：神韻派之建立、詩格說之衍論。

吳忠華《司空圖詩論研究》旨在探究司空圖的詩學理論：一、創作論：創作之準備、靈感論、離形得似、思與境偕、萬取一收。二、風格論：論述司空圖風格論的二種基型，風格形成的過程並說明其風格論在詩學上的特殊意義。三、韻味說：闡說韻味說的具體內容、韻味辨識的準則和藝術要求。四、美學觀：分就審美理論的出發點、詩境的建立對沖淡與自然美的追求作具體分析，並揭示其美學理論對文藝鑑賞者的啟發作用。五、探討對後世詩論之影響。主要以嚴羽和王士禎為主。閔丙三《司空圖詩品運用莊子思想之研究》旨在研究《詩品》中的《莊子》成分，闡明《詩品》對於《莊子》思想的運用就可以更進一步了解《詩品》的文學理論，而且可以確認《詩品》在中國文藝思想史上的地位和價值，也可以再肯定《莊子》對整個中國文藝思想史的至大影響。

三、晚唐詩家流派研究

（一）典綺派

主要以李商隱、溫庭筠為主，旁涉韓偓。

研究溫庭筠者有楊玖《溫庭筠詩研究》，旨在探究溫庭筠的詩歌成就兼及時代背景、身世與學行、詩集之著錄與流傳，詩歌部份以討論內容與思想、風格與境界、技巧及溫氏在詩壇上的地位與影響為主。許瑞玲《溫庭筠詩之語言風格研究——從顏色字的使用及其詩句結構分析》分析溫庭筠詩中的語言風格，從顏色字的使用及詩句結構來探究。李恩禧《溫庭筠詩詞中感覺之表現》從唯美主義的詩歌特色

來看溫庭筠詩歌的藝術成果，作爲研究唯美主義感官方面特徵的基礎。所運用的原典以曾益箋注《溫飛卿詩集箋注》（里仁本）及趙崇祚《花間集》爲主。歸結溫氏詩歌中重感官經驗的表達，舉凡色、聲、香、味、觸皆有細膩具體的表現，將感官感受和情感捕捉突出發展爲高超之印象技法。

蔡靖文《韓偓詩新探》以《香奩集》、《韓翰林集》來考索韓偓的詩歌成就。胡雅嵐《吳融生平及其詩作研究》揭示傳統將吳融與韓偓「香奩體」並舉且說其詩綺麗浮靡之說法不確實，其詩歌爲唐末接軌至宋元文學發展的橋樑，有其無可取代的地位和價值。

以下，研究李義山的論文較多，顯示研究者對李商隱詩之喜好。

一、整體宏觀論述李商隱詩歌者有張淑香《李義山詩研究》、朴成仁《李商隱及其詩研究》。張淑香《李義山詩研究》分從內在與外緣二部份進行李商隱詩歌的研究分析，內在研究從語言、節奏、主題結構、詩的境界四方面著手；外緣問題則從「以意逆志」至「知人論世」來談論義山詩的糾葛，並點出所處的時代背景及生平及詩歌對後世的影響。其中，內在研究，可算是第一本從新批評角度來探究中國的詩歌。朴成仁《李商隱及其詩研究》研究李商隱如何在晚唐混亂社會中處世、交遊、寫詩，以及詩意晦澀難解的原因所在；生平以馮浩《玉谿生年譜》、張爾田《玉谿生年譜會箋》爲主；在詩歌部份則特別討論風格特色及諷刺當時朝政的諷喻詩與寄內詩、悼亡詩。

二、主題式論述。有詠史詩、不圓滿情境、神話、女性敘寫、神話題材、無題詩等之研究。

韓惠京《李商隱詠史詩探微》旨在論敘李商隱詠史詩的思想內涵與藝術特色，重新認知李商隱詩歌世界絕非僅有艷情唯美而已，亦有對社會國家深切的關注，而對於歷史人物與事件也有主觀見解，可使李商隱的詠史詩與無題詩並稱於世。方復華《李商隱「不圓滿」情境研究》旨在揭示李商隱詩歌中常呈現一種「不圓滿」的特殊詩境，亦即李商隱對生命的觀照，常充滿一種人、事、物殘缺美感的呈現，針

對此一詩境，討論歷史、文士、女性、物象等詩歌作品。除了剖析「不圓滿」的詩境之外，並參照歷代各家的評註，釐清長久以來對李商隱的偏見。吳品萻《李商隱詩歌「女性敘寫」之研究》擺脫傳統論述李商隱比興寄託的閱讀策略及詩史互證的視野，改從「性別」論述李商隱詩歌，審視其詩中之女性敘寫所構成的兩性關係及其透顯出來的性別意義，指出李商隱的女性心態及陰性特質與中晚唐文化審美思潮有關，進而指出李商隱女性敘寫時，突破傳統男女性別之主客顛覆的傾向，鬆動主流意識形態中男女二元對立的父權價值體系，存在多重主體意識間的交流對話，構成眾聲合鳴的審美效應；同時也將女性敘寫詩作中明顯詞化特質交互滲透下，造成文類內部的文體特徵之變化。陳淑媛《李義山詩神話題材研究》從神話題材論義山的生命悲劇感，並歸納爲女性神話人物、男性神話人物、神鳥神話、自然界神話、其他仙道題材等五大類神話類型，進而勾稽義山詩神話題材之悲劇表現，從詩作反映義山之生活失志、愛情悲劇、打破神話滿足人生的功能、悲劇性的慣習用字四大主題抉發其神話題材的主題意識及表現手法，歸結其風格特色，從顯露幽寒的意象、擷取多樣的仙道題材、神話題材的活用、勾勒仙女仙境的陰柔之美、對女仙的關懷與期望、諷刺君王求仙的迷妄行徑等六方面探究其神話題材之風格特色。劉盟潭《李商隱十八首無題詩詮釋策略之研究》將李義山一生分成三時期，並分析各期之風格，進而對十八首無題詩進行學者箋釋之耙梳整理，歸納出詮釋傾向，進而討論歷代對李義山詩之評價，及對後世之影響，歷宋元明清到近代，從「鄙視」到逐漸「重視」，由「狎邪之語」到文學藝術的「蒙太奇」，充份說明李義山文學藝術價值漸受肯定。

三、意象研究。有詠物詩、天文意象、牡丹詩等研究。

曾淑巖《李商隱詠物詩研究》旨在從李商隱六百多首詩歌中，揀擇約一百首的詠物詩作爲研究的對象，詠物的題材多樣，包括天文、地理、人體、器物、草木、花卉、蟲魚鳥獸等，詩歌技巧較多創新，其託物自況、以物擬人、以象徵筆法蘊含豐富的意義。李商隱詠物詩

創作的類型有：表現對仕途熱切的期望，體物而自慨、借物以諷、詠物以見情趣四種，藝術成就有：一、不著一字，盡得風流；二、比擬貼切，體物得神；三、寄託遙深，意在言外；四、構思巧妙，餘韻無窮；五、象徵之筆，涵意豐富；六、詠物懷古，夾敘夾議六種。朴柱邦《李義山詩意象之研究——以天文爲探討對象》主要是從天文中的：天、日、月、星及其他的風、雲、雨、露、霜、雪等來探討義山詩藉由此天文對象所欲表抒的意象爲何。張麗琴《李商隱牡丹詩之研究》以牡丹詩五首爲主，論義山因心造境、以手運心的表現手法，造就牡丹各種形態的意境美。

四、李商隱與黨爭關係。

楊儀君《論牛李黨爭與李商隱政治詩的關係》指出李義山有政治抱負而非直接參與政治的政治家，將其歸入牛黨或李黨皆不妥當，故對他的人格與人品應給予客觀的評價。黃勝雄《李商隱與令狐氏關係考：兼論相關詩文及史事》考論李商隱與令狐父子之關係，指出李義山受令狐楚知遇之恩，後令狐楚身亡，遂慎重思考出路，無意捲入黨爭，卻客觀上捲入黨爭。

五、形式、風格研究。有詞彙風格、用典研究及結合創造力之漢字詩歌影響研究。

羅娓淑《李商隱七言律詩之詞彙風格研究》旨在運用語言風格學裡詞彙風格的觀念和方法來研究李商隱七言律詩的詞彙風格，以掌握李商隱特定形式規律、描述文學家驅遣語言時特有的個人習慣等，展示李商隱七言律詩詞彙風格所在。吳榮富《李商隱詩用典析疑》採「以典故爲穴位，以文本爲經絡」的理念，針對義山詩之典故作詮釋。林美玲《「漢字詩歌」對設計創造力之影響研究：以晚唐詩人「李商隱」作品爲例》藉由工業設計構思過程之創造力研究，結合非圖形楷模工具來應用於詩歌，以「創造力三次元」評量研究方法，進行一、「自我評價」問卷調查、創造性人格量表；二、「創造潛力」圖形及語文測驗；三、「創造表現」設計任務型實驗；四、受測者深度訪談等，

進行實證研究及質化探討；研究成果希望能協助設計教育界思索如何利用漢字詩歌進一步提昇設計系所學生的創造力。

（二）律格派

目前研究律格派，以許渾爲研究對象者有孫方琴《許渾詩研究》旨在討論許渾詩中的內容與形式技巧並歸結其風格與意境、對後世影響及評價。許雯喻《許渾及其律詩用典研究》分從用典主題、技巧、作用論其特色。

（三）清雅派

金秀美《鄭谷交往詩研究》旨在重新爲鄭谷在晚唐末期所扮演的角色與地位重新定位，並涉及版本、交游、詩歌思想內容及形式技巧之建構。

（四）怪澀派

以皮日休爲主，目前研究者有二：姚垚《皮日休陸龜蒙唱和詩研究》旨在分析皮、陸二氏唱和詩及其影響。李立信《皮日休詩歌研究》以《皮子文藪》、《松陵集》爲主要原典，鉤勒皮氏足爲唐代新樂府的殿軍，亦是唐宋詩轉變的橋樑，在文學史上應居有一席之地。

（五）豪宕派

主要有張祜、李群玉及杜牧之研究。其中以研究杜牧之作品較多。

研究張祜者有陳怡秀《張祜詩研究》主在透過張祜的詩歌探照其生活樣貌和生命情懷，冀能體現張祜的詩歌創作內涵，並能突顯其藝術表現（意象）的主要成就。黃尚信《李群玉詩集校注》旨在校注李群玉詩歌，其詩傳於世者，本集有三卷、後集有五卷，該論文以商務印書館縮印上元鄧氏藏宋本爲底本。論文重在校注，於詞語、人物、地名、典故、依其先後次序，先解字義再釋句義。

研究杜牧者，主要分成三面向，其一是宏觀論述杜牧其人其詩者。有：丘柳漫《杜牧生平及其詩之析論》旨在研究杜牧其人與其詩。其人部份論其生平與時代背景及才略，詩歌的評析分爲五古、七律與

五律、七絕與五絕三類，再就技巧與特色作分析：變格句法、好用數字、好發議論、以文爲詩、矛盾語法、倒裝句、省略句、不避俗字、重字句、色彩繽紛。謝錦桂毓《杜牧研究》主要是針對杜牧其人與文學作一剖析。前五章論時代、家世與家庭、人生歷程、精神內涵；後二章討論杜牧文學與文學史上的杜牧，是一宏觀杜牧一生與文學的論文，非僅爲詩歌爲主。徐錫國《杜牧詩研究》分從外緣與內在研究來討論杜牧其人與詩歌，以評定杜牧詩的藝術成就。高溥懋《杜牧之詩研究》從杜牧生平、家世背景、人格特質與文學特色爲出發點，配合歷史上文人學者對杜牧之評價，最後以杜牧對宋詞之影響作結。其二是擇主題作深化研究，例如有曾宗宇《杜牧詩中唐代之「女性形象」研究》主要是從外在身份形貌、衣冠妝束、作者之敘述手法、語言風格及文本之空間意識、情感寓意分析女性所處社會地位及價值，以了解晚唐政經概況、社會民風。周宜梅《杜牧詠史詩研究》以研究詠史詩爲主。其三是從形式結構之句式、用典、語言風格入手，有李美玲《樊川詩的詞彙和語法：從語言風格學探索》運用語言風格學理論與方法，分析五個詞彙類聚：重疊詞、數量詞、色彩詞、功能詞、典故，進行語言結構與語法的分析，考察樊川詩語言運用上的風格特色。簡麗珍《杜牧七言絕句析論》主要是討論七絕中的意象與句法、內容意涵、成就與評價。張嘉玲《杜牧七言律詩語言風格研究：以音韻和詞彙爲範圍》運用「語言風格學」研究方法，以杜牧八十八首七言律詩爲研究範圍，分析整理其音韻風格句詞彙風格。張雅惠《杜牧詩用典研究》指出用典內容有個人情志抒發和政治社會現象論述二部份，而用典技巧則從「引用的語言形式」、「引用的內容意義」二方面歸納其手法靈活多變。許惠華《杜牧詩藝術情境之研究》揭示杜牧詩情境藝術兼具色彩美、時空感及情感美。

李群玉之研究有毛麗珠《李群玉詩歌研究》指出李群玉宗師屈宋，追慕南朝，深受三湘地理人文浸染，詩風如畫，是晚唐山水詩冠冕。

（六）淺俗派

有韋莊、羅隱、杜荀鶴等人，目前主要有羅隱之研究。

黃致遠《羅隱及其詩研究》指出其思想以儒家道統爲主軸，且深受道家影響，文學主張以「文以合道」、「辭以達情」爲主，詩歌淵源於杜、元、白；詩歌主題主要表現在詠懷、詠物、詠史詩三類，藝術特色則以屬偶設對、疊字傳神等方面較有特色。劉桂芳《羅隱詠史詩時空審美研究》揭示羅隱十舉不第之遭遇，對國勢腐敗有深刻體認，詠史詩遂以現實生活爲出發，融時代感、歷史感與宇宙感於一爐，興發歷史悲感、國勢衰頹、自身不遇之感，其詠史詩之時空審美價值有三：其一是呈現晚唐時空的悲怨美；其二是歷史與現實的錯綜之美；其三是理性與感性交融之美。

另外，不列入各派中的詩人之研究，亦有其人。朱銘貞《李治、薛濤、魚玄機詩歌研究》以三位女詩人詩歌爲研究對象，指出其獨特的詩歌藝術風格；黃選郿《唐代女冠詩人魚玄機研究》先述其時代背景爲唐代後期女冠數量劇增之時代，再述其詩歌分爲三期：被棄之前、被棄之後、女冠之後；末述其女性詩史地位，以檢視女冠、女仙、女妓三者錯綜之身份，因不當誤讀而致負面評價，並試圖突破約定俗成的性別解讀。林淑華《主體意識的情志抒寫：韋莊詩詞關係研究》探論韋莊創作詩、詞兩種文體之語言系統之建構與解構雙向動態關係，以觀察晚唐詩、詞過渡情形。

洪惟助《段安節樂府雜錄箋訂》旨在爲晚唐段安節之《樂府雜錄》一卷作箋訂，該書首敘樂部，次敘歌、敘舞、敘徘優，再列樂器十三條，樂曲十一條，傀儡子一條，終以燕樂二十八調，而雅樂部中又論及樂縣組織，包羅甚廣，是故洪惟助箋訂以唐代音樂爲斷限，冀能將唐末之樂舞作一考索。

伍、宏觀唐代詩歌之研究

有關採用宏觀視角研究唐代詩歌者，本文將其分作以下類別。

一、種類繁盛的題材研究

（一）敘事類

以研究唐代各期敘事詩為主。綜論唐代敘事詩有梁榮源《唐代敘事詩研究》旨在研究唐代的敘事詩，主要從《全唐詩》揀選五十多首敘事詩，從作品內容及反映的社會面來剖析，分為五個面向來論述：安史之亂前後社會現象的敘事詩、婦女生活的敘事詩、神仙佛道思想的敘事詩、任俠精神的敘事詩、中晚唐社會面貌的敘事詩。從這五個面向來考察唐代社會生活、時代面貌，以能顯現唐代社會的另一面向。田寶玉《中國敘事詩的傳承研究：以唐代敘事詩為主》討論敘事詩為主述。以論述晚唐五代敘事詩有游佳容《晚唐五代敘事詩研究》指出晚唐五代是王朝走向衰落滅亡時刻，面對時代變動、政治腐敗、社會苦難，文人以敘事詩來表述，最能深刻思想情感，遂以敘事詩為論述焦點，探討其特色、影響、價值。

（二）詠物類或意象類

整體論述唐代詠物詩者有盧先志《唐詠物詩研究》，其下皆為分論各種物象例如詠花詩、詠雁詩、詠月詩、琴詩等。盧先志《唐詠物詩研究》討論唐代詠物詩是比興趨歸，分從緣起、溯源、興盛、發展、研析、評價六部份鋪展內容。分論有陳聖萌《唐人詠花詩研究：以全唐詩為範圍》旨在從花的種類考索各種詠花詩的意象。所列的花有：牡丹、桃花、梅花四種。楊影琦《雁在唐詩中所呈現的意象研究》從唐詩中的雁來論述雁意象所表現的主題、所牽涉的文藝創作問題、雁意象與時空意識的關連，在不同的時空中呈現詩人對雁的觀照。張琪蒼《唐代詠花詩研究》旨在從唐人詠花詩的寫作背景、情志內涵、藝術表現三方面討論感人情志的花是詩人生活的映現。梁淑媛《唐代詠月詩研究》主要以全唐詩為範圍，以「意象」來分析唐人觀念中「月」所代表的意義。內容先敘詠月詩的時代背景，再論詠月詩的演變與代表作家，次論寫作技巧，最後歸結詠月詩在文學史上的價值，是政治

興衰、社會安危、人的性情三方面的印證。歐純純《唐代琴詩研究》以琴詩爲主述。

以意象爲論述中心者楊柳意象、桃源意象、星辰意象、鶴意象等。張雅慧《唐詩中「楊柳」意象之研究》將唐詩之楊柳意象分爲：詠古抒懷、贈行傷別、思鄉念遠、隱逸閒適四類，再探論其藝術美，含心理作用及修辭法。吳賢妃《唐詩中桃源意象之研究》以二百五十八首運用桃源意象之詩歌作爲研究對象，指出唐人運用此一意象常表現遊歷山水田園風光、隱逸生活的寫照、對政治現象或個人仕途遭遇之抒懷、與道教內涵相關及男女情愛的主題。邱永昌《唐詩三百首之星象意象研究》探究唐代詩人運用星象的情形及其特質，並知唐人對星象認知實況及生活文化。黃喬玲《唐詩鶴意象研究》透過《全唐詩》專詠鶴詩一百二十三百來探討唐人社會形態的眞貌，觀察唐文化的主色調。

（三）詠史類、懷古類

整體論述詠史詩者有有廖振富《唐代詠史詩之發展與特質》、徐亞萍《唐代詠史詩與中國傳統士文化關係之研究》、賴玉樹《晚唐五代詠史詩之美學意識》、李宜涯《晚唐詠史詩研究》。徐亞萍《唐代詠史詩與中國傳統士文化關係之研究》先論中國士的文化傳統及文化意識與士人精神，再就詩歌來分析詠史詩的產生及發展的過程以承續至唐代；再次，論唐代文化的類型及其轉變，在唐型文化中唐代士人的政治態度與唐代士風，復次，再論唐代詠史詩的文學創作根源，再據以分析初盛中晚四期詠史詩的代表作家及作品，歸結唐代詠史詩的成就影響與傳統士文化的關係。賴玉樹《晚唐五代詠史詩之美學意識》從美學角度論晚唐五代詠史詩審美特質，分從意象塑造、時空設計、聲情辭情三方面論其美學表現，從歷史眞實與藝術眞實之統一、主觀情意與客觀物境交融論其美學特徵，歸納出晚唐五代詠史詩美學風格有含蓄美、精警美、悲慨美等風格。李宜涯《晚唐詠史詩研究》指出晚唐詠史詩有二種類型，一是杜牧、李商隱注重抒懷及文辭表達，一

是以胡曾、周曇、汪遵等人之詠史詩,重史事陳述,缺乏文采、神韻,不講求詩句技巧與變化,卻在宋示講史評話中被引用最多。杜、李之論述甚多,而後者之論述者少,遂以胡曾等人爲主,驗證敘事型詠史詩在通俗文學中所扮演的角色與功能,以探究其敘事詠史詩之意義與價值及其詠史詩的地位。

懷古詩研究有柳惠英《唐代懷古詩研究》探討懷古詩形成過程與演變發展的具體情形,以釐清存在懷古詩與詠史詩之混淆,進而重新評估其在唐代詩壇及中國詩歌發展史上所佔的地位與價值。

(四)題畫類

整體論述唐代題畫詩有許麗玲《唐人題畫詩研究》、廖慧美《唐代題畫詩研究》。廖氏分爲初盛、中唐、晚唐三期來討論唐代題畫詩的整體成就及唐代展現出詩、畫融合的趨勢,在美學史上具有重要的影響。以詩、畫合論者有曹愉生《唐代詩論與畫論關係之研究:僅以詩畫論之專著爲研究對象》研究詩與畫的關係,主要以畫贊、題畫詩、論畫詩、畫記、畫題五部份著手,確立詩論與畫論的理論共通性及唐代詩畫論對後世之影響。

(五)游俠、游仙、神話類

以論述游俠、游仙及神話者,臚列於此。林香伶《唐代游俠詩歌研究》以《全唐詩》中的二○七首游俠詩並旁及使用游俠之典故及具有俠氣特質的詩歌爲討論範圍,以考察游俠詩的形象、發展、緣起、分期,以確立游俠詩歌對後世俠義文學寫作基型的奠基作用。顏進雄《唐代游仙詩研究》旨在研究唐代遊仙詩在中國遊仙文學中具有繼往開來的橋樑地位,並分析作品內涵與傳承脈絡。吳淑玲《唐詩中的仙境傳說研究》旨在從《全唐詩》中析論唐人道教化的仙境思想與唐詩之間的關聯性,仙境指神話傳說中的地名、六朝以來道教之名山宮府及洞天福地觀、被視爲仙源的「桃花源」的意象。該論文採用量化方式分析仙境辭彙而就道教發展史、唐代社會政治、唐詩語意結構、表

現意象等方面來探討仙境意識與象徵意義的衍變。李豔梅《唐詩中月神話運用之研究》從唐詩中選出月神話的素材：嫦娥、蟾蜍、月兔、月桂的作品作為研究範圍，討論月神話運用的心理背景和運用的方式，並剖析月神話在唐詩中的內在流動變化並管窺詩與神話的關係。劉月珠《唐詩中日月神話考察及詮釋》以攸關日月之神話作為考察的對象。歐麗娟《唐詩中的樂園意識》旨在分析唐朝詩人在作品中反映的樂園意識，進而從詩人的內在精神世界裡挖掘他們對理想處的種種追尋模式以及在追尋過程中所展開的心靈內涵。楊碧樺《唐代俠詩歌／小說之行俠之主題研究》以行俠主題來論述「平不平」、立功名、報恩仇之唐代詩歌與小說。

（六）人物類

唐詩中的人物形象研究以女性論述為主，有宏觀之婦女形象，亦有特殊對象之青樓女、婦女、女冠、女仙、楊貴妃、宮廷女子等等。

1、宏觀論述婦女

嚴紀華《全唐詩婦女詩歌之內容分析》從《全唐詩》中分析宮廷后妃、窈窕淑女、北里煙花、方外尼冠、靈異世界五類婦女詩歌中所呈現的主題意識，並綜合觀察出唐代婦女的社會地位、現象、寫作景觀、文學風貌以及所展示的詩格體式。黃美玉《唐人以漢代婦女為主題詩歌之研究》從《全唐詩》中蒐羅提及漢代婦女：王昭君、陳皇后、班婕妤、李夫人、趙夫人、戚夫人等人之詩作計四百六十餘首，其中援引以為主題者有一百六十餘首，乃從此一百六十餘首詩歌中分析內容、作者、歷史故實、繼而探討唐代相關歷史的脈絡，以窺這些詩歌與唐代歷史的關係對中國文學、歷史的研究。李孟君《唐詩中的女性形象研究》分析唐詩中所呈現的女性形象及其成因、藝術特質。基本上歸結出四種形象：節婦烈女型、貞潔絕俗的宮觀尼姑、美艷風騷型、寬容深情型及其他型（含華麗驕奢貴婦、勤樸勞婦貧女、巾幗英雄）。謝淑如《全唐詩唐代婦女研究》探討唐代文化中的婦女問題。

2、特殊身份論述

李映瑾《全唐詩宮廷婦女形象研究》從各個階層的宮廷婦女詩作、宮廷婦女自作之詩、詩人創造宮廷婦女意象的表現手法及宮廷婦女意象的象徵意義四個角度進行分析宮廷婦女之創作意識。李沛靜《楊貴妃在唐詩、唐史資料中之多重形象研究》依詩人興言立旨之取向，呈現歷史對楊貴妃評價與形塑的完整樣貌。吳世和《唐宋詩歌中的楊貴妃形象研究》揭示楊貴妃故事本身存在一種二元對立的矛盾特質，故能在文學作品中呈象多元形象，格外引發美感經驗，此亦是楊貴妃主題文學歷久不衰的美學成因。

沈惠英《唐代青樓詩人研究》以研究青樓詩人爲主。林雪鈴《唐詩中的女冠》探討唐代詩人以女冠爲素材，進行仰慕、綺想、感興、友誼等情感之摹寫，雜夾宗教與私情，具有特殊美感。關曼君《唐詩中女仙、道家女子之研究》揭示唐前女仙有智慧女仙與愛情女仙二型，唐後女仙有三型，一爲天生仙骨，注定仙緣；二爲花容月貌，美艷無雙；三爲具備特殊能，神通廣大；唐詩筆下之女仙，投射欲望、渴望實現驗證，且女仙與女冠身影由相離、相融到同流而異名。游琁安《唐詩婦女頭面妝飾研究》結合詩歌與唐代婦女妝飾進行研究，配合文物圖像，以考察唐代審美標準、婦女心理、藝術風格和社會文化。

（七）情感類

攸關情感論述者，置於此類。有閨怨、悼亡、贈懷、夫婦情誼、家庭倫理、親情、親子、送別、男女情感等。

以男女情感及兩性爲論述範圍者有李鎭如《唐詩中的兩性意象研究》以文學社會學的方式研究唐詩兩性意象的社會文化上的意義。杜麗香《唐代夫妻懷贈詩與悼亡詩研究》以《全唐詩》爲範圍，專就唐代夫妻間的懷贈詩、悼亡詩來討論此類詩作在唐代的發展與特色。吳秋慧《唐詩中夫婦情誼之研究》旨在討論唐代在胡漢融合、開放自由的社會風氣下，唐人夫婦情感的表現，以及存在的現象，並反映出唐

人對夫婦關係所抱持的基本態度。簡恩民《晚唐詩中書寫「女性及男女情愛」主題之研究》主要以：男女情感主題的表現、借婦女主題的書寫反映現實進行諷諭、艷筆詠史、女性及男女情愛主題與人生感慨結合四個面向，針對晚唐詩歌作分析歸納。

以倫理親情爲論述範圍者有吳月蕙《唐人家庭倫理詩之研究》從「言志」、「緣情」傳統的詩歌中，探究家庭倫理深入人心的情形，同時擇取社會文化具有特殊面貌、詩歌藝術發展成熟的唐代爲研究對象，選取唐詩中與家庭倫理有關之作品加以分析，以探求當日士情與民風，彰顯詩中所蘊藏的感情內涵。許傑勝《唐代親情詩研究》以《全唐詩》、《全唐詩續編》爲原典，將唐詩中所提出的親情詩作爲思想基礎，討論唐代親情詩的特色、盛行的時空背景及唐代各詩家件品作深入分析，展示倫理親情與文學創作，闡揚傳統中國以仁孝治家的美德。吳燕珠《唐代親子詩研究》以兒童、妻子、母親三種角色探討唐代親子詩中詩人的情感內涵。

復次，以婦女閨怨詩爲論述對象者，有曾莉莉《唐代婦女閨怨詩研究》探討閨怨詩源流、背景，並分析閨怨詩人及其作品之內容、意象等。同題有許翠雲《唐代閨怨詩研究》採主題研究方式，酌參社會心理與文藝創作心理的論點來研究唐代閨怨詩的內涵，研究結論，在創作動機上，女性重抒情，男則抒情與用意兼而有之；在作品質量上，男性先天不足，女性後天失調，致閨怨詩上乘作品質量不多，且以男性略勝一籌；在詩人選材上，無規律性，創作量之多寡亦非衡量創作意圖的準據；在主客觀上，女性作家以主觀抒情爲主，男性作家有兩種觀點，一是客觀代抒女性心聲，一是化身女性，藉抒胸臆，促使作品呈現多樣化。

蔡玲婉《盛唐送別詩研究》揭示唐代士人因科舉、從軍、漫遊造成離別情境，遂以詩賦情，送別詩於焉蓬勃，呈現極高藝術成就。

（八）思想類

以論述思想（包括儒、釋、道）、哲理思維或美學思想者繫論於

此。詩與禪之論述有黃秀琴《唐代詩禪相互影響論》旨在證成唐代詩與禪之間的影響關係。先論詩歌與禪宗二者實際互動影響而產生的豐碩成果；次論詩、禪之特質有主體心性、妙悟體驗、直觀思維和表達上超越語言等相似性，然在心靈體現的內涵和對語言的根本態度則有極大的相異性。再論詩禪互相影響的社會基礎，詩人以居士身份參訪道師，開發內在美感觀照能力，並由文人習禪、禪師作詩成為普遍的文化現象。四論詩歌第三特質——境的開發是受到禪宗以主體自心為解脫根源觀照方式所啟發，萬象皆不出「心」的作用，於「物」而影現為「境」，詩中呈現出主體與外在景物當機照面的剎那感悟，使中國詩歌內容從言志、緣情的主體情識抒發，開拓出心物交融所成之影響的特質——境。此發展體現於山水田園詩，完成心與物泯的空靈妙境，同時也影響詩人轉向以精神修養的方式來涵養詩境。五論唐代禪受詩影響的結果：偈頌詩化。以詩偈傳示悟境，解決禪宗不立文字又須傳道的困境。結論說明詩與禪互相影響使彼此產生可見的質變。

蔡榮婷《唐代詩人與佛教關係之研究——兼論唐詩中的佛教語彙意象》主要是研究唐代詩人與佛教之關係，首先闡明佛教的基本要義，再說明唐代詩人與佛教關係，分從政治、思想、實踐、人材數方面來探究；再就唐詩中佛教人物語彙意象、建物語彙意象來分析以探知所表現的審美觀與人生觀。

莊惠綺《中唐詩歌「由雅入俗」的美學意涵研究》探討中唐詩歌由雅入俗美學思潮之原因，並且指出新樂府運動革新意義與通俗化傾向、元白詩派的通俗詩風與生活文化取向，韓孟詩派獨特的抒情模式與由雅入俗的表現是趨使中唐詩歌由雅入俗的過程。鄭璇《唐詩中哲理思維之探析》探討唐詩所蘊含之哲理思維之源流、形成及發展，從而探索唐代哲理詩所代表之人生、生命等意義。

（九）詩、樂、舞相關研究

攸關詩、樂、舞或游藝性質者繫於此。

1、游藝性質

陳錫游《全唐詩中射字之研究》全文探論人物典、事物典有關「射」之典故。林恬慧《唐代詩歌之樂器音響研究》探討唐詩中樂器音響，從音樂學、接受美學、心理學、符號象徵等角度切入，討論音響特質、審美經驗、描繪手法、象徵意涵。陳正平《唐詩所見游藝休閒活動之研究》研究範疇包括品味涵泳之琴、棋、書、畫；觀看各項雜耍、技藝、百戲表演；或馳騁田獵、騎射、鬥雞、走狗、賭博、競渡、擊毬、秋千、拔河等各項動、靜態之游藝休閒活動，以瞭解唐人生活之多樣面貌，及各項游藝休閒活動之由來、歷史、演變和發展。

2、樂舞性質

周曉蓮《中唐樂舞詩研究》分別對中唐樂舞詩之性質、淵源、主題內容與表現技巧進行探究，進而論其價值。曾淑蓉《唐代詠舞詩感覺書寫研究》將唐舞分類，探索詠舞詩對舞蹈史料保存之概況；分析名家名作探討其修辭技巧；並分類歸納比較各期時人感覺書寫重心之移轉，揭示唐人觀舞、寫舞角度之轉變。

3、聲詩性質

陳鍾琇《唐聲詩研究》以《樂府詩集》之〈近代曲辭〉為底本，參酌任半塘《唐聲詩》下編一百五十六曲調名、黃坤堯〈唐聲詩歌詞考〉一文、《全唐詩補編》所輯錄之唐聲詩，以擬測唐聲詩，並辨析唐曲子詞之異同，確定唐聲詩在中國文學發展史上，介乎詩、詞兩大韻文系統當中，獨具開創新體之地位。論述時以大唐燕樂曲調發展過程為背景，指出唐聲詩合樂樂曲，主要是以燕樂十四調之系統為範疇，而唐曲子詞合樂樂曲年代則逐漸由燕聲十四調發展至晚唐燕樂二十八調系統，並以敦煌《雲謠集雜曲子》、《花間集》、《全唐五代詞》等多部詩詞總集所收輯之唐聲詩與唐曲子詞作為研討對象，討論聲詩與詞體之間的關係，最後以《花間集》作為詞體成熟之準本，並針對唐聲詩與唐曲子詞二者提出辨體之法。並進一步指出唐聲詩雖無樂府

之名，卻具有樂府入樂歌詩之「始義」，且唐聲詩在合燕樂之前提下，介乎中國詩、詞兩大韻文系統當中，具有開創新體（詞體）的衍生功能，是值得重視之詩歌體製。孫貴珠《唐代音樂詩研究》旨在釐清唐代合樂詩、音樂詩、涉樂詩之義涵與範疇，探討唐人音樂詞語之多重性，從而觀照唐人音樂文化之豐富內涵與詩人之音樂修為。

（十）文化類

攸關文化論述者置論於此。

1、與地理空間或自然書寫有關者

侯迺慧《唐代文人的園林生活：以全唐詩人的呈現為主》旨在研究文人創作構思與園林之間的關係，藉以兼融仕隱生活的自得定靜與調和各門藝術的自然、人文的特色。許富居《論園林詩畫意境與詩意空間之塑造：以王維輞川園為例》從詩畫意境與詩意空間來討論王維輞州園的空間塑造。梁素惠《唐詩廬山語彙所呈現的文化意涵》從地理和文學來探索廬山在唐人筆下所呈現的面貌，勾勒廬山文化活動意涵。李寶玲《論唐代長安佛寺發展及其對詩歌之影響》先鉤勒唐代寺院發展情形，再針對文學作品考察長安寺院建築景觀及人文景觀，以瞭解長安社會生活及文化特性。王隆升《唐代登臨詩研究》旨在討論唐代登臨詩所呈現的內容、時空展現、表現手法。內涵有山林景緻描繪、人情世故的關懷、歷史事蹟的追憶、時局嬗變的喟嘆。時空展現在時辰流光有：晨昏朝夕、春夏秋冬、歲時節慶；空間場景有：台原、樓亭、寺院、山峰、橋堤四類。表現手法有佈局結構的安排、語言風格的呈現、詩作意境的傳達、詩人心境的表白。李漢偉《唐代自然詩研究》揭示唐代自然詩的價值。論述重點主要有三，一是心靈境界探索：沖淡、無我、曠達、空靈、和諧、生意等境界。二是自然詩的表現特徵：形象語言，宕出遠神；詩中有畫，活靈活現；變化空間，別有韻致；捕捉光源，色彩明麗；泯除對立，空有而中；自然流動，往來千載；含蓄無我，自有高意；三是自然詩之影響：對文學創作之影

響、對文學理論之影響、對其他藝術之影響。李遠志《盛唐山水詩研究》探討盛唐山水詩爲唐詩人主要創作題材，其淵源流變、審美趣味與興會寄託具有反映盛唐文化思想及士人生命價值祈嚮，且存有深厚自然審美情趣，是安頓身心的共同歸向。

2、與社會制度、禮俗、法律有關者

劉巾英《唐代科舉詩研究》從私試詩、溫卷詩、試帖詩、及第詩、落第詩等面向論科舉詩在詩歌史上之價值與影響。張玉芳《唐詩中的罪與罰：唐代詩人貶謫心態與詩作研究》（碩論）以禮俗及法律的角度來觀看罪與罰的觀念各有不同，再從歷史處境來論唐代詩人的罪與罰，分析的詩歌有繫獄詩、絕命詩、臨刑詩、遷客詩、在謫詩歌等，再就貶謫詩人所處的時代背景來論其呈現出來的文學成就與特色。張玉芳《藩鎮與中唐文學》（博論）探討中唐藩鎮對文學之影響，包括藩鎮使府文人、在朝文士、貶謫文士及與藩鎮有密切往來幕客文士之互動關係者。

3、與飲食文化有關者

顏鸝慧《唐代茶文化與茶詩》探討唐代茶詩內容，反映唐代僧侶與文人的茶道生活、茶詩藝術價值，以及唐代精緻飲茶文化內涵。林珍瑩《唐代茶詩研究》分析唐代茶詩之文化內涵、茶道思想與藝術特色及其形成背景。

4、與節慶有關者

李秀靜《唐代九日重陽詩歌研究》以重陽詩爲主述，說明此節日詩歌所表現的特色及情意、形式技巧及其與文化之關連性。

5、其　他

洪讚《唐代戰爭詩研究》分從初、盛、中、晚四期來討論唐代的戰爭詩，而各期的詩家又因流派不同，而有不同的戰爭思想的表現，該論文皆一一剖析。陳玟璇《唐代「夢」詩研究》以「仿實夢詩」、「夢遊詩」、「夢中作」觀察唐人如何化用眞實夢與虛擬夢，開展創作新視

域及表現手法。曾進豐《晚唐社會詩、風人體之研究》指出晚唐正樂府之詩人，秉承新樂府精神，繼續發揚關懷民間疾苦之作，而在六朝唯美文風復熾下產生風人體，為晚唐帶來綺靡風格。劉晏志《全唐詩中之紅色色彩字與詞的表現研究》從《全唐詩》四萬九千四百零三字中以十八個紅色字：丹、赤、彤、紅、絳、緋、緹、縉、纁、䞓、赫、赭、赬、縓、褚、霞、醍來檢索。得知紅字色彩表現以描寫植物的詞種最豐富，而以次數觀之，以描寫喜悅、美好、亮麗或美麗女子的情況居多。

以宏觀的角度來觀察唐詩歌流派的情形，有何寄澎《唐代邊塞詩研究》、李漢偉《唐代自然詩研究》、金勝心《唐山水田園詩研究》三篇論文。除此而外，唐代詩論研究是另一高峰，著作繁多，各呈風姿。

二、以音韻聲韻語彙為主流的體裁研究

（一）樂　府

邱欣心《隋代樂府詩研究》揭示研究成果有三：一、隋代樂府特色有：對南朝詩風之承繼、北朝文化的展現、樂府題材的拓展、擬作藝術的發揮、新曲辭調的創作。二、唐樂府在音樂、命題、內容、體式、化用詞句上皆與隋代樂府息息相關。三、隋代樂府詩在文學史上的定位與評價。張國相《唐代樂府詩之研究》主要是以史的觀點考察唐代樂府詩的發展，分從初、盛、中、晚四期來論述樂府發展的始末及其對詩歌發展的影響。

（二）音　韻

耿志堅《唐代近體詩用韻之研究》旨在討論唐代近體詩韻合韻、通轉、韻部分合的現象。洪靜芳《唐詩入唱研究》主要是從唐書樂志、《教坊記》《全唐詩》中找出唐樂曲，再從《樂府詩集》、《全唐詩》、《全唐五代詞》中找出歌辭，考其起源、流傳，再作統計、分析。全文歸納一千二百一十八首入唱詩，以七絕為多，利用摘唱、大曲演奏、疊唱、攤破、和聲、襯字等來豐富唐人唱詩的內容，其次尚

有山歌、驪歌、挽歌等皆納入入唱唐詩的一環。謝怡奕《九宮大成譜中唐聲詩研究》；又有呂珍玉《從全唐詩中六句詩看四句詩及八句詩之定體並附論六句詩》旨在討論鮮爲人注意的六句詩、六言詩以與定體的四、八句與五、七言作一全面的貫串考察。原典主要是從《全唐詩》中摘出六百九十九首六句詩和九十首六言詩爲主要分析依據，討論中國詩的結構形式、六句詩的形貌，並與四八句詩作比較，歸結六句詩和四句八句詩在歷史發展過程中，沒有縱向承續關係，亦無句數上的增減關係，但因四句八句詩有時而窮的形成條件，故能獨樹一幟的存在。陳鍾琇《唐代和詩研究》揭示唐代和詩在中國詩歌史是居於承先、創新與啓後之地位，尤其是創新部份，無論是「自和詩」、「追和詩」以及「和韻詩」之定體與「和體詩」範疇之擴大，甚至在後代詩壇上，和韻詩成爲詩人在和詩寫作中最爲固定的體式之一，顯示唐代和詩在中國詩歌史上不容抹煞。何昆益《五代詩用韻研究》包含「文士詩」與「僧侶道士詩」，大致上，古體詩比近體詩的用韻則顯得更爲活潑繁複，亦能貼近實際語音，尤其是僧侶詩與道士詩歌、咒方面皆有相當程度的口語化傾向，因此更能夠反映出當時的實際語音與韻書之間的差距。

三、氣勢磅礴的詩論研究

　　以宏觀論述唐代詩歌發展與形成者有：方瑜《唐詩形成的研究》分從唐詩形成的淵源與背景、體製聲律的演革、唐代新樂府——古風、內容的擴大、唐詩的內涵孕育五個面向來論述唐詩形成的原因與成就。

　　高大鵬《唐詩演變之研究——唐詩近代化特質形成初探》斷定唐代爲中國正式近代化的開始，由唐詩中具有近代文明精神之特質來證明，運用的基本方法是以史明詩又以詩證史，兼具外緣與內在的研究。研究結果得知唐代早已具備近代特徵：客觀化、理性化、凡俗化、實質化。紀偉文《唐朝復古詩學研究》旨在考察六朝隋唐之文學，並

指出淫靡透迤之風格實爲人文精神之發展不副。於是論述傳統詩學以性情興寄爲大源，貫萬物之變以自造性命德義之內涵，由是說明唐朝復古詩家撥亂返正，探源開新的價值，肯定其在文學史上的地位。

以論述詩學理論或綜論或擇主題論述者有：許清雲《現存唐人詩格著述初探》主要是考索唐人現存著錄的詩格作品及其揭示的詩觀，主要的論述內容有：一、詩格資料之獲得，包括《文鏡祕府論》、《吟窗雜錄》、其他資料。二、現存唐人詩格著述考，分爲全存部份有司空圖《詩品》、齊己《風騷旨格》二者。殘存者有上官儀《筆札華梁》、元兢《詩髓腦》、崔融《新定詩體》、王昌齡《詩格》、皎然《詩式》、賈島《詩格》、王叡《炙轂子詩格》、虛中《流類手鑑》、徐寅《雅道機要》、李宏宣《緣情手鑑詩格》。僞託部份有：魏文帝《詩格》、李嶠《評詩格》、白居易《金針詩格》。三、現存唐人詩格綜論，分從論詩病、調聲、屬對、創作法四方面來論析。

呂光華《今存十種唐人選唐詩考》揭示今存唐人選唐詩有十種：崔融《珠英學士集》、殷璠《河嶽英靈集》、芮挺《章國秀集》、元結《篋中集》、高仲武《中興閒氣集》、令狐楚《御覽詩》、姚合《極玄集》、韋莊《又玄集》、佚名《搜玉小集》、佚名《敦煌本唐人選唐詩》，先進行各書之編選年代、版本、命名意涵、編選目的、選詩標準、選詩情形之考察，再論該書於當時詩壇的地位及後世的評價，以知承先啓後關係。

陳坤祥《唐人論唐詩研究》主要從三個角度討論唐人論唐詩：一是唐詩話家論唐詩；二是唐詩家論唐詩；三是唐詩選家論唐詩；其次再說明唐人論唐詩的價值。戴國瑞《全唐詩中胡漢關係之探討》以唐詩爲主，博採民族學、社會學、政治學之觀點來探討唐代胡漢關係，了解互動的背景、過程、內因、外緣及演變。研究結果得知唐代胡漢關係中的夷夏之辨、戰爭觀，再從語言分析胡漢互動的全貌。洪如薇《從唐人詩文別集認識唐人律詩觀》指出唐人律詩觀與今有別，只要是依規律寫成的詩歌，皆是律詩的一種。鄭英志《唐代意境觀詩論的

起源與發展研究》揭示以〈詩大序〉爲中國古典詩學起點，是以「情」爲核心觀念，漢魏六朝奠定對情、物、言三者關係，唐代意境觀在此一基礎上以大量創作代替精深理論的建構。意境觀的建構，可以從殷璠的「興象」開始，是繼承南朝意象觀，重視物象當中詩人所寄予的情意。傳統比興說與西方形象思維理論，主旨都在詮釋主觀與客觀如何交融、如何表達，所以美學中的形象思維得以適用在中國文學中，透過美學對主觀情意與客觀具象事物之間關係精密分析，以彌補中國詩學既重視情意卻又缺乏明確的分析方法的遺憾。

朱我芯《詩歌諷諭傳統與唐代新樂府研究》研究成果有六，其一是確認新樂府在歷代的接受中，始終緊扣時事諷諭的特質；其二進行諷諭主旨及新樂府的諷諭手法進行分析；其三，諷諭意涵自先秦到唐，歷經三階段變化；四、古詩一系，主要是比興託諷的手法；樂府一系，主要是即事起敘的手法。五、對全唐新樂府的發展，有全面詳實的觀察；六、中唐新樂府興盛原因有三：一是啖助、趙匡的《春秋》經學派對貞元、元和學風新變的影響；二是昂揚的中興氣氛，激發士人匡時濟世的諫臣意識；三是樂府文學本身由古題趨爲新題、諷諭的比例增加、新題諷諭逐漸取代古題諷諭的演化趨勢。

論述唐詩風格者有：黃美鈴《唐代詩評中風格論之研究》則從詩論、詩話、選詩三部份來考察文學術語「風格」之意義與內涵。何修仁《唐詩雄渾風格之研究》以唐代詩歌及歷代詩文理論爲探討對象，說明「雄渾風格」的確實意義。研究結果，得知雄渾至少應有三特質：高貴情感、雄闊的景物及壯麗的語言；而構成風格的要素有作家個人的主觀修養，尚須配合寫作題材及使用語言，才能兼顧完整的風格定義。

論述唐詩與佛、僧關涉者有：彭雅玲《唐代詩僧的創作論研究——詩歌與佛教的綜合分析》旨在透過詩僧的創作論探索語言與眞理的關係，以呈現文學與宗教間的互滲情形，並利用語言學方法去探討詩僧的創作論及語言觀，從而指出詩僧在理論及作品背後所彰顯的理論

意義。

　　專論一書之詩學理論者，有柳惠英《河嶽英靈集選詩研究》以河嶽英靈集所選的詩歌來考察編者作意旨趣。

　　從以上論題可知，唐代詩歌以主題研究爲多。

本章小結

　　唐代是中國詩歌創作的高峰期，以詩歌之研究爲主，尤其專家詩之研究是歷來最多者，初唐時期的專家詩研究有王績、王梵志、寒山、四傑；盛唐有張九齡、李白、杜甫、王維、孟浩然、岑參、王昌齡、高適諸人，尤其是李白、杜甫之研究如過江之鯽；中唐有元稹、白居易、韓愈、張籍、王建、劉禹錫、孟郊、顧況、姚合、李賀等；晚唐則以李商隱爲主述，其他詩家偶有研究者涉入，有溫庭筠、羅隱、韓偓、許渾、司空圖、李頎、皎然、魚玄機等人。在題材部份有敘事、詠史、詠物、題畫、遊仙、神話、人物、登臨、戰爭、題壁、宴飲、閨閣、送別、情感類等等，比起六朝之研究更展現繽紛多面向的研究視野。在體裁部份，以研究詩律、用韻及聲詩爲主。體派部份有邊塞詩、自然詩派、元和詩人、大曆詩人爲主。詩論部份以討論詩格入手者有《現存唐人詩格著述初探》，研究選詩者有《河嶽英靈集選詩研究》、《今存十種唐人選唐詩考》，其下則以宏觀討論詩歌各種現象、原理或流變爲主，例如《唐人論唐詩研究》、《全唐詩中胡漢關係之探討》、《唐詩形成的研究》、《唐詩所見游藝休閒活動之研究》、《論唐代長安佛寺發展及其對詩歌之影響》等。

第五章　兩宋詩學研究概況

　　兩宋詩學若依時代來分，有北宋、南宋，而北、南宋又可區分為初期、中期、後期，是以共得六個階段，許總的《宋詩史》〔註1〕即以時間為分界。若依體（流）派來畫分，則可泯除時代的界線，例如李日剛的《中國詩歌流變史》即以詩歌的體派分為數個類型，北宋有九僧體、西崑體、晚唐體、元和體、慶曆體、元祐體、江西詩派、民族詩人，理學派又分為道學派及事功派。南渡詩人分為：建紹衣冠、隆嘉世冑、永嘉四靈、江湖詩派、其他、遺民詩等。本論文不依附以上二種分類方式，而是將之擘分為詩家、題材、體裁、流派、詩論五大類，冀能以簡馭繁。詩家的研究當中，以王安石、蘇軾、黃庭堅、南宋四大家之研究為多，是故即以此三家為主，其他詩家則列入「其他」一類中。

壹、宋代專家詩研究

　　宋代為中國詩歌第二個高峰期，詩家輩出，研究專家詩者，往往集中某些特定的詩人，例如：王安石、蘇軾、黃庭堅、南宋四大家皆

〔註1〕《宋詩史》（四川：重慶出版社、1997.7）。共分六個階段：北宋初期為西元960至1021年，北宋中期為1022至1062年；北宋後期為1063至1100年；北南之際為1101至1162年；南宋中期為1163至1207年；南宋後期為1208至1279年。

為研究焦點，除此而外，八十年代以後逐漸轉移研究對象，亦旁涉一些不為人關注的詩人，使宋代專家詩之研究展現多元面貌。

一、劖削拗峭與深婉不迫的王安石研究

王安石（1021～1086）字介甫，號半山，臨川人，著有《臨川集》一百三卷、《周官新義》、《唐百家詩選》等。其詩歌主張排除西崑體重聲病、尚文辭的積習，以具現詩歌裨補時闕的文學觀，是故發而為詩亦以觀照社會為主。目前研究王安石詩歌者有梁明雄《王安石詩研究》、李康馨《王荊公詩研究》、李燕新《王荊公詩探究》、陳錚《王安石詩研究》諸文。梁明雄《王安石詩研究》主要論述安石詩歌的優劣及特點，並將其詩分政治、佛理、詠史、詠物、山林、抒情諸類說明論述，其次再針對特殊處作餘論，有：師韓、宗杜、絕句、集句、疑詩、仿詩、詩讖、詩風以收攝研究成果。李康馨《王荊公詩析論》旨在分析安石詩歌，內容解析分為：萬民疾苦的關懷、一己情志的發抒二部份。形式特色分為：用典妥切、鍊字工切、對仗精貼、多用疊字、常用數字、喜用顏色、喜愛點竄七部分論析；風格則拈出逋峭雄直的格調、精妙華妙的風致二種，最後再就其詩作一評價，並指出對後世的影響。李燕新《王荊公詩探究》主要從內容與形式兩方面論安石詩歌，內容分作：政治詩、詠史詩、詠物詩、抒情詩、閑適詩、佛理詩、集句詩七類；形式從用典、無理以妙、喜摹襲前人詩句、好以偶句入絕、善鍊詩眼、慣用代字、多用重出字、善用疊字、拗體詩等八部份來論述，最後歸結其內容多具政治社會性，詩風早年以意氣自許，晚年始達深婉不迫、雅麗精絕之境；體製則眾體兼備，詩法多宗杜韓。陳錚《王安石詩研究》以宏觀王安石之詩歌為主。

由上述可知，梁文以研究題材為主，李康馨、李燕新二文除了分析內容之外，尚對形式、風格特色作一闡述，至於陳錚論文則以暮年退居金陵十年的作品為主，並拈出王氏兼有「意氣」、「淡泊」兩種截然不同的風格。

　　其後之研究者，多鎖定某一焦點，集中論述，有專論金陵詩、禪詩、詠史詩、晚年心境者；例如劉正忠《王荊公金陵詩研究》旨在以安石暮年退居金陵十年的詩歌創作爲主，指出安石兼有「意氣」與「淡泊」兩種主要的生命情調，前者形成「劖削拗峭」的風格，後者形成「深婉不迫」的風格。爲收束「意氣」特重「法度」，在內容部份以約束流蕩不返的情志，在形式部份以遵循客觀的藝術法則。由於「淡泊」的情性，形成暮年一種融合禪悅與美感的藝術特質，職是，歸結出安石暮年詩歌的內在基礎，是以「法度」收攝「意氣」，以「風味」體現「淡泊」。洪雅文《王安石禪詩初探》論述北宋是詩禪交涉之時代，續論王安石生平、禪詩內容分析、藝術技巧，歸結詩與禪結合之背後，顯示深刻文人思考及豐富的人生哲學。汪珮慧《王荊公詠史詩研究》論述詠史詩之興起與發展、王安石生活經歷及詠史詩創作情況、詠史詩之內容思想、藝術風貌及王安石對詠史詩之承繼與迴響，揭示王安石不僅影響北宋詠史詩的創作，後代詩人對相關史料的見解及寫作方式，顯受王安石影響，且王氏賦予歷史題材新生命，展現其豐富的生命內涵。石佩玉《王荊公中晚年的心靈世界：以其詩爲討論中心》論王安石元豐時期隱於鍾山，不問世事，心理產生變化，遂論其詩歌學習對象、詩歌意象、語言模式，將其心靈世界完整呈顯出來。

二、憂生憂世的蘇軾研究

　　蘇軾（1037～1101）字子瞻，自號東坡居士，眉州眉山人，著有《東坡集》、《應詔集》等。其詩歌表現出憂生憂世之後曠達自適的風格。目前討論蘇軾詩，基本上可分爲四類，一是將之採地理分期來研究。二是關涉各種藝術媒材的討論。三是就單一特殊論題作解析。四、比較研究。

（一）採地理分期之研究

　　採地理分期研究者，主要是因蘇東坡曾貶居杭州、密州、徐州、黃州、惠州、瓊州等地方，每一地方皆能體現蘇軾特殊的生命情調，

並從不同的人生體悟而寫出具有曠達意味的作品,是故採地理分期研究,可以梳理各期的人世經歷及風格特色。羅鳳珠《蘇軾黃州詩研究》即以貶居黃州之詩歌爲主述。劉昭明《蘇軾嶺南詩論析》捨棄傳統以題材、形式、技巧、評價等方法討論蘇詩,而以主題方式來勾勒東坡在嶺南的遷居卜築、家居生活、躬治園圃、仙思道術等內容,以展示其在嶺南詩的意蘊與思想、主題。張尹炫《東坡生平及其嶺南詩研究》該文似與前舉之文相似,皆以嶺南詩爲主,但是張氏的論題兼及其生平,且論述方式二者互有不同,首論傳略,次論思想與學術,再論蘇詩源流與分期、生活遭遇、嶺南和陶詩的遭遇,其下再就作品討論藝術成就,及評估東坡對韓國文學的影響。林採梅《東坡瓊州詩研究》主要是以蘇軾貶居海南島的詩作爲主,此時期生命已臻圓熟境界,詩歌創作亦能力追淵明「自然平淡」之風。可見研究者指出蘇東坡圓熟的作品,當在黃州以後。鄧瑞卿《蘇軾儋州詩研究》以蘇軾紹聖四年到元符三年渡海北歸爲止,探討蘇軾貶謫南海儋州時期的詩歌爲主,內容包括儋州風土民情、謫居前後之比較、儋州詩內容分析、藝術表現、儋州詩對現代的啓思。了解蘇軾如何以睿智轉化危機與困躓。林淑惠《蘇軾嶺南詩研究》以蘇軾謫遷嶺南之詩作爲主,論其人格特質及藝術技巧。

(二)關涉各種藝術媒材之探究

除了詩歌之闡述分析外,也有研究者針對詩歌各種藝術媒材作比較探究,例如王碧滿《佛教對蘇東坡詩、詞、文之影響》以佛教爲主述,闡述佛教對東坡之詩、詞、文之影響。題畫文學亦是研究蘇東坡另一個焦點所在,戴令娟《蘇軾題畫詩藝術技巧研究》旨在說明東坡善於展現藝術技巧的才情,在藝術形象美的基礎上,融合敘事、抒情、議論之長,遂能成就題畫詩的藝術。程碧珠《蘇東坡題畫詩之隱喻學》揭示隱喻學是以隱喻的詩學爲反省對象,並形構有組織的論述,「以象爲教」即是隱喻學的本質,以一類事物來了解另一類事物的認和歷程或構思方法,探論東坡題畫詩的隱喻,即是要建構東坡題畫詩中的

詩歌語言隱喻理論基點，並拓展對人自身及世界之認識。

（三）主題論述

除上述針對分期、結合媒材之論述外，亦有從研究主題來觀察蘇軾詩歌成就者，例如朴永煥《蘇軾禪詩研究》主要將蘇軾禪詩分五個層面來論述：禪理、禪跡、禪趣、禪法、禪典入詩，所欲表達的主題有六：人生如夢、隨遇而安、心靈安和、萬法平等、妙悟玄理、樂觀曠達。其風格特色有八：自然、平淡、幽遠、理趣、奇趣、諧趣、妙悟、翻案。並指出蘇軾禪詩反映其人生哲學思想，更代表宋代文人禪風之盛。

論述蘇軾詩歌與詩學理論關涉者，有江惜美《蘇軾詩學理論及其實踐》旨在闡明東坡詩學理論及其實踐之道，以指引創作之方、論詩之旨。洪鳴谷《蘇軾對唐代詩人的接受行為研究》論述蘇東坡對唐代詩人的接受行為，先探討北宋前期詩文壇的文學思潮與權力網絡，從中理出三條北宋前期詩文壇的接受心理發展路線，其次探討蘇軾的思想建構歷程，再結合北宋前期詩文壇對其影響，歸納出蘇軾對唐人詩作接受內涵主要可分為：對唐人詩作字詞的接受內涵、對唐人詩作詩意的接受內涵、對唐人故事的接受內涵三部份。鄭倖朱《蘇軾「以賦為詩」研究》解析東坡在寫作題材上偏好以賦為詩的手法來鋪陳，分從寫物、寫景、抒情、記事四類八項來歸納其表現技巧。並總結「以賦為詩」在宋詩上的貢獻。

以意象為主述者有史國興《蘇軾詩詞中夢的研析》以研析東坡詩與詞中所表現的「夢」的內容暨其表現的方式作研究。陳貞俐《蘇軾詠花詩研究》論述蘇軾詠花詩之題材內容、創作旨趣、藝術表現，最後歸結東坡詠花詩在《蘇軾詩集》中存在的價值，及其在中國文學史上應有之地位。林聆慈《東坡詩詞月意象研究》旨在論述蘇軾描寫月亮意象之詩詞，並分析作品主題內容與作者的經歷進行分析比對，以考察東坡的內心世界及其月意象之藝術成就。廖怡甄《東坡酒詩意象研究：以黃州、惠州、儋州詩作為研究中心》指出東坡自我解嘲：問

汝平生功業：黃州、惠州、儋州。遂以此三地賦寫的詩篇與酒作關連，探論其生命最困頓時期，藉酒抒懷的內心真實寫照。

以生命哲思或理趣為主者有：石一絢《蘇軾詩趣研究：以貶謫時期作品為例》以蘇軾貶謫期間蘊含「詩趣」作品為主軸，探討形成緣因、思想基礎、表現內容、藝術表現以及貶謫心中之「苦」與作品之「趣」相輝映，以了解蘇軾充滿「詩趣」的藝術人生。吳淑端《東坡詩文中的思想及其對生命教育的啟示》論述東坡性格與人生態、詩文思想，再探論東坡思想對生命教育之啟示，建議在編寫國文教材時，選錄東坡詩文，可使學生學習並領悟東坡生死的智慧。

以情感為主線者有廖志超《蘇軾蘇轍兄弟唱和詩研究》主要以探究蘇軾二兄弟之唱和詩為主，藉以瞭解二蘇感情之篤、政治人生思想之轉變、藝術風格之異同。這些研究豐富了蘇詩研究的領域。謝佳樺《蘇軾送別詩研究》從義蘊內涵、審美技巧、意象表現來論述其送別詩之內容，指出蘇軾送別詩突破傳統著重離情描寫的窠臼，而是深化詩歌內容，使之更富有內涵及積極意義，而審美角度則有：用典博贍精當、善用疊字修辭、善於塑造人物形象、長於譬喻等特色，尤其大量運用意象更是藝術魅力所在。

其它尚有山水詩、遊仙詩之研究，例如謝迺西《蘇軾山水詩研究》論述蘇軾山水詩乃內心與大自然融為一體，表現自然適意的人生觀，追求清淨解脫的生活情趣，寫出許多佛理禪意與山水景物糅合在一起，造語精妙且韻味無窮。陳雅娟《蘇軾遊仙詩研究》旨在論述東坡遊仙詩的創作淵源、題材類型、精神內涵、藝術特色，指出其精神內涵有：求道成仙之慕、生命有限之感、曠達灑脫之情、隱逸山林之思、神仙有無之疑等五方面，最後歸結東坡遊仙詩在中國遊仙文學史之因革創變。

以論述形式技巧者有盧韻琴《東坡詩譬喻修辭研究》揭示蘇軾運用譬喻修辭的題材廣泛，從性質觀之，有使事用典，有歷史人物，有生活取材，亦有表現強烈情感者；從意象種類觀之，取材自大自

然以動物爲多，尤其是鳥類意象；譬喻修辭在蘇軾獨特的人格特質下，得到滋養及發展，成就詩歌修辭輝煌的一頁。楊哲青《詩作風格知識庫之研究：以蘇軾近體詩爲例》以建立詩作知識庫並結合資料探勘技術的方式建立蘇軾詩作風格知識庫，運用所建立之格律規則集、詞彙知識庫、詩人資料庫與萃取之潛在風格資訊，再搭配詩作系統便可達成今人創作出融合個人風格與古詩人風格之詩作的目的。

（四）比較研究

比較研究關涉「和陶」的作品有二，主要是從和陶詩一百二十三首中作研究分析，例如金汶洙《蘇軾和陶詩研究》以研究東坡和陶詩歌爲主，宋丘龍《蘇軾和陶詩之比較研究》則歸納東坡和陶詩一百二十三首中，分爲：仿陶、本色、相間、借韻四類，並就思想內容、寫作技巧論述其異同。黃蕙心《蘇東坡和陶詩研究》以東坡晚年一百多首和陶詩爲研究中心，論其寫作動機、和陶詩之內容主題、藝術技巧、風格特色及和陶詩之創作原因，歸結東坡與陶淵明生命相似處，並且喜好陶淵明，藉以了解東坡生命情境之展現。徐莉娟《蘇軾和陶詩的莊學思想》揭示東坡莊學淵源，並且探論宋代崇陶詩風與蘇軾和陶詩地位、蘇軾和陶詩中的自我修養、蘇軾和陶詩中處世智慧等，以確立蘇軾〈和陶詩〉中的莊學思想價值。

和陶詩之外，尚有林錦婷《蘇軾與黃庭堅詩論異同之比較》以比較蘇軾與黃山谷二人創作觀中的自然表現的異同爲研究對象。劉雅芳《蘇軾黃庭堅之交游及其唱和詩研究》論述蘇軾與黃庭堅二人唱和或追和詩所反映的人生思想或態度、眞心爲民之情感、戲謔幽默的性格。

整體而言，地理分期呈現東坡生命歷程，各種媒材結合之論述體現東坡風華飽滿的藝術成就，單一論題具現詩學理論的成就，比較研究則拈出東坡和陶詩的特色。

三、奪胎換骨的黃山谷研究

黃庭堅（1045～1105），字魯直，號山谷道人，江西人，著有《山谷內集》、《山谷外集》、《山谷別集》等。其詩學理論拈出「點鐵成金」、「奪胎換骨」及「無一字無來處」的主張，其後子弟門徒衍爲江西詩派，成爲有宋一代最大的詩派。〔註2〕

目前研究黃山谷者主要有四個角度，一是論其詩歌，二是論其詩學觀點，三是論其詩兼論書法藝術，蓋黃氏爲宋代四大書家之一，其書法藝術甚有可觀之處。四是蘇黃合論。

（一）詩歌研究

最早研究黃山谷者爲李元貞，其《黃山谷的詩與詩論》兼論詩歌及詩學觀點。詩歌部份旨在解析山谷近二千首詩作中的藝術技巧，論詩的部份，以闡述黃氏「點鐵成金」之詩論爲主，是首開研究山谷詩歌及詩論之第一人。其後學者方能踵事增華。黃泓智《山谷及其詩歌教學研究》論山谷生平與時代學風、作品風格、詩學主張與創作理論、詩歌教學論等，並運用現代教育學理與創造教學理論與山谷詩論比較，以明瞭其創造與傳承間的相互關係。李英華《黃庭堅詠物詩研究》揭示黃庭堅二千一百多詩當中，詠物詩佔有相當比重，以詠物詩爲研究對象，討論其思想內容、詩歌藝術，指出其詠物詩在題材擇取及藝術表現上，有傳承亦有開拓，其高揚的主體精神和豐富的心靈世界尤爲其特色。黎采縿《黃庭堅七言律詩音韻風格研究》探論黃庭堅七律音韻安排之個人特色，針對構成漢語語音的聲、韻、調等部份，逐一分析、歸納、詮釋，了解其頭韻運用方式、四聲搭配效果、韻腳安排的音響效果等。張輝誠《黃庭堅詩美學研究》研究指出黃詩的美學、創作意識、創作思想根源，不純然是形式主義的倡導者，更有創作精神上的儒釋道三教之採用，力

〔註2〕江西詩派的名稱始自呂本中所撰的〈江西詩社宗派圖〉，共列黃山谷、陳師道、陳與義等二十五人，創作主要表現出「以文字爲詩，以才學爲詩，以議論爲詩」的詩學觀點。

圖將日常生活的實體存在融入宇宙本體之中，從而在平常心即道的體認中獲得一種審美式的愉悅。黃銘鈺《黃庭堅晚期詩歌研究》以黃庭堅貶寓蜀地及晚年行跡爲主，論其晚年行跡及交游、晚期詩歌創作因素、詩歌內涵、詩歌藝術等以彰顯其價值與意義。

（二）詩學理論

　　王源娥《黃庭堅詩論探微》以論述山谷的詩論爲主，分從數方面著手：一、創作論，研究詩旨、技巧、風格。二、批評論，指出批評的標準及批評師法的對象：陶潛、李白、杜甫、韓　愈、柳宗元、王安石、蘇軾。三、理論與實踐，從摹擬、鎔鍊、結構、句法、格律、用韻、用字等來作理論的印證，其次分析作品的表現有用典的奇僻、怪誕的形容詞、描摹的巧妙。最後說明其詩在詩史上的地位。其次，徐裕源《黃山谷詩研究》論山谷詩，分從詩之淵源與思想、寫作技法、江西詩派對後世之影響。柯定君《黃山谷之禪詩研究》以禪詩作爲研究黃山谷的進階。吳幸樺《黃庭堅律詩的語言風格研究：以詞彙的運用現象爲例》旨在運用詩歌的表現材料，即詞彙的運用分析，結合其表現手法及當時文風、詩風的影響下所呈現的語言風格：新奇瘦硬。余純卿《黃山谷詩論與詩的教學》分從生平事略、中國詩論特質、詩論溯源、詩論在詩歌教學上的應用等面向來論述黃山谷詩歌理論與教學之間的關係，揭示當前高中詩歌教學中所選的教材直接吸取山谷詩論技法精神與正面價值，與規避山谷詩論負面效應，如何規避山谷在文學上被詬病的「反現實主義」之弊，積極去達成他學杜「鉤深入神」、宗陶「和光同塵」，又要貼合「得其法而後工」、「超其法而後妙」的詩學上善之境。陳裕美《宋代對黃庭堅詩法之接受研究》論述宋代詩話對黃庭堅詩法接受狀況之研究，以「黃庭堅詩法對宋代詩話之對話」、「宋代詩話與筆者之對話」、「黃庭堅詩法與筆者之對話」三個對話關係進行詮釋，以「黃庭堅詩法與筆者之對話」中以「奇異化」角度重新架構其詩法，並以此奇異化架構進行對宋代詩話之詮釋。陳雋弘《黃庭堅論詩意見之研

究》重新審視黃庭堅屬於「形式主義」之論詩意見，將詩視爲一種「製作形式」在此基礎上，發揚其理論，並認爲學習古人所學習者乃是語言構成之傳統，並辨明黃庭堅「講求工巧」與「不煩繩削而自合」的矛盾處，認爲「自然」之意義在黃庭堅之說法中實具兩種不同層次之意涵。

（三）藝術研究

研究書法藝術有金炳基《黃山谷詩與書法之研究》主要研究的目的有三，一是論述山谷詩與書法之成就，二是論述山谷的藝術觀，三是解說歷來各代對山谷詩與書法不同的見解與評論。詩論著重在「點鐵成金」、「換骨」、「脫胎」三部分；書法則以說明其特色及評價，最後歸結山谷在詩、書兩大藝術上的異同點及成就。馬君怡《黃庭堅題畫文學研究》透過黃庭堅題畫詩、題畫賦、畫跋等體裁，論述黃庭堅書畫美學思想，和各時期反映出來的題畫文學特色與論畫命題，勾勒黃庭堅題畫文學的全貌。

（四）蘇黃合論

在研究黃山谷之外，另有直接對蘇黃的唱和詩作研究者，此即爲林卉仙《蘇黃唱和詩研究》，該論文將唱和詩分爲神交詩作、元祐詩作、追和詩作三部份作賞析，以見二人藝術成見及亦師亦友的情誼。廖鳳君《蘇軾與黃庭堅詩論及其比較》揭示蘇軾詩論重自然，要有傳神之境；受古文運動影響，有「以文爲詩，以議論爲詩」的作法；重韻味的「以理趣爲詩」；重技巧「以故爲新，以俗爲雅」；作詩態度要多讀書「以才學爲詩」；表達方式要「諷諫直言」、「托事以諷」。黃庭堅詩論以法度技巧著名，卻不忽略自然、傳神之論；亦重「以文爲詩，以議論爲詩」及「理趣爲詩」的觀念；作詩則講求新奇、法度；格律方面有拗律，亦有「以故爲新，以俗爲雅」的論點，更提出「點鐵成金，奪胎換骨」之法，與蘇軾同有「以才學爲詩」之觀念，對詩之表達方式則以「溫柔敦厚」爲論點。

　　由是觀之，研究山谷，仍以詩歌及詩論爲主述，書法藝術偶有論及，而蘇黃唱和詩則開發新的視域，另闢谿徑。

四、以詩歌藝術技巧為主述的南宋四大家研究

　　南宋四大家有楊萬里、范成大、陸游、尤袤，目前研究者多集中研究楊萬里及陸游及范成大，尤袤則乏人問津。

（一）萬楊里研究

　　攸關楊萬里之研究者有：劉桂鴻《楊萬里生平及其詩之研究》、歐陽炯《楊萬里及其詩學》、林珍瑩《楊萬里山水詩研究》。歐陽炯《楊萬里及其詩學》論述的重點有生平、詩論、詩歌三部份，比較偏重在詩論的部份，分原理論、修養論、方法論、技巧論、鑑賞論五部份來研究。陳義成《楊萬里生平及其詩之研究》以生平及詩爲重點，指出楊萬里的「活法」或「誠齋體」以白話口語入詩，而且新奇巧怪，不受拘束，在俗中求不俗，下筆大膽，不走傳統的路，是故貶褒兼而有之。林珍瑩《楊萬里山水詩研究》以誠齋詩集四千二百多首中佔量五分之一的山水詩爲研究範疇，歸納其山水詩有深沈蘊藉、平淡有味之詩風，在內容方面或流露愛國思想，或表白宦遊情懷，或寫居家生活，登覽遊賞等情趣，展現的境界爲「有我之執」。綜言之，楊萬里之研究重點有四：生平之闡述、詩歌藝術之梳理、山水詩之剔抉耙梳、揭示「誠齋體」的特色。汪美月《楊萬里山水詩研究》探討「誠齋體」中的山水詩形式技巧與內容的藝術風格、文學風骨之展露，進而歸結其在中國山水詩史之地位與成就。侯美霞《楊萬里文學理論研究：以詩爲主》論述楊萬者詩學理論自江西詩派入手，卻又批判改造和發展江西詩論，中間雖經三次學習對象的轉換，終能自出機杼，創立別具一格之「誠齋體」；詩學批評從重視詩教，強調透脫，追求詩味、講求個性到崇尚新變，構成以抒發詩人個性爲核心的藝術化體系，在藝術特質方面，上承司空圖，下啓嚴羽，促進宋詩新的視野。

（二）范成大研究

　　研究范成大的研究論文如下所述。文寬洙《范成大田園詩研究》，論述角度集中在田園詩以討論范成大詩歌的成就，研究主要分從內容及表現技巧來分析。林天祥《范成大山水田園詩研究》，主要是研究分析范成的山水田園詩，歸納出其特色有：以筆記爲詩、以詩書結合、文白兼濟、脫胎點化、注重形象塑造，以小見大、側筆見態。二論文皆從田園詩入手。高碧雲《范成大紀遊詩研究》論述范成大之生平、紀遊詩分期與遊歷路線圖、紀遊詩主題分析、紀遊詩之特色，以說明范成大紀遊詩之重要性，及其藝術成就與對後世之影響。

（三）陸游研究

　　研究陸放翁者如下所述，羅士凱《陸放翁研究》，主要是從一生、家世、思想、詩歌四方面來研究，非徒以詩歌爲研究範疇。李致洙《陸游詩研究》，主要是分從陸游詩歌的淵源、詩論、內容、寫作技巧、風格來評論其詩歌內容之優劣。是綜覽詩歌、詩論的論文。王瑄琪《父子更兼師友分：陸游教子詩研究》在陸氏九千多首詩歌中，訓子或教子詩有一百九十一首，是他六十六歲返鄉後大量之作，本論文旨在探討陸游詩訓教化子孫的內容及特色，以了解愛國詩人的愛子情懷，存有一定的借鑒意義。王曉雯《陸游蜀中詩歌研究》以陸游蜀中詩作爲研究對象，通過歷史、地理、文學多面向探索，彰顯陸游愛國精的形塑過程，發揚蜀地山水人情的特殊風貌及審美的藝術構思。劉奇慧《陸游紀夢詩研究》以八百一十一首紀夢詩爲研究中心，探討其主題類型、藝術特色、美學風格，並歸結其特色及成就。

　　比較研究者，有歐純純《陸游與楊萬里詠梅詩比較研究》論述陸游與楊萬里二人生平經歷、詠梅詩的內容、修辭、意象、語言風格等特點，分析比較異同，印證二人性格、思想、用字用語等有所不同。

五、以詩歌藝術技巧為主述的其他專家詩研究

除上述諸詩家之外，尚有專研王禹偁、林和靖、邵雍、曾鞏……等人。我們依時代先後論述如下。

梁東淑《王禹偁及其詩》分生平、古文運動、詩歌、性格及為人四部份來研究王禹偁。石淑蘭《王禹偁詩研究》揭示王禹偁詩歌繼承杜甫、白居易的詩體、詩派，擴大寫作題材與內容，呈現「取材生活化」及「內容多樣化」的特色，在內容及用語上探索出一條以俗為雅的創作道路，成為宋詩散文化先驅及口語化先導，且奠定一條以平淡自然為風格的康莊大道。林秀岩《林和靖詩研究》主要是分析林逋詩集版本及流傳、詩歌題材與寫作技巧、風格特色等為主。丁慧娟《曾鞏詩研究：以「破體為詩」為例》分從以史為詩、以畫為詩、以文為詩、以賦為詩四方面來闡述曾鞏「破體為詩」的內在變革。本部份研究，主要以討論詩歌藝術成就為主，詩論部份以討論曾鞏「破體為詩」較具特色。

研究梅堯臣者有劉筱媛《梅堯臣年譜及其詩》旨在開拓後人研究梅堯臣的先路，先敘年譜，次作詩歌研究，再就宛陵集各種版本作一述略。此外，尚有陳金現《梅堯臣詩論之研究》以梅氏的詩論主平淡為主述。

研究蘇舜欽者，有崔成錫《蘇舜欽詩研究》研究目的在為蘇舜欽作一地位的標定，以闡明其風格獨造的原因。張鴻文《蘇舜欽及其文學研究》以蘇舜欽為主，論其詩、文及政治表現與評價。

謝佩芬《歐陽修詩歌研究》主要藉歐陽修居唐宋詩歌代變之際，來觀察宋詩風格發展之痕跡。研究以少壯、中年、晚年三時期為主，討論的內容有生命情調、藝術技法、境界三方面說明歐詩的特色。

謝昀軒《陳師道「學詩如學仙」之說底蘊探究》探究陳師道處於宋代詩歌創作上自然與人為平衡間所做的努力，並商榷其苦吟所代表的意涵，進而驗證「學詩如學仙」之可能及意義，並鉤勒道家道教於陳師道之詩學理論及實際詩作上所呈現的樣貌。李致洙《陳後山詩研

究》旨在從後山六百八十餘首詩歌中考察其詩歌正表現出宋詩的特色。分五部份論述：緒論、生平、內容、形式、結論，內容分感情人生、情感生活、佛教寄託、與大自然諧契四部份，形式從結構、用字、韻律、用典四部份來分析，最後歸結後山詩歌格律精嚴，技巧精純，諸體製中最工於律詩，尤擅五律，表現精深瘦硬的風格，故在宋詩中別具一格，自成一家造詣。張天錫《陳與義詩歌研究》以陳與義爲中心，探討宋詩轉變唐風之流變過程，並藉用窮思變之通則，析論陳與義與江西詩派分合之因果。

　　與蘇軾關涉者之弟、子、弟子之論述亦大有其人，例如林秀珍《蘇轍詩歌之風格與價值》以蘇轍近二千首詩歌進行內容、形式、風格之論述，以掌握其詩歌價值及歷史地位。呂玟靜《秦觀詩研究》分從詩歌理論、詩歌淵源、內容主題、藝術表現、詩歌風格、評價來論述，對歷來「女郎詩」、「秦觀詩如詞」等重要意見提出評估，以確立應有之地位。江文秀《秦觀貶謫詩研究》以秦觀貶謫詩爲研究主題，探討其貶謫詩作所呈現的思想內容與價值意義。楊景琦《蘇過斜川集研究》蘇過爲蘇軾幼子，以其《斜川集》三百零二首詩歌和八十一篇散文爲主，揭示蘇過在詩歌題材處理上，語言文字的運用上，或內心世界的抒發上，有其特點之外，亦有其父蘇軾之影子，體現出人文意趣及社會關懷。

　　宋代理學家之詩歌研究，亦不乏其人。許美敬《邵雍詩研究》以邵雍的詩集《擊壤集》爲研究範疇，以歸納其詩歌風格及對後世之影響。申美子《朱子詩中的思想研究》旨在考察朱熹詩歌中所透顯出來的思想。分早年、中年、晚年三期，早期出入釋老，歸向儒學、困學求道；中年以與張南軒詩、雲谷感興詩、鵝湖論學詩三部份爲主；晚年以儒家思想的實踐、學禁期間的省思來作爲晚年詩歌思想研究主旨所在。施乃綺《邵雍觀物思想研究》以《擊壤集》爲研究文本，邵雍論述聖人境界是逍遙恆樂的境界，以「樂」貫串全集，卻以「安樂」才是觀物最終樂境，安於仁義之道所表現出來的人格氣象，樂於自然

無爲之境所呈現出來的神仙氣度。又，蕭雅丹《朱熹詩歌之研究》以朱熹一千二百二十六首詩歌爲研究範圍，歸納出平易、自然、清曠、雄渾之主要風格。林佳蓉《承擔與自在之間：從朱熹的詩歌論其生命態度的依違》以探討朱熹生命本質、圓成生命的追求之主軸上，理解其生命進程與困境及外在事功建立之關係，有啓發性的意義。梁淑芳《王重陽詩歌研究：以探索其詩歌中的義理世界爲主》探討詩歌四百六十九首之義理世界、藝術表現及風格，使他在傳教時多了一項「寓於筆墨」的利器，爲「道教文學」寫下輝煌扉頁。

南宋詩人之研究有：蔡美端《韓駒詩箋注》主在箋注南宋南渡後詩壇盟主韓駒的歌詩，多方搜集陵陽集版本，詳加比勘。鄭定國《王十朋及其詩研究》論述王十朋是南宋初第一大作手，也是江西詩之批判、詰難者，浙東、永嘉四靈皆受其影響。康季菊《姜夔詩研究》論姜夔詩學觀、詩歌內容、風格及詩史地位與影響。陳蔚瑄《論南宋江湖詩人所呈現的文化現象：以姜夔爲考察中心》探討江湖詩人選擇「清客」身分生活的關鍵因素，並釐清此一身分對姜夔及其文學創作上之影響，藉此說明姜夔有多於其他江湖詩人之特點。

黃瑩《嚴滄浪其人及其詩歌研究》論述嚴羽詩歌乃承繼中國傳統詩歌憂國憂民、士人不遇以及離別傷亂等主題之外，有強烈自我意識絕不妥協的強韌精神，在南宋頹靡詩風中，獨樹一幟，發揮提振士氣的作用。

南宋遺民詩之研究有楊麗圭《鄭思肖研究及其詩箋注》主要先作傳略、年譜、作品繫年、作品研究、思想研究，再就其詩歌作一箋注，有咸淳集、大義集、中興集甲、中興集乙四部份。黃麗月《汪元量詩史研究》主要以研究汪元量何以有「詩史」之指稱，並從詩歌內容形式來探索。許秋梅《戴石屏之詩論與詩歌研究》揭示戴石屏與劉克莊同爲宋末江湖詩派重要作家，而對戴氏卻未有研究者，遂論其生平、詩學理論及其詩歌之題材選取、思想內容、藝術技巧與詩歌風格等來了解其詩歌理論與創作實踐結合的情形。

六、詩詞合論的跨文類研究

　　跨文類之研究，在兩宋時期甚多，主要是橫跨詩與詞兩大文類，因宋代以詞爲風潮所驅，是故文學家率能跨越詩與詞的國度。例如柳明熙《李清照詩詞箋釋》主要釋詞四十三首，釋詩十八首，藉箋釋詩詞來窺探其深婉之旨意。林增文《李清照詩詞中的譬喻運作：認知角度的探討》以 Lakoff-Johnson 的認知譬喻理論探求李清照詩詞中的概念譬喻系統，並考察來源域與目標域之映射關係，從李清照詩詞作品中的譬喻表述、譬喻攝取角度，求其譬喻特色。李雀芬《北宋契嵩的文學觀》揭示契嵩處於排佛熾盛的北宋，乃承襲韓愈尊儒斥佛的思想，契嵩乃宣揚其儒佛思想融通之主張，排除以歐陽修爲主，文士對佛教的誤解，使之了解儒佛最終目的在教人爲善，相異之處只是各自工夫修養不同，契嵩在護教同時，也贊同歐陽修等人古文運動，並提出樸實雅正、社會教化的功能。

　　倪雅萍《朱淑眞詩詞研究》探論朱淑眞詩詞之內容、風格、藝術價值等，以尋找其幽怨終身的文學地位。鄭垣玲《朱淑眞及其斷腸詩》嘗試勾勒朱淑眞時代形象，探究其詩歌主題內容、思想情意、審美意蘊及語言風格，論述的內容有閨情詩、詠史詩、農事詩與節日詩、詠花詩等，最後統整各主題之內容。廖淑幸《朱淑眞《斷腸集》研究》從女性書寫角度探究《斷腸集》獨具的思想內涵及藝術魅力，並探求其在女性文學中的位置，進而體認其價值。

　　李淑芳《李綱詩詞研究》主要以南宋李綱的詩及詞爲研究範疇，以呈現其個體精神及大時代影響之下的時代風貌、社會現象，與個人心路歷程的凝聚與迸發。

　　跨文與詩、詞的領域有高靜文《葉夢得之文學研究》是屬於跨多文類的研究，不限於詞與詩而已，尚有文章之論。林美君《張耒及其詩文研究》旨在探究張耒之生平、作品傳本及詩文造詣。張薰《周密及其韻文學研究：詩詞及其理論》旨在探索周密其人及其韻文學，韻文學包括詩詞及其對詩詞的見解，研究方法以「知人論世」之法進行，

以求對作品有更大助益。張公鑑《文天祥生平及其詩詞研究》主要是針對文天祥的生平思想及詩詞文學作綜合之研究。文末附有年表，便於考察出處進退及國家大事。

　　整體而言，跨文類研究文學家較能多面向探賾其幽微深刻的心靈。

貳、以詠史詩貫注宋代精神面貌的題材研究

　　兩宋時期研究詩歌的題材，呈現多樣化，主要以詠史詩、遺民詩、使北詩能具現時代風貌，至於詠物類的詠茶、詠花能得詩歌之物趣。

一、出使、遷貶、遺民研究

　　例如王祝美《北宋「使北詩」研究》旨在討論北宋時期與遼國外交關係下所產生的一種詩歌類別，得詩人十九家，詩歌三百七十六首，用以體察使北文士行跡所至及心情所感，並在詩的範疇中，論述是否體現深折雋永、清冷平淡、散文化、多議論等宋詩的特質。陳文慧《北宋前期貶謫詩研究》探究北宋前期貶謫作品之思想內涵及美學值，釐析「宋型文化」在其中發揮的作用，以突顯貶謫文學發展至北宋獨特的時代特徵。黃夙慧《宋高宗朝詩歌中家國意識之探討》揭示家國意識包含空間觀念、倫理定位與權利義務三方面，以高宗朝詩人一百十四位，六百四十二首詩為主，探論詩歌題材、家國意識意涵，以文學作品與時代精神相互驗證，感受先烈先賢犧牲奉獻的精神。潘玲玲《南宋遺民詩研究》主要是以文天祥、謝枋得、鄭思肖、謝翱、汪元量、林景熙六人為主述，分生平傳略、作品分析、集評三部份來探討其人及其詩，以見南宋遺民詩的概況、詩色。

二、詠史、讀書詩研究

　　陳吉山《北宋詠史詩探論》旨在指出宋代詠史詩的價值，一方面

表現北宋時代精神面貌，一方面也傳承傳統士人的智慧與節操志氣。李明華《南宋詠史詩研究》旨在研究南宋詩人面對時代悲劇，爲詠史詩灌注慷慨激越、直陳遒勁的生命情調，在內容表現層面，分爲專詠歷史人物、歷史事件、雜詠史事三類，所展現的主題有：懷才不遇、懷古傷逝、山林歸隱、關懷家國、理想傾慕五個視角。南宋在詠史的繼承與新創部份，表現的類型有藉史載道、託古寄慨、引古議論等層面。陳撫耕《宋詩對經典的闡釋與呈現：以《全宋詩》中讀書詩爲考察對象》以接受美學、閱讀學、創造詮釋學的角度，檢視宋代詩歌創作在經史典範影響下被閱讀詮釋與接受呈現的情形，探論宋代讀書詩中的閱讀行爲、詮釋角度與目的、特徵內容、審美風格、藝術經驗、文化意涵等。陳逸珊《北宋讀書詩研究：以讀史詩爲中心》揭示北宋圖書資訊普及，讀史詩在讀書詩中的數量居首位，分析北宋讀史詩的體制表現與宋詩特色多與圖書傳播息息相關，從中考察宋詩在風格、立意、命題上變唐賢之所能爲己能，精益求精的詩學理論，對北宋詩人之閱讀定勢與審美接受自能相佐證。

三、哲思、理趣詩研究

鍾美玲《北宋四大理趣詩研究：以蘇黃、二陳爲例》以理趣詩爲主述。吳星瑾《宋代說理詩研究》針對宋人詩歌尙理之特色，進行說理詩源流發展、建構要素、題材類型、藝術風格等之探究。廖丹妙《宋代禪宗對詩歌的影響研究》揭示宋代士人禪悅風氣鼎盛，宋代詩歌對禪宗思維及方法產生借鑑與學習，「以禪喻詩」的流行，使得宋代詩歌理論產生活參、飽參、妙悟、活法等新的概念，宋代詩人廣泛應用禪宗思維與禪門方法，促進宋詩在實踐創作上豐富詩歌的構思取材、意境內容，爲重意尙理的宋詩注入機智圓活、生機活潑的因子，體現宋詩特有的風貌。吳芳智《全宋詩禪僧觀音畫贊之研究》揭示全宋詩中宋代禪師們藉由文學作品表現不同生命風格，彰顯個人體悟的生命意境，在宋代禪師觀音贊作品中，高度展現出頌讚觀音的隨機化現，

點化眾生的悲願，輝映體現「千處祈求千處現，苦海常作渡人舟」的慈航，解決超渡生命理念與生活現實之間的疏離。

四、飲食詩歌研究

石韶美《宋代詠茶詩研究》以詠茶詩歌為研究對象。陳素貞《北宋文人的飲食書寫：以詩歌為例的考察》探論北宋文人的飲膳美學與飲食哲學、飲食觀對宋詩創作發展與詩味理論的影響、飲食對個人或集體歷史記憶之呈現，以及飲食詩歌在地域風土上的意義等。

五、園林、意象研究

林秀珍《北宋園林詩之研究》以研究北宋園林詩歌為主。王瑞蓮《游心騁目・養志怡情：北宋詩歌中園林意趣探究》以北宋詩歌作品為核心，以探討文人的園林意趣，先論詩歌時代背景、園林意趣內涵，再論北宋園林類型及文人對園林感受和自我期許，末論北宋園意趣特色及對後世造園、詩畫的影響為論述。意象類研究有蕭翠霞《南宋四大家詠花詩研究》以南宋四大家陸游、范成大、楊萬里、尤表的詠花詩揭示宋人為磨鍊詩歌寫作技巧，集結詩社、和韻酬唱風氣特盛，且詠物之中以詠花詩為大宗，凡翻案、擬人、設色、活法、詩中有畫、巧構形似、不即不離諸法，皆可獲得印證。林秀珍《宋詩中松的文化意涵》以卡西勒《人論》進行文化哲學的反省，領略人存在的真正意義與文化根本方向和理想，以宋詩為範圍，從神話觀、歷史觀、語言觀、美學觀等角度勾勒松的多元文化面貌。

六、其　它

李淑芳《宋室南渡前後詩詞衍變研究》討論江西詩派的理論革變與成就，在詞壇上，主要討論婉媚詞風與豪放詞風相存並峙的現象與原因，再以橫剖面討論詩詞新生衍變出來的風格內容，以及審美思潮的新趨勢。揭示時代鉅變之故，文人氣節的定型、杜甫地位的奠定，以及梅花精神的發揚，都在此時期得到具體的發展機會。

跨媒材者有賴麗娟《文同詩畫之研究》以討論文同的詩與畫之關

涉。李栖《宋題畫詩研究》旨在以宋代題畫詩中「詩與畫」之相關內涵，並兼及宋代文人畫之理論，以補證繪事專書之不足。張惠喬《北宋題壁詩之研究》揭示題壁詩因即景而詠、隨性創題的特殊發表形式，因而詩中的所思所感具為詩人當下真實心情寫照，並超越純文學作品，而化為人文風景的一部份。

參、沿承格律用韻之體裁探賾

關涉形式規範者，有專論雜體詩，亦有論用韻、格律等問題。例如王慈鷰《宋代雜體詩研究》雜體詩是運用文字特性與修辭方法，在形式上、材料上翻新出奇，逞才弄巧，在字形上、句法排律、聲律等方面作別出心裁的安排，以藝術上的巧思引人注目的詩歌型態，除了消遣娛樂之外，尚能宣洩感情，有其存在的意義性。耿志堅《宋代律體詩用韻之研究》旨在透過宋代律體詩合韻之流變、通轉用韻、韻書通轉與韻書通用例來考察宋代律體詩用韻的狀況。劉萬青《宋代詩話的格律論研究》旨在以宋代詩話一百八十三種作一全面檢索，以詩律之聲律、韻律、對仗三要件為論述重心考察宋人對格律之審美觀。主要仍是沿承歷來對格律用韻之探賾。

肆、以江西派為主流的體派研究

一、江西詩派研究

有宋一代，以江西詩派為最大流派，另有江湖派、四靈派亦有專文闡發。例如龔鵬程先生的《江西詩社宗派研究》、蓋美鳳《活法與江西詩派形成》論述的內容包括「活法」與江西詩派的形成；在「活法」部份有以故為新、為俗為雅、點鐵成金、奪胎換骨等學習與建構句法的具體方式。形成的過程則分為四個時期：一、詩法的自覺，以〈江西宗派圖〉的成員為主，為扭轉格卑氣弱的晚唐詩風，奠定宋詩瘦硬的風格。二、詩法至活法的轉化，以呂居仁、曾幾、陳與義為主，學習唐詩情景交融的句法，體現心性圓融的境界。三

活法的實踐，以陸游、楊萬里成就最高，成功運用活法創作模式，形成清圓流麗的詩風。四、活法創作模式的確立，方回爲零散龐雜的江西詩派建立體系，江西詩派的發展終告完成。林湘華《江西詩派研究》以格式塔式的理解，爲宋詩及江西詩派整合多源研究成果，建立總體的意義指向，重新建立有機而動態的意義聯繫。

二、九僧詩派研究

　　吉廣興《宋初九僧詩研究》指出宋初九僧乃延續晚唐五代詩風的新聲，也是宋初「晚唐體」的主流，適居「宋初三體」的中介地位，既有「白體」的淺易風格，又滲入「西崑」流變的過程，原是詩文唱和，未標榜詩派，然北宋陳充、南宋陳起先後編輯《九僧詩集》而成型，蔚爲宋初詩壇群象之一。研究內容：九僧詩集考述、九僧事蹟探究、風格特色、九僧詩之意境、九僧詩之成就與影響。

三、四靈詩派研究

　　徐慶源《四靈詩人研究》以研究四靈詩派之形式技巧與內容特色爲主，再就風格來批評四靈對南宋末期文壇之影響及後世對四靈的批評。崔正芬《四靈詩初探》以徐照、徐璣、翁卷、趙師秀四人合稱之四靈詩派爲研究對象，四人以恢復晚唐體以矯江西詩之流弊，且推崇賈島、姚合一派，走上苦吟的道路，影響其後之江湖詩派。陳杏玫《南宋四靈詩派與江湖詩派之研究》揭示四靈詩之主題多個人情感抒發，少部分作品反映國事政治、民情風俗。作品形式以近體詩爲主，尤以五律爲多，筆法則忌用事、貴白描，強調寫景不重意境營造，用字則重腹聯、輕首尾，講究對偶與字句之錘鍊。江湖詩作主題則抒發愛國情懷，反映民間疾苦，刻畫羈旅愁思以及記錄生活感受，作品形式則以近體詩爲主，尤以七言絕句爲多，筆法貴尚白描，反對過份用典，用字則造語通俗，講究意境之美。四靈及江湖二詩派有佳作傳世，文學主張亦不容忽視，以姜夔、劉克莊、嚴羽詩歌理論對後世影響較大。

四、江湖詩派研究

康莉娟《非確定性文學集團在文學史研究上的意義：以江湖詩派爲例》旨在選定六本文學史，作爲探勘非確定性的文學集團的必要條件及周延條件，由於屬性不易把握，因此易造成文學史家在概括非單一文學對象的發展過程中籠統歸類，或歸類時歧異認定，遂以江湖詩派作爲研究的對象，最後歸納出研究的意義：一、對於同一集團，文學史與研究者皆欲回歸原態的距離，二、文學史著的教科書性質，對其在閱讀與撰寫兩方面的正謬與反省，兼具重要性。

伍、兩宋詩論研究

一、具前瞻性與流變史觀念的詩學理論研究

若從狹義的詩話義界來觀覽，則以《六一詩話》爲始〔註3〕，兩宋時期的詩話開始蓬勃發展，展示一片綠意盎然的生機，詩論亦隨之發達，是故研究者不僅關注詩歌的創作情形，亦關照到宋代詩論的衍化、發展的情形。

（一）宋代詩話之宏觀論述

郭玉雯《宋代詩話的詩法研究》旨在探究詩歌創作之法則與技巧，並將之分爲四組來討論，一是學詩，二是作詩、語意、結構，三是句法、對仗、警句、比興、用典、奪胎換體，四是聲律。這些皆在美化或豐厚詩歌的表達，根據這些基本法則再求其變化，得出詩法有法，亦可無法。論詩話源流者有鄭如玲《論宋代詩話源流》旨在研究宋代詩話盛行、發展的源流。論述分三期：史學緒餘的詩話、江西詩風下的詩話、技進於道的詩話，因各期無確實紀年爲界，以風氣流變，漸次形成，故難作細分，只以觀察所得來陳述。崔成宗《宋代詩話論詩研究：以詩之性情、寫景、詠物、詠史、敘事、說理爲對象》分從

〔註3〕目前學界將詩話之源始分爲兩派，一爲始自鍾嶸《詩品》，一是始自歐陽修《六一詩話》。

六個面向來檢視宋代詩論。楊雅筑《新舊黨爭與北宋詩話：黨爭影響論的重新評估》以北宋詩話為主，離析新舊黨爭影響的痕跡，重新論斷新舊黨爭對北宋詩話之影響。林欣怡《宋詩話對李商隱詩評論之研究》揭示歷來對李義評論可分為三期，其一是宋初楊億等人標榜李商隱的「西崑體」，二是因元明時期崇尚盛唐詩歌，忽略中晚唐詩，也影響對李商隱之評價，三是清人對李商隱詩學的重新確認。宋初李商隱受重視，西崑體風潮之後，各種不同的批評之聲浪迭起，指出其詩「深僻」、「巧麗」，亦有指出有寄託者、無益國家民生者，主因是語言隱晦，詩境曲折朦朧，加上政治環境挫折，使詩歌呈現曖昧性和多義性，須全面深入探究，方能知其創作精神與藝術特色。

（二）宋代詩學之宏觀論述

宋詩之論著尚有張霖《宋代詩學創作之自然觀研究》旨在由宋代詩學創作的精神、表現、工夫修養三個面向，加以分析比較，藉以說明宋代詩學中「自然」觀念所突顯的特徵與價值，進而清晰地對宋詩作一評價及了解。黃奕珍《宋代詩學中「晚唐」觀念形成與演變》旨在重新認知「晚唐」觀念的形成與意義，不再承繼楊士弘、高棅以來的說法，除了將溫庭筠、李商隱、杜牧等視為晚唐重要代表，同時也肯定孟郊、賈島、姚合、許渾等人同樣具有典範的作用。蔡瑜《宋代唐詩學》旨在具體展現宋人評論唐詩的觀點及思辨過程，綜理出宋人的美感取向，提供探討唐宋背離原因的參考，使批評史上一系列唐宋詩的爭執，具有省思的特質。所論主要為詩體論、分期論、作家論、宋人選詩的觀點四個核心議題，呈現宋人在各方面思考所得，最後再以「宋人評論唐詩的觀點作總結。林湘華《禪宗與宋代詩學理論》論禪與詩之關涉，則以宏觀的禪宗視域來觀察宋代的詩學理論，自是令人耳目一新。周益忠《宋代論詩詩研究》首先對「論詩詩」作一闡述，將宋代分為初盛中晚四期來討論宋代論詩詩的內容及形式及其演變。黃志誠《宋人杜詩評論研究》則從宋人銓品杜詩來立論，旨在針對宋人評論杜詩的狀況與原因進行研究，分從宋人評論杜詩之內容、

形式、風格、價值諸方面進行。鄭倖宜《活法與宋詩》歸納整理宋人對「活法」說的闡述，對活法之形成歷程、宗江西論者與反江西論者之論述及宋人運用活法入詩，皆有所探論。陳英傑《宋「詩學盛唐」觀念的形成與內涵》揭示「詩學盛唐」，以盛唐詩爲典範或代表，是受明代前後七子「詩必盛唐」觀念影響，往上溯，認爲嚴羽《滄浪詩話》是明人觀念的源頭，亦即今人熟知的崇效「盛唐詩」之觀念，由嚴羽肇其端，明人承接而發揚光大，影響迄今。潘振宏《宋詩話中的白俗觀》揭示「白俗」不能以老嫗皆解來解釋，而是宋人對白居易詩之批評外，也是上層知識份子在面對市井通俗文化之興盛，思考如何解決雅俗不同美感之間衝突的調解方式之一。在雅俗文化消長之下，文學之審美觀點在宋代產生轉變，「白俗」的提出，是在對詩歌審美價值擇取下，對白居易詩歌的欣賞以及有所不愜意之處。此中以《宋代唐詩學》的研究最具開發性與啓發性。

（三）以某一觀念爲題，闡發其義蘊者

有謝佩芬《北宋詩學中「寫意」課題研究》旨在探究宋人自覺地以「寫意」作爲創作的方向，自王禹偁、楊億、梅堯臣、歐陽修以至於蘇軾、黃庭堅等人以實際創作來體現對「意」的重視，並且深入探討有關：意、語、法、等課題而挖掘出「意」的內涵與重要性，形成獨具面目的宋詩特色。郭秋顯《宋代陶詩學平淡觀研究》旨在探究宋代陶詩學平淡觀，從平易淺淡到組麗，一轉爲雄豪，再由雄豪復歸於平淡雋永，形成文學主流，總論提出宋代陶詩學平淡觀四大類型，以梅堯臣、蘇軾、黃庭堅、朱熹爲代表，指出平淡觀之精神所在。李妮庭《宋初白居易接受研究》指出宋初詩人選取白居易爲書寫典範，是一份價值的抉擇，是宋人心靈與思維的映射，也是潛藏時代氛圍與文化思潮等多重因素所形成的接受現象。宋初詩人在白居易閑情圖樣的接受中，展現「閑樂」樣態，爲宋詩下「樂」的情感基調。賴靜玫《劉辰翁詩歌評點析論：以唐代詩歌爲研究中心》揭示劉辰翁評點之詩評、文評、詞評、小說評等作品不少，而本論文則以詩歌評點爲主，

梳理劉辰翁對作品的審美批評及實踐，歸結劉辰翁詩評以回歸「晉人風致」的隱含義，在於追慕陶淵明處世之務實與任眞，以個人之自覺意識尋求保全與安頓自身生命之所在。

（四）以某一時期觀念的發生衍變爲主述者

有劉明宗《宋初詩風體派發展之研究》旨在詳盡評述宋初各詩風體派及其詩人之創作內容、藝術風格，並對各體派間之遞嬗發展作具體客觀之考察研究。戴麗霜《北宋以文爲詩詩風形成原因及其風格之研究》則探論「以文爲詩」的宋詩風貌。

（五）結合詩與畫的媒材者

有林翠華《形神理論與北宋題畫詩》旨在探究題畫詩融通詩畫，借鑑詩畫美學，能寫「畫外意」，又有「畫中態」，以出位之思求偏補弊，超越詩與畫的媒體限制，且詩中往往有許多珍貴的美學理論，將形神理論與題畫詩結合起來，以討論其間相互影響。

以比較域內域外爲主者有李秀雄《宋代朱熹詩與李朝退溪詩之比較研究》旨在比較作中韓二位理學家之詩歌比較。

二、以詩話爲主述的單一論題之發抒

所論述的主題內容採單一視角觀覽者，大多從詩話來考察其詩學理論者，例如姜夔《白石詩說》、葉夢得《石林詩話》、葛立方《韻語陽秋》等。

陳金現《梅堯臣詩論之研究》旨在研究梅堯臣詩論，以彰顯於後世，歸納成果：探究梅堯臣詩作多產之因，爲不第之士，而不第乃性情使然，詩論指導創作，並且反對西崑體。詩論的內容分爲風格與技巧二部份，風格有平淡與怪巧二端，平淡有自然與味外味兩大詮釋；怪巧之標準爲用怪字、押險韻、用冷僻詩題。

張月雲《姜白石的詩與詩論》旨在探究南宋詞人兼詩人姜白石之詩歌風格技巧與論詩的觀點。洪慧敏《姜夔文藝思想之情理觀研究》以姜夔詩論、書論及詞作爲研究範圍，以探究其藝術情感與藝術理

性，建構其文藝美學中「情」「理」的關係，以跳脫王國維評其「有格無情」之論。

許清雲《方虛谷之詩及其詩學》旨在考索虛谷詩集、詩學著述並論及其詩學及詩歌四部份。其中，詩學大旨為排斥西崑而主江西，倡一祖三宗之說。詩歌的特點則有三：一是風格多面性與獨特性；二是技巧之多變性與一貫性；三是題材之寫實性與哀怨性。

金英淑《葉石林的詩論》旨在將葉夢得的詩論作全盤的整理、分析和重新評價。歸納出石林詩話以自然為主，品評的詩家有陶淵明、杜甫、韓愈、王安石、歐陽修、蘇軾、黃庭堅，並將其前後的詩論者取王安石、呂本中、李綱、張戒諸人作比較，指出石林對後世影響不大，比較顯著者為嚴羽及王士禎。另有高靜文《葉夢得之文學研究》乃宏觀葉夢得的文學成就，包括：詩文、詞、詩論、筆記雜著四大部份。論述詩歌的部份以題材為主：分為贈答、情景、感懷三類為主；詩中所欲表達的思想有：憂患意識、隱居心態、生活情緒的發抒；技巧部份則分從詩語之經營、意象之安排、典故之運用來論述；詩論部份則以《石林詩話》為主述，分為三部份來討論：一、理論歸結：論自然與工巧、論氣格與用意、論鍊字與造句、論用事與體物語。二、對各家之批評：陶淵明、杜甫、王安石、歐蘇、其他。三、對後世影響有：嚴羽、王士禎。

孫秀玲《葛立方韻語陽秋詩論研究》旨在探求葛立方的論詩重心，及樹立其批評詩人、詩作的標準，論詩要旨分為原理論、寫作論、風格論、體裁論、批評鑑賞論五部份，並就葛氏對歷代詩人之品評依時代為綱，論述葛氏評議詩人人品及詩作的情形。

黃培青《歲寒堂詩話研究》揭示《歲寒堂詩話》論詩要旨大抵以反江西詩論為出發，吸收傳統詩論與理學時風的思想內蘊，揉合成別樹一幟的詩學理論。

劉靜華《臨漢隱居詩話研究》全文分四部份：論詩餘味、論詩之風格、論唐代詩人、論宋代詩人來論述魏泰《臨漢隱居詩話》，揭示

其論詩要點有：詩主優柔感諷、詩主述事寄情而情貴隱；風格論則指出作家因才性、環境、題材之不同會有不同的風格；論唐代詩人則以倫理道德論杜甫，以才學論郊島，以審美價值論韋應物、韓愈、劉禹錫；論宋代詩人則對西崑積纍實、意輕淺之病予以譴責，美惠崇詩多佳句，對王安石晚年絕句亦頗爲欣賞。

歐陽美慧《歐陽脩詩文理論及實踐》揭示標榜「詩必盛唐，文必秦漢」的復古派，因不欣賞以理論詩之宋人，對歐陽脩則不留餘地的批評；而反復古派則給予正面肯定；至於他「詩窮而後工」的理論則得到兩派一致認同，並據以闡釋，分類討論，發揮到淋漓盡致。

吳靜宜《惠洪文字禪之詩學內涵研究》以惠洪《石門文字禪》、《冷齋夜話》、《天廚禁臠》三書爲主體，論述禪宗與詩學合一發展現象，從文字禪與詩學演進史著手，以釐清惠洪文字禪定義與詩學意涵，研究指出惠洪通歌詩歷史，粹取詩學典型，有意識兼容並蓄地承接詩禪傳統，加以融合後開拓出新的詩法與創作題材。

本章小結

兩宋時期的詩歌研究，北宋初期的詩壇籠罩在學唐的風氣當中，據嚴羽云：「國初之時，尚沿襲唐人。王黃州學白樂天，楊文公、劉中山學李商隱。」（《滄浪詩話・詩辨》）揭示學習平易淺俗的白體者有王禹偁，學崑體者有楊億、劉邠諸人，學晚唐體者主要有林逋、魏野、潘閬、寇準、魏野諸人，彷彿唐風再現。眞正能開啓宋代詩歌獨特風格的應是北宋中期的歐陽修、石延年、蘇舜欽、梅堯臣等人提出平淡詩風，擺脫唐風之習，自闢新域，往下才能開發北宋後期的蘇軾、黃庭堅、陳師道諸人風貌迥異的宋詩風貌，在蘇黃的努力下，展現了宋詩崛奇兀傲的江西詩派，不僅在創作上自抒一格，在詩論方面亦能標示奪胎換骨的活法。南宋有所謂的四大家：陸游、范成大、楊萬里、尤袤，其下爲四靈詩派及江湖詩派各自表現矯俗獨特的風格，是故綜觀宋詩的發展，重要的詩家已不似唐代詩人風起雲湧，而眞正能獨出

一格者以蘇黃爲主，是故目前研究的重心，亦是集中在蘇黃；專家詩以王安石、蘇軾、黃庭堅、南宋四大家研究爲多，其他較少。蘇軾詩之研究，可概分地理分期、關涉各種藝術媒材、單一特殊論題、比較研究四大類，顯示研究透視的面向甚多且廣。黃山谷之研究，分爲詩與詩論兩大部份，而在跨文類之中，則選擇與書法藝術的結合，亦有將蘇黃唱和詩作一研究。南宋四大家中，范成大之研究集中在田園詩，而陸放翁之研究則多綜合式的論述。兩宋跨文類的研究，大家皆關注到詩與畫、詩與詞之研究。至於題材詩則所論面向甚多，有詠史、詠茶、題畫詩、園林詩、遺民詩、題壁詩、飲食書寫等等等。體裁論有用韻之研究，亦有格律論之研究，然相較於前面數類，顯然是研究較少的。最能代表宋代的詩歌成就，即是在流派部份以討論江西詩派爲主。在詩學理論部份則可畫分爲宏觀兩宋的詩學理論、單一論題發抒兩類，包括：論詩詩、杜詩評論、宋代詩話、格律論、禪詩、白俗觀等論述，展現出宋代詩學理論蓬勃發展。

第六章　金、元暨明代詩學研究概況

壹、金、元詩學研究概況

一、金代詩學研究概況

　　金代研究者較少，專家研究以元好問者較多，其次有趙秉文、王若虛等。宏觀金詩者有胡幼峰《金詩研究》。胡幼峰《金詩研究》以研究金代九主六世一百二十年的詩歌為主，將之區分為初、中、晚三期，其步武學習的對象有三類第一類乃繼承北宋之正宗，有元遺山、趙秉文、李之純、王若虛、雷淵、張殼等詩家，以學習蘇、黃為主。第二類學步李唐，上窺魏晉，依風格溯源，又可分為三派，一、學步李、杜者有元好問、趙秉文、王庭筠、李汾、辛愿、李經等。二、模擬陶、謝者有蔡珪、王庭筠、黨懷英等人。三、踵跡李賀、盧仝者，有李之純、趙秉文。第三類，開有元之先路，有元好問，上接杜韓，中揖歐蘇，下開虞宋，使中原傳統文化續而不絕。歸納出金詩在文學史上居有「繼往開往」的重要地位，因元好問及遺民詩人的戮力，使一脈文化能歷元明而未絕。論專家詩者有洪光勳《趙秉文詩研究》以探討趙秉文其人其詩為主，今傳文集二十卷，詩有六百餘首，再益以中州集、歸潛志二書來蒐羅有關趙氏之資料，據以知人論世，討論其詩之內容形式，旨在論述金朝後期詩人趙秉文詩歌的成就。詩歌多個

人閑情逸致、遊覽山水、歌功頌德之類，無特殊風格，較有特色者厥爲小詩，雖專敘閑情逸致，亦頗以「精絕」、「清新有緻」著稱。

　　吳美玉《元遺山詩研究》研究元好問詩一千三百六十二首，分從形式、內容及其地位來論述，內容分爲人生觀反映、情感生活、衰世之音的喪亂詩、題畫詩四部份，形式則從善用典故及前人詩句、疊句使用的多樣性、類似句、重複句與慣用語、用色技巧、節奏與用韻五部份展開論述，歸納出元好問的歷史地位：一、作品豐富，能備眾體。二、宗尙陶淵明、杜甫等人又從趙秉文、楊雲翼問學，知其詩有本有源。三、挾幽、并之氣，表現遒勁而蒼涼沈摯的詩風。四、開拓元代詩壇，更影響後世，具啓後之功。陳石慶《元遺山詩學研究》主在討論元氏詩學環境與淵源、詩學論見、詩歌創作三部份，結論得出元氏在金季詩壇上的地位意義有四：一、取法唐宋，進窺魏晉，二、時際衰亂，饒多哀音，三、理論創作，相輔相成，四、技巧精到，體兼眾妙。在引領元詩的意義上則爲「上繼唐宋，下開元明」，成爲總結金代詩歌成就的標杆。陳志光《元遺山詩析論》則以闡述元好問的詩歌爲主。鄭靖時《王若虛及其詩文論》旨在討論王若虛其人、其文論及詩論三部份。在詩論的部份先述詩學創作理論，後述對江西詩派之批評，互爲印證以矯江西詭譎尙奇之弊。而以「本色」、「天全」爲詩眼，貴在自得，並求諸金元之間詩壇之嬗變，其間脈絡，似若可尋。楊台福《金元詩人元好問《元遺山詩集》用韻考》旨在論述元好問身處金元之際，其用韻爲中州詩人之代表，考論其近體凡一千三百六十二首詩歌用韻情形，以研究當代的韻部系統，而爲漢語語音史塡補部份空白，以作爲日後考察「國語入聲消失之語之流變」奠立基礎。薛麗萍《元好問別離詩研究》以離別詩視角研究元好問之詩歌，論其內容題材有：羈旅懷鄉、送友遠行、惜念舊游、即景生情等類型；表現手法則從意象運用、時空呈現、詞彙擇取、典故運用及韻律安排等論析；內涵及風格則揭示元氏別離詩審美風格和特質。呂玨音《史筆摧殘的文學場域：元

好問《中州集》詩史辯證之研究》旨在論述元好問《中州集》之詩、史如何辯證，並影響經典建構及詩學價值；揭示《中州集》「詩史合一」特殊體例，鬆動早年〈論詩三十首〉之詩學理論，接受晚唐詩風，突破早期以「風雅」、「正體」之堅持，並且大量記載讖緯之詞，論述詩人歷史哲學開始出現神秘傾向，企圖走向「永恆的回歸」進而補充傳統詩史的不同面向。

綜觀之，金詩之研究，以胡幼峰《金詩研究》最具宏觀性；而在詩家研究方向，以元好問最受注目，研究元好問者主要涉及詩歌及詩論兩部份，詩歌內容以反映人生及衰世之感懷為主，詩論則以矯江西流弊為主述。

二、元代詩學研究概況

（一）元代詩學宏觀研究

元代，研究者較少，目前有蕭麗華《元詩之社會性與藝術性研究》，其研究的重點在社會性及藝術性二部份，在社會性部份指出元詩有：詩史功能之發揮、民族氣節之彰顯、隱逸思想之興盛、民族融合之痕跡、民間結社之濫觴。在藝術性部份，則分從：言志傳統之承繼、唐詩情韻之發揮、模擬風氣之開展、詞化痕跡之展現、詩畫融通之實踐五部份來開展論述。最後歸結元代詩學有明顯復古思潮，對漢魏古體及唐代律絕尤為推崇，在有清詩家眼中，宋詩拙、元詩巧，離唐詩正典仍遠，主因是元詩多晚唐餘風，辭彩藻麗、內容淺俗、氣格纖弱，類詞化風格，亦即唐詩創體、宋詩變之以文、元詩變之以詞，這是元詩在詩歌史上的流變狀態。而其藝術特點則在詩畫融通的表現，乃因元人處文人畫極盛階段所形成的詩歌藝術風貌，也是元詩足以傲視詩史之處。其具體表現，在題畫詩與自然詩的題材增多，形成元人詩作中主要的大類，在藝術手法上，則使詩歌走向尚寫意、重摹景的繪畫特色，是「詩中有畫」 的具體表現，也是中國詩歌在比興物色與情景交融上的進一步成就。

葉含秋《元代蒙古族詩人及其漢文詩歌研究》分從詩人及詩歌兩部份著手；一、詩人部份，敘列小傳，以明其人其事，傳記重點在漢學之養成及漢化過程作爲研究詩歌基礎。二、詩歌部份，針對詩歌內容題材、體裁與技巧加以評析。最後將蒙古詩人的漢文詩歌與當時詩壇比較，分析融合於當時詩風潮流的現象及特殊的民族風貌。

（二）元代詩歌、題畫文學研究

研究元代者不多，主要是國祚不長，詩家不多，詩人或爲跨宋元之遺民詩人，或爲跨元明之開國者，故而整體觀之，研究者較少，目前有林景熙、王冕及楊維楨，跨文類之研究則有題畫文學。

林景熙爲宋末元初之詩人，邱創華之《林景熙及其詩文研究》主要從詩歌、散文二面向進行研究，詩歌的部份分從文學內容、文學主張與藝術形式進行論述，揭示林景熙詩歌詳實反映宋末元初文人在異族統治下的心聲，其內容有思國念舊、逸隱避世、詠史懷古三類；其文學主張重視詩教崇尚現實精神，講求直抒胸臆眞情流露、重視個人德性才質的涵養，內容與形式兼顧，詩文創作須苦心積學經世致用；而其藝術形式則從表現手法、用字遣詞及意象運用論其特色；至於散文則從結構技巧與修辭句法論其藝術特色。

元代末期有王冕、楊維楨、倪瓚等重要文學家，王冕（1287～1359）之研究有宋美灼《王冕七言古體詩研究》揭示王冕傳世詩歌多收錄於《竹齋集》，其中以七言古詩號稱獨絕，詩風豪邁爽朗、疏淡樸拙，遂以之爲研究對象，論其內容有七大類：題詠畫作、酬酢唱和、懷古記遊、感嘆抒情、詠物寓意社會寫實、山居田園；論其形式技巧則從韻律句式、修辭與章法結構三面向論述；論其七古風格則形成飄然物外、淡泊隱逸的人生態度與詩歌風格。

楊維楨（1296～1370）之研究有胡蘭芳《鐵崖古樂府研究》，以討論楊維楨「樂府」所形成的「鐵崖體」爲主。分從內容討論詠史詩、遊賞宴樂之作、竹枝歌三部份；形式部份則從體裁、用字造語、來論述，至於風格部份，得出：奇艷詭譎、清新可愛二類風格。

　　倪瓚（1301〜1374）是元末著名畫家，被明代董其昌列入元代四大家之一，蔣翔宇《倪瓚題畫詩研究》，揭示倪瓚以「天眞澹簡」、「古淡天然」的畫風，高居「逸品」之林，其繪畫多寫景，其詠畫詩作清新雅緻，敘事詩溫馨而生活化，抒情詩感性而眞摯，賞畫詩作貼切而有見地，整體而言，題畫詩風格自然、澹雅、清新。

　　王雪吟《吳鎮題畫文學研究》主要以明代錢棻爲其輯成的《梅花道人遺墨》兩卷爲主，論其題畫文學的詩情與畫境。

（三）元代詩論研究

　　元代居於宋代之後，對於詩歌史上的唐宋詩風格各有偏好，開展分唐界宋之議題，是爲後世論述唐宋詩之爭以此爲端倪。故而研究元代者多從唐宋詩之爭切入，或論宗唐崇宋之說，或論唐詩學，整體而言，元代詩論傾向接受唐代詩歌。郭玲妦《元代詩學之「宗唐」、「宗宋」問題研究》指出古典詩學發展史以先秦兩漢爲「原型期」，以唐宋爲「創發期」，以明清爲「模擬期」，而六朝與元朝爲三大期的分水嶺，具有轉型性的重要價值，元代詩學轉型性的地位，乃因歷唐宋創發期輝煌成就之後，詩學轉以模擬復古爲主，而模擬對象不出唐宋，正因其處於「後唐宋時代」，在詩歌中尋求學習典範，借模古以開新成爲元代詩學之主流，元人「師古論」、「言志說」等詩學理論提出，及審美尙「情」、「意」的選擇外，對宗唐現象的「宗唐以得古」、「詩話衰而詩格盛」；宗宋現象「對黃庭堅及部份江西詩人高度評價」、「肯定宋詩新變」、「學宋不諱言學唐」等皆有所釐清，而宗唐及宗宋問題突顯「文化」、「文學」雙扇架構，在文化上由「文化異質錯位」與「多族文人圈形成」展現元代時代文化對詩學發展的影響，而文學上「唐宋已造就詩歌高潮」、「詩社活動的推波助瀾」形成元代詩人處境與心態。此一問題於明清仍有後續發展，元代詩學具有承上啓下之價值。李嘉瑜《元代唐詩學》研究目的在解讀元代讀者群對唐詩的理解與接受，從：一、元代讀者群在何種背景下研究唐詩？二、元代讀者群所理解的唐詩是什麼？三、元代唐詩學

相應於其他時代的唐詩學有何特色？三個問題切入探討元代唐詩學的特色以相應於各時代之唐詩學。

方回（1227～1306）爲元代重要詩人一，選輯唐、宋近體詩並加以評論，成《瀛奎律髓》一書。張哲愿《方回瀛奎律髓及其評點研究》以研究《瀛奎律髓》爲主，論述主題有三：其一是方回詩學問題的釐清，指出方回典範體系以老杜爲主，復歸江西詩風，以矯四靈與江湖詩派之迷思。二是方回的選詩，以選詩成來張揚自己的詩學主張。三是方回的評點部份，歸納其評點條例及評點特色。最後歸納方回在詩學理論、選詩發展與評點發展上有其價值與地位。

辛文房爲元代前期西域人，撰有《唐才子撰》十卷，爲唐代詩人三百九十七人立傳，黃惠萍《辛文房《唐才子傳》研究：歷史圖像與詩學觀點》乃從《唐才子傳》來論述辛文房所形成的共時性與歷時性之文學圖像，並揭示文氏意圖建構唐詩的歷史圖像及詩學觀點，由該書可管窺辛文房所反映的時代意義。

貳、明代詩學研究概況

明代詩學成就，不在於傑出詩人的創作，而在於前後七子倡導的復古運動，引發不同流派之間的黨同伐異，繼起者是公安，力主獨抒性靈，其後，竟陵派掘起，一反公安而成峭深之風格，是故明代之研究，在專家詩部份不如唐代風起雲湧，反而以詩論較多。詩論以前後七子及唐宋派爲主，示現出體派紛呈的繁花盛景。最大詩學活動在反省宋詩「以才學爲詩」、「以議論爲詩」之良窳。其次，繪畫發展到明代儼然形成新風尚，是故明代題畫文學之研究亦是一個關注的面向，較諸前代，饒富時代意義。

一、以知人論世為特色之專家詩研究

明代詩家雖然不如唐宋詩家成就非凡，然而亦有些詩人之詩，醲醲有味，值得細究。初明時期重要詩人有越、閩、嶺南詩派之劉基、高啓、方孝孺、袁凱、高棟等人，盛明時期有台閣體三楊、理學五賢、

武功四傑；中明時期有荼陵派李東陽、復古派前後七子及唐宋派的王
愼中、唐順之、歸有光等人；書畫名士有沈周、祝允明、唐寅、文徵
明等人；性理派有王守仁、湛若水等人，晚明有公安派三袁、竟陵派
有鍾惺及譚元春等人。整體觀之，各期皆有代表詩人，目前研究明代
專家詩，大約如下所述。

　　明初詩家之研究有劉基、高啓二者。有應懿梅《劉伯溫及其詩》
之研究，旨在討論劉基其人其詩，以探索劉基詩壇地位及政治家心路
歷程；研究結果揭示劉氏身仕二朝，文學思想對復古潮流有承先啓後
之功，並再就其詩歌之體裁、題材、表現手法、風格作分析。劉龍勳
《高啓詩研究》旨在研究高啓之詩歌，分從詩歌的思想境界、技巧、
詩觀與創作態度來論述，並就其詩歌對後世影響作一說明，包括生前
及後世，後世則又有明朝、清朝、日本三方面。由於高啓自云「際時
復古」，是故研究者認定擬古之風應從高青邱開始，並與李東陽、前
後七子擬古之風皆有關係，而後七子之王世貞晚年之回歸及袁中道好
白蘇能亦與高啓有關。吳家茜《高啓梅花詩探微：兼論歷代梅花詩之
發展》以高啓梅花詩爲主要研究對象，略論其他時代之梅花詩，以明
瞭歷代梅花詩的不同特色，並藉此推知高啓梅花詩的創作思維與藝術
成就。

　　明中葉以後，研究對象有王守仁、陳獻章、王世貞、唐寅等人。
　　宋明理學大盛，專以明代理學家詩歌爲研究對象者有王守仁及
陳獻章；王守仁爲明代理學家，學者稱陽明先生，倡「格物致知」、
「知行合一」學說，研究王陽明者有崔完植有《王陽明詩研究》、廖
鳳琳《王陽明詩與其思想》二文，崔完植《王陽明詩研究》以研究
王陽明詩歌爲主。廖鳳琳有《王陽明詩與其思想》，旨在探論陽明之
詩歌以逆尋、反映陽明之堅苦卓絕環境下之胸懷，並說明其成學入
聖之道，以探討其立教言說之本意，從詩歌入手，雖未能盡括全部
學說思想，然精神旨趣，庶可得之，研究結果指出王陽明學有統宗，
善於妙用釋道二家之學，而其包容淑世之精神，尤令人稱道。陳獻

章學者稱白沙先生，研究者有蘇倉永《陳白沙及其哲理詩研究》，旨在揭示陳白沙詩歌所蘊藏之意涵，立基於天人一貫之體證，研究結果指出陳白沙對哲學或文學、思辯或篤行，皆有自覺的思解、自得的無礙、自信的安立、自樂的從容，昇騰出「自然爲宗」的生命境界。另外，許如蘋有《湯顯祖仙釋詩研究》一文，以論述湯顯祖仙釋詩歌。

　　跨文類之研究，兼及詩與文、詩、詞者，爲例亦多，例如朴均雨《王世貞詩文論研究》是以詩與文爲主，指出王世貞詩文應分作二個不同的階段來分析，中年時期熱烈主張復古與晚年時期爲統合文壇而主張調和論有不同，是故以分析方法來探究王世貞詩文論與詩文觀轉變的過程。研究重點主要從詩文本質、格調說、法與變、模擬看法、實際批評等觀點作分析；論述王世貞詩文觀之轉變與調合時，指出他具有超越復古的立場，力主調合北方南方、折衷古與今、復古與唐宋派等。同題研究者有卓福安《王世貞詩文論研究》，以「時空環境」、「作家」、「作品」、「讀者」四元素爲架構，並以「文學研究」、「學批評研究」的概念建構分析王世貞詩文理論，先述其生平人生觀及當時社會各項條件，找出復古根由，再釐清詩文論的結構，探析其詩文論如何兼容新舊、正變、雅俗等問題，以期把詩文理論中抽象概念具體化，再辨析擁戴者與反對者之評論標準，以結合場域概念以獲得王世貞詩文論的價值與意義。

　　唐寅字伯虎，號六如，詩書畫三絕，自署爲「江南第一風流才子」，目前研究唐寅者有譚銀順《唐寅生平及其詩文研究》，旨在研究其人及其詩文，「其人」部份，考證其家世生平、三笑故事之源流、會試弊案始末及影響；「詩文」部份有唐寅與蘇州文壇、全集版本概述、文章概述、詩歌述評等之內容剖析；在詩歌部份歸納唐寅詩歌之特色有：各體兼備而長於七言，詩風平實俚俗、表現多樣化之情感、寫實而具體。

　　夏完淳（1631～1947）生於崇禎四年，死於桂王永曆元年，年僅

十七，著有《夏內史集》、《玉樊堂集》、《南冠草》、《獄中集》等等。
夏氏十五歲從軍，十七歲殉國，留存作品有賦十二篇、騷十篇，詩歌
三百一十六首、詞四十一首，曲五首，文九篇，作品數量甚多，且各
類作品皆有精彩之作。目前研究者有白芝蓮《夏完淳詩詞研究》，旨
在研究夏完淳之詩與詞。研究歸納其詩詞作品之寫作技巧有四特色：
受楚辭影響、好古、借歌舞宴游的盛衰對比，寄寓興亡之恨、善於運
用史事故實，以古喻今；詩歌內容可分為四種：描寫抗清復國的心志、
抒寫滄桑之感、譏諷社會、歌頌義士哀悼師友；至於其詞之風格有四：
傷春寄意、閨情宮怨、借物抒情、今昔之感。

　　末明時期以專家詩為研究對象者有高月娟《柳如是及其《戊寅草》
研究》以柳如是第一部作品《戊寅草》為主，論其主題內容、語言藝
術、風格等，藉以探析柳如是《戊寅草》所銘刻的自我形象及其生命
情調。沈伊玲《柳如是及其詩詞研究》探論柳如是詩詞，將其詩詞內
涵分為：抒情詠懷明心志、閨情愁思訴衷腸、贈答酬和結情誼三個主
題；藝術手法則從：意象、辭采、修辭及典故等技巧深入探討，發現
柳如是的詩詞能展現生命情態及民族氣節，對婦女文學亦有不可抹煞
的時代意義與影響。胡慧南《沈宜修《鸝吹》詩研究》旨在論述沈宜
修創作的客觀環境、家世生平經歷、《鸝吹》詩集內容題材、思想內
涵與藝術技巧。

　　以末明遺民詩為研究範圍者有宋孔弘《張煌言詩「亂離書寫」義
蘊之研究》闡發張煌言「亂離書寫」義蘊有三，其一是政治現實之陳
述，其二是家國情懷之抒發，其三是自我認同之建立，揭示張煌言「亂
離書寫」特色展現文山氣象及延續詩史觀念。楊美秋《謝翱詩歌研究》
以《晞髮集》二百八十餘首詩歌為研究對象，探論詩歌內容及藝術特
色，歸納詩歌風格形成原因，彙整傳記文獻與歷代詩話中的評論，最
後歸結謝翱詩歌對後世之影響。另外，許淑敏《南明遺民詩集敘錄》
以論述南明遺民詩集為主，研究始自曹學佺迄姜實節之鶴潤生遺詩
止，凡六十四家，考索其字號、籍里、生卒年等基本資料，再就生平

事蹟，考索其官職、抗清事蹟、遊歷、師友、學術源流等，再針對著作之詩、文、雜著等作一介紹說明。

綜上所述，《王世貞詩文論研究》以架構理論爲主，而唐寅、夏完淳、柳如是、沈宜修等人之研究則重在詩歌文本之抉微探賾，《南明遺民詩集敘錄》則介紹南明詩集。

二、詩與畫結合的題材研究

在跨媒材研究當中，以詩、畫結合論述者最多，體現詩畫結合之思考向度。鄭文惠《明人詩畫合論之研究》以明代之詩畫合論爲研究範疇，且偏重在中晚明時期之論述，因明代詩畫合論之開展始於中葉以後；論述分作四部份開展，一是論明代以前詩畫對應關係之演進，二是論明代詩意圖與題畫詩盛行的背景，三是論明代詩意圖之類型及其詩畫對應方式，四是討論明代題畫詩之類型及其詩畫對應方式，其中內容有山水題畫詩、人物題畫詩、畜獸鱗介題畫詩、花鳥蔬果題畫詩四類，整體而言，論述整全而富贍。其後，林素玟《晚明畫論詩化之研究》研究畫論詩化的特殊現象。

針對某一專家詩畫研究對象有董其昌、王紱、沈周、唐寅、文徵明等人。董其昌之研究有胡舒婷《董其昌之詩書畫研究》旨在論述董其昌詩文、書法、繪畫三種藝術媒材，關涉詩歌者爲第二章詩文之部份，攸關詩之內容則從內容、特色、題畫詩諸部份來開展。徐孝育《董其昌「大唐中興頌並題浯溪讀碑圖詩卷」研究：兼論董書中期款式風格》以香港劉均量先生虛白齋藏中國書畫館所藏之董其昌的作品〈大唐中興頌〉卷爲論述中心，由於該件作品並無紀年，是故先述作品產生背景，分析作品之書法風格、題款形式、歷來收藏之情形，並爲該作品作一定位及分期，最後歸納出該作品應是產生在五十一歲以後至五十六歲左右之間，亦即是應作於萬曆三十四年，秋天辭官回鄉以後。

劉文叢《王紱題畫詩研究》以論述王紱題畫詩爲主，王紱爲元末、

明初人，山水畫爲元文人畫過渡到明朝重要橋樑，墨竹尤爲人稱許，董其昌稱其爲「國朝畫竹開山手」，王世貞亦稱「孟端竹爲國朝第一」，其《王舍人詩集》五卷有詩六百六十五首，題畫詩有一百四十八首，此類詩篇或自畫自題，或題他人之畫，大致可分爲題山水畫詩、題竹畫詩及其它等三類，研究指出王舍人之題畫詩表現內涵有敘述作畫動機、描述畫面內容、闡發畫作內涵、抒發情志懷抱、砥礪氣節風骨、記錄人際關係、闡釋繪畫理論等；展現的藝術特色有：詩畫關係密切、景物刻畫細緻、對偶精工、講究修辭技巧等；主要風格有：自然恬淡、工麗婉媚、沈鬱蒼涼等，揭示王紱題畫詩有別於明初擬古詩風，有其清新及獨抒性靈之文學風貌。

以沈周、唐寅、文徵明爲研究對象者，有錢天善《明三家畫題畫詩研究》三家合論，主要沈周、唐寅、文徵明現存畫蹟之題畫詩爲主，論述焦點放在歷代畫上題跋的發展上，從現存沈周三百二十五件、唐寅二百十三件、文徵明三百七十六件之畫蹟論其詩歌、書法、繪畫、印章之綜合藝術，再印證現存歷代畫蹟之文字與繪畫結合之歷史軌跡，對於詩畫完成之先後、題寫對象、題詩與繪畫之關係皆有深入探討。

沈周、唐寅、文徵明分論者有游美玲《沈周題畫詩研究》論述沈周題畫詩主要內容有題詠畫作、依畫敘事、讚頌酬酢、抒發情志、繪畫思想、其它等；表現手法有題畫詩、書法、畫作彼此融合等，題詩大量出現色彩字，內容多表達對山林田園之嚮往及心中感觸與悲嘆，並善用修辭技巧及章法結構，使詩歌饒富變化；至於題畫詩之風格，展現自然、清新、沖淡、率眞、沈鬱等風格，可窺其隱逸思想與心性。

文徵明之研究者，其一、紀逸鋒《《文衡山拙政園詩畫冊》的園林意境研究》以文徵明《文衡山拙政園詩畫冊》爲主，對中國四大傳統園林之一的拙政園進行造園理念、園林意境之考察，揭示：一、中國文化與自然山川的關係密切，在藝術方面，詩、畫、園林相互影響；

二、明代江南園林達到中國園林藝術的高峰,《文衡山拙政園詩畫冊》以詩境、畫境、實境三種影像的閱讀進行交叉比對;三、透過詩詠、繪畫的空間影像作分析,提出造園理念、空間佈局及其精神內涵類比進行詮釋;四、以「游」的觀念貫串《文衡山拙政園詩畫冊》中所記錄的思想觀、審美觀、設計觀,整理出拙政園整體的園林意境思想。

其二、許淑美《文徵明題畫文學研究》揭示文徵明是明代吳派繼沈周之後的藝壇盟主,繪畫與沈周、唐寅、仇英並稱「明四家」,詩文則與徐禎卿、祝允明、唐寅並稱「吳中四才子」,詩文書畫無一不精,不同藝術領域以不同技巧來表現情感與內涵,其詩文作品文字簡潔平和,反應自然、真誠之美。

整體而言,「詩畫合論」一文討論詩與畫的對應關係;「畫論詩化」一文則討論詩化的特殊現象。至於董其昌的研究,胡文重詩、書、畫合論;徐文旨在闡述大唐中興頌詩卷的成就,開發董其昌之研究領域。

三、體派紛陳的流派探研

明代流派甚多,研究者亦多有發揮闡述,例如以地域名派者有專研究吳中名士之詩歌,例如林賢得《明代中葉吳中名士詩歌研究》旨在以沈周、祝允明、唐寅、文徵明為主,探討其詩歌內容、特色及詩派之成因。在討論詩歌內容時,將作品分為題畫詩、詠懷詩、詠物詩、贈答詩、吳中雜詠五大類,並配合作者生平,考其作品同異,推其興感之所由。詩歌特色則結合當時政治、科舉制度、文藝風氣和詩社之設立,探其對詩派之影響。再就地區來論吳中商業繁榮、人文薈萃察其對詩派之影響。復次,再就個人因素從名士風度觀其對詩歌之影響。最後總結吳中詩派,評其得失,並論其影響。

連文萍《明代茶陵派詩論研究》旨在描繪茶陵派的輪廓,探討其緣起,統攝其成員,並評介該派在創作及評論上的業績,在原理論、方法論、風格論、鑑賞論及實際批評五類下完整展示茶陵派詩論的全

貌，並說明其價值。

以復古派之前後七子之論述者有楊英姿《明代復古詩論『緣情比興』說》旨在揭示「緣情比興」可得出「神韻」及「性靈」之說皆是其一端而已，復古詩論與非議者有關詩心之取法是相同的。李欣潔《明代復古詩論重探》揭示七子派的復古詩論是爲了傳習正統典範的系譜，並以「興」爲焦點，考察七子派詩論如何擴充抒情美學的內涵，藉著梳理明代復古派詩論的內涵，揭示古典詩歌傳統之優缺點。

以比較研究爲主者有二，其一是黃雅娟《明代詩情觀研究：論七子與公安詩論之異同》旨在探討從明人對詩情之普遍重視，以考索明人「復古」、「求眞」之因，並導入前後七子及公安派詩情觀之異同；探討前後七子詩情觀時，分從詩情本質、詩情發生與詩情表達三方面進行研析，藉以明白「復古」爲基本立場的前後七子如何詮釋詩情諸觀念；再以「公安派」爲主，探討「性靈」思想爲中心的詩情觀，並比較二者之種種差異；結論導出一、前後七子的詩情觀，在詩情本質觀有李夢陽的「情眞說」、徐禎卿的「情本一貫」的詩本質說及謝王之詩情本質觀；在論七子對詩情發生的概念，則拈出李夢陽的「物感」、謝榛的「情景交融」、王世貞的「神與境會」；在論七子之詩情表達觀則導出李夢陽的「體格聲調」何王二氏的「意象比興」說、謝榛的「興到筆至」、王世貞融合「格調」與「意象」之達情觀。二、公安派的詩情本質觀在：伯修之「學生理，理生文」、中郎的「獨抒性靈」及小修有範圍限定之詩情觀；詩情表達觀則有：追求「辭達」的表現論、中郎「不拘格套」、小修轉於「含蓄、蘊藉」的表達論。

其二是陳成文《明代復古派與公安派詩史觀之比較》旨在揭示二派之詩史觀之異同，內容主要分爲：論歷代詩風、論各期詩的演變、詩史觀與創作論的關係三份來論述；就詩史觀，歸納出復古派詳細探討詩史脈絡作爲創作標的，雖然在創作上主張摹擬，卻能因而整理出

文學史的概況，而公安派創作論的優點是在追求性情與個性，作品較具獨創性，卻容易流於浮淺，且詩史觀的建構較不足。

晚明之研究有高士原《晚明幾社六子及李雯社會詩探微》揭示「幾社」是「復社」在松江地區的分社，幾社六子有：杜麟徵、夏允彝、周立勳、徐孚遠、彭賓、陳子龍等人，幾社從文學性文社轉向政治性文社；另，陳子龍、李雯、宋徵輿稱「雲間三子」，研究指出幾社學術思想受東林「復社」影響，重民族氣節與人才培養；幾社六子對雲間地區及吳越地區產生重要影響；詩社影響雲間派、西泠派、登樓社、東皋詩社、海外幾社、南立等，晚明幾社六子及李雯社會詩，修正前後七子之缺點，吸收公安派優點，將創作與理論相結合，形成獨特的風格。

綜合觀之，流派之研究有茶陵派、復古派、吳中名士及幾社之討論。

四、考辨史觀、開發新猷的詩論研究

明代詩論承唐而來，幾乎有逆反宋詩之論述，且流派眾多，各自呈現紛雜的現象，研究者或論一家之詩，或以流派爲主，或以某一觀念爲核心，皆能展示明代豐富多樣的詩學觀念。基本上可區分爲單一詩論、宏觀詩論、論題表述三類。

（一）單一詩論研究

有蔡瑜《高棅詩學研究》乃就高氏詩學選本：「唐詩品彙」「唐詩正聲」二本詩選來研究其詩觀及其批評作品的方式，揭示高氏以「聲情合一論」、「詩體正變觀」爲基礎，歸納出高氏「格調」觀念是對詩作整體風格之品評，同時也是格調詩說發展過程中重要的一環。

金鍾吾《胡應麟的詩史觀與詩論研究》以胡應麟的《詩藪》爲主。林美秀《江進之詩學理論與實踐》旨在以文化論觀點，檢視江進之理論語言、審察創作實踐，其能彰顯其宋型詩歌的特性，並指出江進之的詩學特徵有三：一是新變說的文化演化史觀，二是知性美感的開

展，三是筆傳學語、心源乾涸。

　　謝明陽《許學夷「詩源辯體」研究》，揭示許學夷該書是明代復古派反擊公安、竟陵二派的總結性論著，是一本歷代詩歌源流及兼評歷代詩論和詩選集的巨著，謝氏透過個人的詮釋方式，爲其建構理論體系，確立許學夷在文學史上的地位。

　　劉桂彰《升庵詩話研究》旨在揭示楊愼詩觀與詩論。內容先考索楊愼生平、著述及版本流傳問題，再論述楊愼詩話中的本質論、工夫論、風格論以作爲論詩之依據，復次，再就楊愼論時代及詩人指出楊愼以詩歌流變之角度，主張六朝詩是唐詩之源，不拘於尊唐抑宋之格局，以品評李、杜之詩歌；其下，再論楊愼對性理詩歌之批評及《升庵詩話》中考據詩歌之意義與方法；結論比較楊愼與其他詩論家之異同，再拈出其在明代文學史上的批評地位。黃勁傑《楊愼《升庵詩話》之詩學理論研究》揭示楊愼身處復古風潮之下，獨樹一幟，上追六朝、攬采初唐，以不隨流俗的詩學主張，批判時人學詩之不良風氣，遂以《升庵詩話》總結其論詩要點。

　　何永清《四溟詩話研究》探討謝榛詩歌創作原理及修辭，並提出詩歌批評的原則與實例。林立中《謝榛《四溟詩話》批評論研究》以批評論爲主，論其評價準據爲何，分從作品形式、作品內容、作者與批評家三方面論述；「實踐批評」以評價各個詩文體類與各時代作品爲主；「批評用語」則論其慣用術語，並梳理其作用與意涵；「批評方法」則闡述謝榛使用何種方式確立批評，以明其批評方法之合理性與價值性，最後針對謝榛批評理論作出省思與總結。

　　陳錦盛《徐禎卿之詩論研究》以專門論前七子之一徐禎卿《談藝錄》的詩論爲主，前七子當中，只有徐氏有詩話留存，頗能一窺其與前七子詩論之關涉及異同處。其內容先述詩歌之本質、要素、發展流變及詩之功用，再論詩歌之創作方法、詩歌風格之探討及對漢魏詩之批評。

　　江翊君《鍾惺、譚元春詩論研究：以《詩歸》爲核心的探討》主

要以探討《詩歸》爲核心，該書是鍾、譚對明代詩歌復古與獨抒性靈
爭論所做之回應，認同詩出自性靈，也考慮精神性情的本質爲清靜自
然、眞誠淳樸，須以讀書養氣厚養內，保持清靜自然的本質，對學古
則以學古人眞正的精神性情。王曉晴《《唐詩歸》之詩學觀研究》亦
以鍾惺、譚元春之《唐詩歸》爲主，揭示高棅《唐詩品彙》、李攀龍
《古今詩刪》（唐選部份）、《唐詩歸》分別代表三個不同時期唐詩觀，
以《唐詩歸》評價最爲兩極，流行於晚明，有「家置一編」的盛況，
亦有「貽害於學者」之評，歸結而論，《唐詩歸》持著「引古人之精
神以接後人心目」、「學古者與矯之者的極膚、極狹、極熟」的動機與
目的，定下了「眞詩」、「必厚」兩個編選標準，是書反映明人對唐詩
接受傳承的狀況，是探討明代唐詩學不可忽略的一部份。

　　黃如君《晚明陸時雍詩學研究》揭示陸時雍詩學主張以反映出明
末清初詩學觀念之流變情形。周艷娟《謝肇淛《小草齋詩話》之詩學
理論研究》分從詩歌本質、體製、創作論、歷代詩歌評論諸面向論謝
肇淛《小草齋詩話》的詩學理論及其成就與價值。蔡勝德《陳子龍詩
學研究》指出陳子龍詩學原理論在詩旨部份以說情志、重詩教、談風
格爲主，在修養論則以才學並重，徵材與審境、閱歷與博學並重。在
體裁與方法論部份則指出辨體論及修辭論；在批評論部份，則指出印
象式的批評法及對明代詩家的批評。

（二）專題詩論研究

　　除上述以一本詩話或一個流派之研究外，亦有以某一專題論述明
代詩學者。例如有邵曼珣《論眞：以明代詩論爲考察中心》以討論詩
歌「眞」的問題；蔡婧妍《從明詩話中理解風骨的演變與評述》研究
「風骨」演變過程及詩人藉由「風骨」審美標準表現自己情志，對社
會理想的計畫，使之與大自然不朽，可以自由立足於無限時空，尋找
知己的肯定。

　　吳瑞泉《明清格調詩說研究》以明清二代之格調詩說爲主述，先
論明清詩學概況，再說明格調說之淵源有殷璠、司空圖、張戒、嚴羽、

楊維楨諸人再闡述明代格調說產生背景有：明建國精神之實踐、詩文主盛出之影響、八股取士之影響、台閣體與茶陵派之反動，變無可變轉而復古。其次，明初之格調說：高啓、貝瓊、張以寧、林鴻、高棣、李東陽諸人，其下再論前後七子之格調說，並比較前後七子格調說之異同，次論晚明之格調說、清代之格調說，再說明清二代之格調說作一比較。

　　簡錦松《李何詩論研究》旨在論述李夢陽、何景明二人詩論，分從四期來論：二人交游發展來論其詩學理論、創建期詩論、修正期詩論、成熟期詩論等，所論以體論、情論爲主述。歸結出李何倡復古，實際上是希望能潛心師法古人，莫任意爲詩。連文萍《明代詩話考述》旨在考述明代詩話作品。文分五編論述，第一編緒論，先說明研究明代詩話的重要性、資料及發展階段、作者與讀者；第二、三、四編分別考述現存明代詩話、後人纂輯及已佚之明代詩話三部份，而各部份又區分爲前、中、晚及無法分期之作品共四期，前期以洪武至成化年間，中期以弘治至隆慶年間，晚期分萬曆年間及泰昌至崇禎年間，以斷限的方式分別處理考索各時期之詩話。第五編則爲結論，說明明代詩話的特色及其價值。研究成果得知現存詩話一四四種，已佚者一三七種，由後人所纂輯者有三十七種，合計三一八種，每一部詩話皆分別考述其作者（纂輯者）、書目著錄、版本存佚與典藏情形，並分析其內容、評價及其詩學主張與價值。

　　王者馨《神韻詩表現手法特色研究：以王士禎所選絕句爲討論範疇》揭示神韻詩表現方式是「倒影藝術」，研究成果指出神韻派一方面「以小見大」，一方面是「間隔朦朧的距離感」，透過反射的「不可置於眉睫」的間隔，造成距離感；其特定意象也使用「簡約」的表達方式，以少總多的妙用，將情思、才學、所聞、所見以簡單的意象含蓄呈現。神韻詩的主要題材是山水田園的自然風景，視覺和聽覺遠距感覺正是最常使用的感知方式，以間隔朦朧爲表現特色，動態的美感、孤冷幽深的氛圍與時間空間經驗的融合則是神韻詩中最突出的感

知經驗，涉入時間經驗的空間感知是神韻特色之一，神韻詩中的時間觀念，融合儒家線性時間觀，與周易的循環時間兼容老莊思想中的逆轉時間觀，這些時間經驗為神韻明確感知的空間呈現作了最好的背景，使空間經驗得以突出。在句法形式上以疊字使用有其獨特積極作用，神韻詩常在捕捉一種「獨」的狀態，它不是一種消極的孤單寂寞感受，而是一種以孤獨為橋樑，從而達到自然渾然一體的生命感動。

謝淑容《明代詩話論王維》揭示王維在唐朝有其地位，到了宋朝不甚受重視，而清初王士禛對王維作品相當偏愛，其變化關鍵在明代，乃以明代詩話論述王維為考查對象，明代詩話以言情比興觀點探討王維，從人格形象與詩作風格來探討王維人格與風格，從各體體製來論其本色，從詩樂關係探討詩畫融跡的情形，董其昌「南宗畫論」盛行，拉抬王維聲勢，而明人禪悅之風甚盛，以探討詩禪合一的王維被明人接受的情形。

丁威仁《明洪武、建文時期地域詩學研究》揭示明洪武、建元時期的浙東、江西與閩中詩學，影響明中晚期復古思維，連反復古性靈與真性情的展現，也必須推至明初吳中蘇州等地的詩歌思維，明初地域詩學在文人手中建立，也透過不同地域詩人詩論的研究，彰顯當時多元化詩歌思維與文化現況。

葉滄吉《三國演義詩詞析論》先以「歷史研究法」進行《三國演義》傳承、演化、改變之研究，再以「逐首演繹分析法」進行詩詞之歷史事實、內容結構、文學藝術等進行詩義解析、箋注、評述、詩韻、格律、修辭等分析。

鄭潮鴻《明代昭君詩研究》探討昭君詩的遞變、明代昭君詩的類型、明人昭君詩的情志取向、明代昭君詩的藝術成就等內容為主。

孫敏娟《明代女詩人的主體性呈現》研究明代文壇對女詩人詩作的記錄、編選和閱讀過程，來檢視介於宋代女性文學萌芽期，到清代女性主體意識蓬勃的過渡階段，明代女詩人在「傳記」與「詩作」中自我主體的「呈現」與「被呈現」並對照當時詩壇對女性形象，提供

重新的詮釋與研究。

從上面所述可以得知明代研究的重點有二：其一在釐清復古派所創構的理論缺失，繼以矯正其失。其二在建構各詩論家的詩學體系。整體觀覽，詩話研究成為梳理明代詩論的重鎮，單一詩論揭示個別理論的獨立性，例如胡應麟《詩藪》、謝榛《四溟詩話》、許學夷《詩源辨體》、楊慎《升庵詩話》、徐禎卿《談藝錄》等等。

本章小結

金元二代之研究較少，宏觀論述者有《金詩研究》、《元詩之社會性與藝術性研究》一文，專家詩以元好問為主要研究對象，其他尚有王若虛、趙秉文、倪瓚、林景熙、王冕、丘處機研究等；詩論則涉及宗唐、宗宋之議題，亦有嘗試建構唐詩學及專研究方回《瀛奎律髓》等。

明代之專家詩研究，主要有劉基、高啟、王陽明、江進之、董其昌、唐寅、陳白沙、沈宜修諸人為主，而在題材部份以跨文類的方式考索詩與畫的關涉為多，至於流派部份則以復古的前後七子為多，另有茶陵派、格調派、公安、竟陵之研究頗有成果。詩論部份之研究較能突顯明代詩學觀念的演變，有宏觀論述一派之說，例如《明清格調詩說研究》以跨明、清二代的格調說為主，《明代復古詩論「緣情比興」說》以討論「緣情比興」的詩觀為主；對於詩話的研究亦甚有成就，或就單一詩話例如《原詩析論》、《四溟詩話研究》、《許學夷詩源辨體研究》等；或是單論一家之詩學理論者，亦大有其人，有李何詩論、徐禎卿、王世貞、胡應麟鍾惺、楊慎、陳子龍等人之詩學理論研究，以上或宏觀概述性質，或單論一家之學，或糾舉詩學流變，皆能揭示明代對於詩學觀念已能反省唐、宋之區別。

第七章 清代詩學研究概況

　　清代詩學是中國詩歌史上奇峰突起的時期，流派繁盛，各呈一家之言，且以收攝之姿，將歷代詩論翕納其中，雖宗派繁多，主要仍可分爲尊唐宗宋二大流別，界域清晰，尊唐者主神韻、又有初盛中晚之分；宗宋者，以蘇黃爲主，主張以才學爲詩、以議論爲詩，除此二大宗派之外，尚有不被唐宋牢寵者；綜覽當前清代之研究，以詩論之闡發爲多，專家詩之研究不似盛唐時期眾多，清初有王、顧、吳三家，其中，吳梅村的詩歌研究採專題式，有敘事詩及諷喻詩之研究；中期有鄭板橋，其下集中在晚清詩家之研究，有龔自珍、王闓運、黃遵憲、丘逢甲、櫟社三家詩：林痴仙、林幼春、林獻堂諸人，在題材部份有專就《紅樓夢》中的詩詞題詠作研究；體裁部份有專從詩話中檢索清人對詩歌格律的看法。流派部份，清代有四大流派，以神韻、肌理、性靈、格調四派爲主，另涉錢牧齋虞山詩派。至於詩論部份，則是清代研究之大宗，所論有詩話研究、有比較研究、有論題研究、有宏觀清代詩學之研究。以下分述之。

壹、彰顯清代風貌與時代性之專家研究

　　清初之專家詩饒有時代精神灌注其中，故而研究者亦能掘發特殊之風貌。例如遺民詩、詠史詩之研究。宋景愛《明末清初遺民詩研究》

以論述傅山、歸莊、顧炎武、吳嘉紀、屈大均等人爲主，揭示明末清初遺民詩主要內容以抒寫家國之感、揭露滿清暴行，反映民生疾苦，表現民族氣節等，內容豐富，風格也呈現多樣化，以慷慨激昂爲主，兼有蒼涼悽楚、憂傷悱惻、恬淡自然、沈摯蘊藉等風格；表現手法則有白描、用典、比興、擬人化等方法。黃俊傑《明清之際詠史詩研究》以顧炎武、吳偉業、陳恭尹、朱彝尊、王士禎、屈大均等人的詠史詩作爲研究範圍，因這些詩家身跨兩朝，將他們的詠史詩置於詩學發展脈絡中，可探討他們的價值認定與審美取向，最後歸結明清之際詠史詩在內容、形式、風格的眞貌，使明清之際詠史詩有骨有肉，能立體化呈現。

專家詩當中，清初以王夫之及顧亭林之研究爲主，有郭鶴鳴《王船山詩論探微》及柳亨奎《王夫之詩論研究》、李錫鎭《王船山詩學的理論基礎及理論重心》等。柳亨奎旨在討論王夫之的詩學理論，詩論先就主要術語作辨析，包括：情、氣、意、勢、神、韻六術語。詩歌理論則討論情感、情與景、言與意、法與格。批評論先拈出批評的標準、方法，再就批評實例指出古詩評選、唐詩評選、明詩評選之批評。最後將王夫之詩論歸結三個重點：一、主溫柔敦厚，二以情意爲主，三情景相生，互相交融。其次，李錫鎭《王船山詩學的理論基礎及理論重心》旨在探討船山詩學的理論基礎，闡述其詩論中主要觀念的涵意。

研究顧亭林者有施又文《顧亭林之人格及其詩歌風格》旨在探討顧亭林人格與作品風格之一致性，並藉亭林其人其詩之研究爲實際徵驗。又，談海珠《顧亭林詩研究》旨在揭示顧亭林隱語詩歌，以明其一生情感事義及制行精神，並昭其孤臣忠節苦衷。論述理序，先略序其生平事跡、思想之博大精深，再探索其隱語詩，歸納出：以韻目代隱語、以注釋爲隱語、以唐王隆武紀年三類。詩歌之分析則將內容分爲：敘事詩、紀歷詩、酬贈詩、詠物詩、抒情詩、詠史詩、諷刺詩、哀悼詩八類。並據此說明其詩歌特色及創作之藝術技巧。

　　其他詩家之研究較零星，不似盛唐容易集中於某一人之研究。不過鄭板橋的研究有二本論文，有金美亨《鄭板橋詩研究》旨在以語言意象分析鄭板橋之詩歌，以多方面主題深入分析，肯定其詩歌豐富的成就。胡倩茹《鄭板橋詩歌研究》旨在以鄭板橋的詩歌為研究對象，冀能肯定其詩歌的價值與定位。陳茹琪《查慎行詩歌研究》揭示查慎行師承黃宗羲，一生創作成就獲得後輩極高評價，《敬業堂詩集》乃「得宋人之長而不染其弊」，堅實強化宋調魅力，為清代宋詩巨匠；意厚、氣雄、空靈、平淡正是查氏一生強調四大學詩要領，前兩者指出詩歌應具備實質內涵，後二者則是文學體裁的美感掌握，此四大要領使詩人得以充份發揮抒寫性情、寫心跡以補史乘的時代精神。張丁允《劉蓉及其詩文研究》以「知人論世」觀點探論劉蓉所處環境，並論述其詩文理論、形式技巧、思想趨向及風格。譚景方《錢澄之及其詩歌研究》論述錢澄之一生行誼及其詩歌創作，以見其後世之影響及成就。彭貴琳《席佩蘭《長眞閣集》研究》以清代席佩蘭及其作品《長眞閣集》為研究主題，探究在乾嘉文壇多元流派的主張下，其性靈詩論及其實踐的情況，以了解其創作成就具有時代意義與價值。

　　專家之研究以晚清之詩家研究為多，尤其龔自珍（1792～1841）之研究為然。龔自珍著有《定盦文集八卷》、《詩集》三卷、詞選二卷、文集補編四卷等，韓淑玲有《龔自珍詩研究》，以專門討論龔自珍詩歌為主，分為內容思想：議政詩、社會詩、抒情詩、其他；形式技巧有：體裁格律、表現手法、用字造語；論詩主張有：別「僞體」而特標「感慨」、詩與人合一、「尊情」而以才氣寫性靈、「尊史」而以史衡飾、尚「天然」去雕飾之主張，該研究對龔自珍詩歌有全面而完整的認識。而龔自珍最膾炙人口的是《己亥雜詩》，呂霈霞有《龔自珍《己亥雜詩》探索》專以龔自珍於道光十九年倉惶出都，寫成《己亥雜詩》為論述焦點，探討題材內容、表現思想、藝術技巧及特色與影響；揭示論點有：政治革新主張的呼籲、個人英雄主義性格、以《公羊》學說批判世事、呼籲「不拘一格降人才」、詩中多篇描述「骨肉

深」之故友情、充滿「尊情說」的意象、具侷限性的重農抑商傾向。詹永裕《己亥雜詩與近代中國維新運動》則論述龔自珍《己亥雜詩》在近代中國維新思想發展中的時代意義，揭示由龔自珍的時代到十九世紀結束，中國現代化浪潮由萌芽到風起雲湧的過程，龔自珍和他幾位朋友是這股風潮的最前端，應可當中國現任化的啓蒙者而無愧。

清代中後期之其他詩家研究有王闓運、黃遵憲、秋瑾等人。吳明德《王闓運及其詩研究》旨在勾稽其人其詩二部份，「其人」說明時代背景與生平，以窺探其詩之創作源由，「其詩」部份分爲詩論及詩歌作品分析，詩論揭示本原、體製、創作論；詩歌創作則分析題材、修辭特色，最後歸納出詩歌風格有四類：鬱蒼勁、悲壯激越、謹密閑雅、清麗婉轉；進而評定其詩歌成就及在詩壇之地位，乃晚清之大家。嚴貴德《黃公度詩之研究：以人境廬詩草爲中心》旨在論述黃遵憲之詩歌，分爲主題、語言、結構三部份爲主述，詩歌主題有：反尊古思想、感憤時事之不可爲、懷才不遇之苦悶、民間情感之具現、身世之漂流。詩歌語言則論其語言觀念、白話之使用、新名詞之使用、俗諺方言之插入、典故之援用、佛家語之運用、意象、平仄、用韻、句法十部份；結構則直接分析作品及說明其特點所在，結論再說明其在文學史上的地位及特色。張堂錡《黃遵憲及其詩研究》旨在研究其人其詩二部份，「其人部份」論述整個時代背景與詩人生命轉折有清晰的呈現與對照，再就經世思想以說明知識份子的關懷及覺醒。「其詩部份」先論述其對語言文字、古文、小說及詩歌的獨特見解，再論詩歌的形式及內容，以歸納其詩歌的風格，並從歷史事實發展與文學演進的角度來評價其人及其詩的地位。龍美雯《秋瑾詩詞研究》以文學角度解讀秋瑾，探究她在文學性特強的文類：詩詞中如何彰顯她的女性意識，成爲與時代同步的新女性，書寫內容展現高度女性意識與志士情懷，呈現由內而外、從舊而新、個人到家國不同層次的內容，並在詩歌體裁的革新上呼應時代潮流。

專家詩研究當中，有以某一主題或論述焦點爲中心之研究，例如

張靜尹《屈翁山忠愛詩研究》旨在以遺民詩人屈大均的忠愛詩歌為研究範疇，以體認其在清初詩壇獨樹一幟的詩風。黃錦珠《吳梅村敘事詩研究》旨在探討吳梅村敘事詩之寫作內涵與表現手法，進而瞭解成就與對敘事詩的貢獻。主述部份，在詩歌內涵以題材來分，則分人物及事件二途探討其敘事詩的寫作題材。情意部份則分析蘊含的情感與思想意識型態。至於敘事詩的表現技巧，由人物塑造、敘事觀點、情節安排、章句技巧等來討論吳梅村敘事詩之各種敘事手法、寫作技巧；結論綜括其敘事詩的特有風格，以確立其價值所在，肯定其成就。陳光瑩《吳梅村諷喻詩研究》旨在以吳梅村二百三十四首諷喻詩為研究重點，探討其內容、技巧、風格及成就等，以彰顯其價值。陳美娟《吳梅村詩世變書寫之研究》以討論吳梅村個人心跡為主，論述其在世變中個人如何定位，又如何面對當時處境，冀能從不同層面掌握詩人面對世變的想法與心跡，進而對詩歌有不同的理解。盧俊吉《吳梅村詩史研究》從「詩史」視角探論吳梅村之詩歌，揭示其「辭藻華艷」，擅長「以詩志史」，其七言歌行「梅村體」張揚騷壇，飲譽一世，歌行所存傳之史事，大多包含時代巨變的血淚印痕，繼承「文章合為時而著，歌詩合為時而著」的傳統：「徵詞傳世，篇無虛詠」展現出明清易代之際動盪憂危的時代面貌，後人稱其部份詩歌為「詩史」之作，乃應時運而生。

　　洪唯婷《梅村詩悲痛情感之研究》指出吳梅村身處明清易代之際，於明時對昏庸君臣、腐敗朝政失望無奈；亡國間，對故國家園、往日時光哀痛追思；入清後，對自己仕異朝終生悲恨不已，以「情感悲痛」為主調，以深入了解梅材詩中「悲痛」情感呈現、關注內容及其表現手法。林純禎《袁枚詩中「趣」的研究》先論詩「趣」之文學發展趨向，與袁枚個人氣質性格相合，再論其詩作有六大類，結合其生活情態而有「旅遊之作」、「宴遊之作」、「閑情之作」、「偶然之作」、「遊戲之作」及「人生思考之作」，並可發現袁枚詩中所流露出的豐富之「趣」，體會其「性靈」的完整意涵。施幸汝《隨園女弟子研究：

清代女詩人群體的初步探討》揭示胡文楷《歷代婦代著作考》一書統計，清代女作家有三千五百七十四人之多，清代乾嘉盛世、袁枚當時的明清時代江南閨秀才女文化研究，以接續十九世紀、清末民初、袁枚以後的婦女砥究，作爲探論明清兩代女性文學生活、婦女學的興起、自覺、地位及價值的初步工作。張雅芳《文學生命的建構：顧太清及其詩詞研究》揭示顧太清（1735～1877）生於清代中晚期的文壇，以詩作《天游閣詩集》建構自己的文學生命，並確立其在清代婦女文學史的地位。莊淑慧《黃仲則諷諭詩研究》以黃仲則《兩當軒集》一千一百八十一首詩爲主，旨在論述黃仲則詩歌寓有抒嘆致諷、含哀憤斥、興懷曉諭之詩歌內容，進而論其藝術技巧、價值與地位。金聖容《金農題畫文學研究》旨在論述清代揚州八怪中金農的書法繪畫之藝術成就及獨特風格，研究得知金農個人與其題畫文學不同面向，以彼此互爲表裡，並肯定金農在題畫文學本身創作上的新意，充份結合書法與繪畫，創造屬於金農的獨特風貌，具有開先啓後之效。

　　另外，顏榮利《紅樓夢中詩詞題詠之研究》是屬於跨文類的研究，內容包括《紅樓夢》中的曲、詩、詞、諺語、風雅遊戲六部份，關涉詩歌者則爲第四部份，所論先指出庚、有正、程刻本中詩之異同，再就詩歌與人物、情節、體制、命題、限韻、用字造語等部份之關係來論述其在《紅樓夢》中所展示的特殊效應。

貳、以格律爲主之體裁研究

　　以形式體裁作爲研究內容有陳柏全《清代詩話中格律論研究》，以清代詩話約一百七十餘種作爲研究對象，將詩歌格律條目記錄，予以分類，企圖從原始的方法中，歸納分析清代詩話家或詩人對於詩歌「格律」的看法。論述的內容分爲聲律論、韻律論、對仗說三部份，並附有〈清代詩話檢索書目〉、〈清代詩話中格律論資料選編〉。

　　事實上，清人詩話當中對於中國古典詩歌的平仄、用韻、對仗等格律問題有收攝之功，然而卻極度缺乏研究者做一統整的功夫，陳文

可算是一個奠基的功夫。

參、體派紛陳的流派研究

　　清代流派，若以河流來譬況，則主要可以呈現尊唐宗宋二流域，而在二流域之中，又派生神韻、肌理、格調、性靈四主流，在主流之外，亦有錯綜交雜的小水流分佈其中，形成波瀾壯闊的水系圖。考索當前研究之成果，神韻、性靈派、格調、虞山派皆有研究者〔註1〕。例如王頌梅《明清性靈詩說研究》旨在以專史的眼光，對性靈派的背景、成因、沿革、消長和得失做詳細的敘述，兼述明代環境及性靈派的反對派格調派作簡述，以證明性靈理論的反時代性。朴承圭《性靈詩論研究》以專研性靈詩爲主。吳瑞泉《沈德潛及其格調說》旨在考索沈德潛之生平及其格調說。攸關格調說，先論其淵源，凡有四目：胎源於嚴滄浪、建立於前七子，大盛於後七子，清初之格調說。次說明沈德潛詩論產生的背景及動機，有三目：反宋詩、反浮艷之風、修正神韻說。再論沈氏格調說之精義，其內容有載道說（詩旨論）詩法論：重比興、講法度；修養論則拈出以學濟才、以才運學、詩外功夫三目。其次，說明格調說之影響及其反響，反響者有性靈派之反對及宋詩派之復興。至於批評論則拈出批評態度及其對歷代詩人的批評，並附論其詩歌。〔註2〕明代詩學革新元習，矯纖濃而爲雄遒，以格調說爲主流，清代王漁洋輯神韻詩集，闡三昧之旨，廣開神韻之宗，然末流不免淪於空寂虛響，迄沈德潛重揚格調之幟，於乾嘉之際廣爲流傳，然經虞山、袁枚過當批評，指格調說爲模擬剽竊，遂成矮人看場，未能深探其說，是故以平實之態度撰寫，冀能闡說明清兩代格調說之精蘊及其異同處。胡幼峰《錢、馮主導的虞山派詩論研究》旨在研究

〔註1〕若以某一詩論爲主，而非以流派呈示者，置「詩論」概述之中。例如論神韻則置流派，單論王士禎則置「詩論」中。

〔註2〕吳瑞泉的博士論文再以《明清格調詩說研究》爲論題，旨在闡發明清二代格調說之始末及大要。

以錢謙益、馮班爲主導的虞山詩派之詩學理論。虞山詩派興起於明清之際，以排斥明代前後七子所倡導的復古詩風及鍾惺、譚元春的竟陵派爲主，期能下開清初宗宋風氣，在馮班的接武振興之下，又另闢西崑一途，重新肯定晚唐詩人的成就，在當世引起普遍的重視及回響，迄乾隆朝有禁毀之舉，錢謙益尤遭擯斥，此後虞山詩派逐漸沒落，胡氏之撰著，期能使虞山詩派能獲得後世重視及合理評價。論述的重點，先論虞山詩派之形成與發展，次論開創者錢謙益的詩論及發揚者馮班的詩論，再論虞山詩派的的分途及其他重要詩人及對清初詩人的影響，最後說明虞山詩派之沒落及神韻派的繼起。

神韻派之研究有黃繼立《「神韻」詩學譜系研究：以王漁洋爲基點的後設思考》，以王漁洋「神韻說」爲後設考察，建構其詩學譜系，論述內容有：一、論鍾嶸《詩品》在「神韻」觀念史上的意義：兼論以王漁洋爲基點的後設考察之合理性；二、從「截斷眾流」之說看皎然與王漁洋間的詩學因緣；三、王漁洋對司空圖詩論的詮釋；四、姜夔、嚴羽與王漁洋「神韻說」的血緣關係：宋代神韻詩學譜系試構；五、論明代「格調說」與王漁洋「神韻說」間的聯繫：以李夢陽、何景明、徐禎卿、李攀龍、謝榛、薛蕙、孔天胤爲核心的觀察；以說諸建構王漁洋神韻詩學譜系。

另外，張靜尹《清代詩學神韻說研究》則以宏觀神韻派爲主，揭示神韻說論詩旨趣在創作上強調「佇興而就」、「不以力構」；神韻詩的藝術特色則以《唐賢三昧集》爲分析對象，分從題材、構思、藝術表現論述其特色；神韻說之反響則敘其理論特色、侷限與流衍；最後說明清代神韻說的貢獻，從詩學發展歷史，探討清代的神韻說對傳統詩學的發揚、創新、貢獻之處，同時也說明詩論與畫理兩大藝術範疇融通的貢獻。

對於清代流派之研究，以上述諸派爲主，若依劉世南《清詩流派史》來觀覽，則流派繁多，目前尚有河朔、嶺南、婁東、秀水、飴山、浙派、常州、高密、漢魏派等仍乏人問津，或可作爲開發的領域。

　　江仰婉《明末清初吳中詩學研究：以分解說爲中心》揭示「分解說」是金聖嘆、徐增所提出的「鑑賞方法」，卻未曾建立一套完整有系統鑑賞理論，而是以實際評點作品來呈現他們「金針度人」的企圖心。「分解說」提出不久，北方神韻說出現，「神韻說」內涵以發揚詩歌意境之美爲主，不從詩法要求詩歌，但在審美觀念上迎合傳統詩學的主流思想，「分解說」遂被掩蓋，而在雍正、乾隆、道光朝陸續出現以「分解說」爲之的詩評作品，甚至民國初年俞陛雲作《詩境淺說》評解唐詩，亦即是分解說，現今流行的「賞析辭典」已從金聖嘆的分解說，演變成「逐句分析法」來解說詩歌，詳盡介紹典故、技巧、作者情意等，皆是一本金聖嘆「金針度人」之法。從「分解說」演變到現代的「逐句分析」，在解詩的詳盡度上並無不同，差別只是「結構分析」的部份被忽略了，而精神仍然延續「分解說」而來。

肆、清代詩論研究

　　清代詩學研究的特色以詩論爲多，而詩論則存寄於詩話當中，清代詩話約有四百多種，若依劉德重、張寅彭合著之《中國詩話概說》分爲初期、中期、後期來檢視，則清初詩話在分唐界宋中，力主唐音者有顧炎武、毛先舒、馮班、賀裳、吳喬、賀貽孫、施閏章、王夫之諸人；主宋詩者有黃宗羲、錢牧齋等。〔註3〕康雍時期的詩話較重要者有葉燮《原詩》、王士禎《帶經堂詩話》、趙執信《談龍錄》、龐塏《詩義固說》、宋犖《漫堂說詩》、顧嗣立《寒廳詩話》、葉矯然《龍性堂詩話、張謙宜《峴齋詩談》、牟愿相《小澥草堂雜論詩》等詩話；至於乾嘉詩期的詩話有沈德潛《說詩晬語》、薛雪《一瓢詩話》、李重華《貞一齋詩說》、方世舉《蘭叢詩話》、喬億《劍谿說詩》昌春榮《甚原詩說》、袁枚《隨園詩話》、趙翼《甌北詩話》翁方綱《石洲詩話》等，晚清則有潘德輿《養一齋詩話》、陳衍《石遺室詩話》、林昌彝《射

〔註3〕請參閱劉德重、張寅彭合著：《詩話概說》（北京：中華書局，1990）頁156。

鷹樓詩話》等。在眾多的詩話當中，有單一詩話之研究，有以某一詩話為主述，亦有將詩話或詩論作比較或是以某一論題為主者，主要是因清代對詩學理論有反省、檢視、歸納、收攝的作用。

一、建構各家詩學體系的詩話研究

以單一詩話為主要研究範疇當中，賀貽孫《詩筏》、吳喬《圍爐詩話》、賀裳《載酒園詩話》的論點，以尊唐貶宋為主，然而又不同於顧炎武、毛先舒的主張，是因為本身反對前後七子的擬古風氣，是故，研究者當中有王熙銓《賀裳載酒園詩話研究》旨在對賀裳的《載酒園詩話》作理論之建構與探討。先論其體例，再論其本質論、創作論、讀詩之法、論各代詩說、實際批評諸部份。皮述民《賀貽孫詩筏研究》旨在分析賀氏之詩學理論及批評精神。其外，有葉燮《原詩》不依傍尊唐或宗宋，獨立說出古典詩歌藝術本質，目前有王策宇《原詩析論》之研究，旨在有機建構其系統性的陳述及理論架構。馮曼倫《葉燮原詩研究》旨在研究葉燮《原詩》的理論並進而與歷代詩論與西方詩論作比較。內容分五部份：一是略述生平及文學觀、寫作動機和背景；二是《原詩》內容分為通變論及本體論，前者以探討源流正變說及對歷代詩家的批評，後者以探討葉氏對詩的定義及作法、詩的特質；三是敘述歷代詩論中與葉燮冥合的論見；四是舉出歷代詩作中可印證葉氏理論之句例；五是就西方詩論中與葉燮詩論相冥合者。江櫻嬌《圍爐詩話研究》研究吳喬詩論，在原理論部份指出詩本乎性情之眞善、詩與樂通；創作論則嚴辨詩文異道、志識學三者兼重、空曠其心捕捉靈感、對景當情以達其致；批評論則有：主賓與意、標舉比興、深觀變復、通識體製、時代因素；鑑賞論分為對歷代詩作、唐代作家、宋代作家、明代作家的鑑賞。

以上論文在架構詩話的理論體系。

其次則為晚清詩話研究的概況，有《筱園詩話》、《藝概》、《石遺室詩話》等。陳廖安《朱庭珍筱園詩話考述》旨在討論朱庭珍的《筱

園詩話》的理論，以發潛德之幽光。柯夢田《劉熙載「藝概」詩歌理論研究》旨在就劉氏的《藝概》中的「詩概」建構其詩歌的理論架構。歸結出劉氏《藝概》是繼劉勰《文心雕龍》之後，試圖統合各類文類、各種批評理論之傑作。楊淙銘《石遺室詩話研究》旨在討論清末民初陳衍的《石遺室詩話》為主，該書內容以評論同光體詩人詩作為主，是探討清末民初詩壇的重要著作，楊氏藉由石遺室詩話來討論其文學理論及文學批評、人物品評。郭寶元《而庵「說唐詩」研究》旨在以徐增的《說唐詩》為主述，指出明代各家理論之偏勝所造成的流弊，對前後七子、公安、竟陵諸派之指斥，並以該書作為初學者的入門書。論述的內容主要有生平交遊概況、《說唐詩》內容考述、詩論闡微等，而詩論闡微則包括本體論、鑑賞論、創作論及對唐代詩人的評論。

盧鴻志《李重華《貞一齋詩說》研究》揭示清代中期詩人李重華論詩三要為音、象、意，提倡詩有五長的創作方法論，同時也代表鑑賞理論與學詩的進階；實際批評則對朝代、詩人、選集及作品皆有品評，在清代四大派中，均有一定契合程，透過李重華的觀察，有助於了解各家流派影響及交融之處。

卓月娥《潘德輿詩論研究》旨在以《養一齋詩話》和《李杜詩話》二詩論著作作為研究範疇，以分析潘氏之詩論，指出潘氏詩學性情觀最具特色，主格調而不廢神韻、性靈為其詩論通達之處。林淑貞《林昌彝詩論研究》以晚清林昌彝之《射鷹樓詩話》、《海天琴思錄》為研究範疇，闡述林昌彝的詩學理論，以對應於時局之板蕩。

二、開發傳承與淵源的比較研究

詩話之比較研究，目前有葛惠瑋《原詩與一瓢詩話之比較研究》旨在說明《原詩》以正變的詩史觀為理論核心，建立以文辭新變為主的創作觀，和以開創歷史為標準並具有指導創作之功能的批評觀，與以政治目的及審美情感為主導的傳統詩話不同，也可發現薛雪的《一瓢詩話》與其師葉燮《原詩》有根本上的差異。宋永珠《王漁洋神韻

說與李烱菴詩學比較研究》旨在論述清初詩人王漁洋神韻說與韓國李朝末詩人李烱菴詩學比較之意義及目的，以探索詩學淵源與傳承關係，由一個國家原來的理論，傳到另一國家文化的流傳，其間如何接受、變化之歷程之探求。

三、收攝歷代詩學觀念的論題研究

所謂論題研究是指以某一論點爲闡發，比較無統整性，例如范宜如《錢牧齋詩學觀念之反省：以「列朝詩集小傳」爲探究中心》旨在藉由《列朝詩集小傳》來研究錢牧齋的詩學觀念。內容以牧齋與地域、當時詩派、詩學觀念的內涵諸部份爲主述，揭示牧齋的詩學本質觀以「言志」爲主、以學古爲中心、文學反映現實的「詩文」觀念。許蔓玲《錢謙益《列朝詩集》文學史觀研究》以探究錢謙益文學史觀爲主，並與朱彞尊《明詩綜》作比較，突顯二種不同的處理態度，確立錢謙益編撰《列朝詩集》的意義。而劉福田則以錢曾反省錢謙益之作爲主，撰有《錢曾《牧齋詩註》之史事考察》論述以《牧齋詩註》爲主體，參照明季有關史書，將《牧齋詩註》中有關明神宗到南明桂王政權相關史料作一研究，以「文學上」及「政治上」論述錢牧齋，持平論定其人。

王夫之（1613～1629）爲清初三大家之一，學問淵博，專研六經，學者稱船山先生，論詩之作有《薑齋詩話》、《詩鐸》，並有三本詩選，以漢魏盛唐詩爲宗，對於宋詩多詆諆，學者多關注其詩學理論，有游惠君《王夫之《唐詩評選》研究》以《唐詩評選》爲研究焦點，指出選錄詩人有一百四十九人，詩歌作品五百九十四首，循其詩觀品評唐詩，在評論個別作品中，採用直接敘述法、比較法、引用他人說法、摘句爲評等評述方式，對詩歌之源流、體裁、內容、情感、章法結構、用字、聲韻、風格、優劣、時代風氣等深入探討，並說明詩人在不同的詩歌體裁有不同風格及其優劣得失。吳靜慧《王船山評杜詩之研究》則從評杜來論述船山處於天崩地解的時代，其君臣觀、道德價值影響

他的詩論，更左右他對詩歌內涵的評定，故而對杜甫詩中諷諫君王與刻畫百姓疾苦，認爲是對君無禮之言與爲一己財貨之欲，此一觀點促使船山對杜甫詩品與人品觀，產生影響，亦使其對杜甫人品與詩品之評定，產生錯誤的評價。許育嘉《王船山詩學美學研究》從美學觀點切入，以「太和整體觀」作爲船山詩學邏輯起點，以「詩道性情」命題論述船山詩歌本體論，以「心物」到「言意」再到「情景」三者關係論船山詩歌創作論內外部因素之組成，再進行《詩話》與《詩選》之審美實踐之考察，最後歸結藝術整體性及詩性智慧兩個概念在船山詩學美學中呈現的積極意義。呂淑媛《船山論杜詩研究：以《薑齋詩話》爲主》揭示《薑齋詩話》論杜詩是結合當時詩學背景，以「審美」與「應用」二思潮融合的新路線，立基於詩歌本質「含蓄言眞情」及「厚古薄今」的思維，對杜詩有揚有貶，其結論未見客觀。基本而言，王氏以原初「詩歌本質」來評論杜詩，提示後人於一融合統整的詩學概念下，回歸以詩歌的原初本質來思考，或許更能還原杜詩原貌。

　　紀昀爲清初館閣重臣，主編四庫全書，論者有楊桂芬《紀昀詩學理論研究》揭示：一、紀昀以儒家正統詩學爲體的詩學理論，論詩主要依據是溫柔敦厚；二、以審美詩學爲用的詩論，則以「興象」、「興寄」與「風骨」等名詞作爲評價詩歌審美作用之依據而發；三、詩學批評理論實踐則從紀昀論李義山、論嚴羽詩論、論宋詩三面向說明宋詩具備銳意新變的企圖，詩人需有深厚學養根柢，方能承繼唐詩之後，以己身之性情本色，別裁創獲，自成一家之言。四、論詩歌發展史觀，則重視作者根柢古人，前有所承之依據，同時亦能有變化精神，造就其「擬議」與「變化」二詞，作爲其心目中詩歌發展史的聯繫與詮釋。

　　王士禎（1634～1711）號阮亭，晚號漁洋山人，爲清初詩歌宗師，重要的論著有《阮亭詩鈔》十七卷、《帶經堂全集》九十二卷、《漁洋山人精華錄》十卷、《唐賢三昧集》、《唐人萬首絕句選》等，重要詩論以王維、孟浩然、韋應物、柳宗元爲宗，推崇清澄妙遠之「神韻」，

後世論者咸以「神韻」派論之。目前研究者有談海珠《王漁洋詩論研究》指出漁洋詩論產生的背景是對格調說之反動、宋詩流弊之糾正、禪學之影響；漁洋詩論之淵源是受前後七子之影響、神韻說之淵源；詩論部份則分三昧說及神韻說二部份，三昧說指出詩境與禪境、詩趣與畫趣、畫境與禪境之關涉；神韻說則指出陰柔與神韻、聲律與神韻、辭采與神韻、絕句與神韻之關涉；結論指出漁洋以禪論詩則禪通詩、詩通禪，工夫乃在於化詩禪悟於一體，以禪義入詩，詩即禪，禪即詩，神韻自然，不可湊泊，不著痕跡，是漁洋能超邁滄浪之上者。其缺點在於無系統理論，僅有「戲倣元遺山」論詩三十二首而已。李建福有《漁洋論詩絕句證析》，以論詩絕句三十二首爲主述，考索王漁洋傳略、版本、主旨、時代、詩家等部份。

倡格調說的沈德潛（1673～1770）號歸愚，著有《說詩晬語》、《古詩源》、《唐詩別裁》、《明詩別裁》、《清詩別裁》等，師承葉燮，與薛雪爲同門，其論詩以矯正神韻之說救其浮響爲主，而約之以六經之旨、踐之以六經之言，卻不限囿於格調之中，而能自創一己意境，研究者有鄭莉芳《沈德潛《古詩源》研究》針對沈德潛「探本溯源，提倡詩教」的詩觀作具體實際驗證，進而理解沈德潛詩歌理論的內涵及「溫柔敦厚詩教觀」深刻的意義及對現今詩歌教學上啓發。又有針對沈德潛及其弟子之詩學理論進行論述者，有林秀蓉《沈德潛及其弟子詩論之研究》針對格調派的創始人沈德潛及其弟子作專論，旨在討論沈德潛及其弟子恆仁、吳中七子諸人之論詩要旨及特色，進而論定其在中國詩論史上的成就與價值。吳珮文《沈德潛「詩教」觀研究：以詩歌評選爲論述文本》以沈德潛「詩教」觀論其個人生命、詩歌學習、社會現實上關注面向與內容及其對應的表現方式與詮釋策略。

攸關沈德潛同門之薛雪，研究者有吳曉佩《薛雪詩學研究：兼論與葉燮、沈德潛詩學理論之關係》以薛雪《一瓢詩話》爲主，分析其原理論、風格論、批評論等觀點，進而比較薛雪對於其師葉燮之觀念

承襲與轉變現象，以及《一瓢詩話》與同門沈德潛《說詩晬語》意見異同，可知薛雪並非完全忠於師說，澄清三人觀點互有影響，或多或少背離《原詩》之意。另外簡文志《葉燮、薛雪與沈德潛詩論研究》亦以葉燮、薛雪、沈德潛三者之詩論影響、傳承為主述，研究以葉燮《原詩》為主，論述其對清代之影響，受其影響深刻者以薛雪、沈德潛為最，並釐清三者之同異處。

　　袁枚（1716～1797）號簡齋，又號隨園居士，論詩以「性靈」為宗，力矯神韻之膚廓，揭示創作本於性情。性靈說在清代詩學中自有不容忽視之地位，目前有王紘久《袁枚詩論研究》以討論袁枚詩論為主，並指出其詩論淵源有白居易、楊萬里、袁宏道、司空圖、嚴羽、王士禎諸人；詩論之基本觀點為性靈說，批評論則首先批評明代前後七子，再針對沈德潛、浙派、考據派之批評；論詩人之修養則拈出才、學、識三者。創作論則指出學古、巧飾、改詩、用典、聲韻等部份。歸納所論得出：一、袁枚詩論深受當時政治背景、社會環境、學術潮流與詩壇現況影響。二、一生可分為前後期，早年仕宦，關心民生，後期詩人名士生活對於詩歌創作與理論有甚大影響，講求性情之流露與自然之活用，又致力於詩之格律、聲韻與雅俗等問題。三、袁氏詩論實集神韻、格調、性靈諸說之長，而基本見解為「性靈」。四、詩論重性靈說，不僅要求性靈流露，對神韻、格調諸派亦兼顧。五、後期作品長於寫景抒情雖富趣味，氣格難免不高。另有張簡坤明《袁枚與性靈詩論研究》亦以性靈詩論為主述。王鏡容《傳播‧聲譽‧性別：以袁枚《隨園詩話》為中心的文化研究》以《隨園詩話》剖析隨園文學社群的組成樣貌，以及當時文化生態對文學發展的可能影響。分從文學傳播、讀者接受、文學聲譽、性別意識四方向對《隨園詩話》作不同角度分析與探討，研究指出：一、《隨園詩話》與文學聲譽有密切關係，也隱含強烈傳播色彩；二、袁枚性靈說的形成與組構，提出新的詮釋角度，在「影響焦慮」、「典範競爭」、「文學社群擴展」多元因素下，性靈說發展出一條重視讀者、傾向世俗、強調多元色彩而擴

大閱讀群眾，產生閱讀群正面作用；三、探討園林與文學傳播的關係，指出「隨園」具有傳播及宣傳作用，園林與文學聲譽產生奇異連結；四、從性別角度探討隨園女性文學社群的形成、質性，其中隱含相關社交與權力議題；五、從《批本隨園詩話》的評點論當時文學生態，反思袁枚整個具傳播文化體系下可能隱含的意識型態與盲點。

　　翁方綱（1733～1818）號覃溪，著有《復齋詩文集》、《石洲詩話》等，論詩意見以修正「神韻」、「格調」，反對「性靈」爲主，以肌理派名列四大派之一，研究亦有專文討論，例如李豐楙《翁方綱及其詩論》旨在論述翁方綱其人及詩論二部份。而詩論則指出其基本觀念爲肌理說，詩法論指出內容本原以正本探源爲基本法，以形式技巧之窮形盡變爲表現技巧；批評法提出肌理批評法的意義、方法分析、批解杜詩的分析；批評論則品評當時詩壇格調、神韻、性靈說之評述；文學史觀則對文學流變作一析論。體格、聲律說則論體格、家數、聲律。最後再就肌理說指出其餘波及同道者。其次，宋如珊《翁方綱詩學之研究》亦以翁方綱詩學爲研究對象，目的在於由「肌理說」之理論應用，一窺翁氏詩學體系。歸納研究成果得出翁氏以「理義觀」及經術思想作根基，又兼融各家之長，將其詩論落實於實際評點，帶動清際詩壇學人詩派之風潮，爲中國傳統文學批評之蛻變關鍵。踵繼者又有楊淑玲《翁方綱肌理說研究》揭示肌理說是建立在明代李何格調說及清初王漁洋神韻說之修正與補充，分從外緣因素、理論意義、實際批評三面向進行論述。外緣因素是指義理與文理的探求，需借「學」加以掌握；理論意義是以闡明要旨爲務，「理」含文理與義理，以調合融通肌理、格調、神韻爲主；實際批評以「實」救「虛」的論詩觀點，充分發揮於實際批評之中。

　　清代詩學四大流派，各有立說，黃婉甄《清代性情詩論研究：以清代四大詩說爲主》則統整論述，以「性情」探論清代四大詩派，指出：一、王士禎性情詩論是抒發「佇興而就」、「偶然欲書」的性情，以「學問」爲根柢，主張「傳神」、「言外之意」，重「蘊藉含蓄」的

藝術表現，學詩主張「學古人務得其神」，審美取向是「清遠」；二、沈德潛性情詩論抒發「溫柔敦厚」、「合於格調」，並且以「才學」相濟使性情深厚，選詩評詩秉持「詩教之旨」，對情感或表達敘事的方式主張以「比興」為主，重視「隱約含蓄」的藝術表現，對詩歌內容反對「綺靡」、「浮艷」，提倡「雄放剛健」的詩風；三、袁枚性情詩論重「男女之情」提出「才」、「學」來輔助性情，性情特色深入探討是「立意」、「葆真」與「有我」的觀念；主張真感情皆可入詩，主張有我，「詩有工拙，而無今古」重視「新意」，對詩歌創作過程主張「以人巧濟天籟」，詩歌表現在於「旁見側出，吸取題神」；四、翁方綱性情詩論則以學問、人品為根基，將「情」置於「性」的基礎上作忠教孝，其特色深入探討則是「經世教化」與「有我真情」的觀念，表現方式則是言時詩，主張根本於《詩經》，以「雅正」為宗，而其評詩的標準為「細肌密理」合乎「文理」與「義理」的要求。

除上述涉及流派之研究外，尚有不涉流派之研究，例如陳美朱《明末清初詩詞正變觀研究：以二陳、王、朱為對象之考察》研究以明末清初陳子龍、陳維崧、王士禎、朱彝尊四家作為考察對象，具體觀察明清之際由詩詞創作與理論的正變觀念如何牽引、參證、離合乃至於取捨的現象，揭示陳子龍是由復古與新變為主，陳維崧是易詩為詞的正變觀，王士禎則是由名家到大家之爭的詩詞正變觀，朱彝尊則是由醇雅到雅正的詩詞正變觀，歸結朱彝尊在詩壇能與王士禎分庭抗禮，在詞壇能超越陽羨詞宗陳維崧，成為一代正宗，在於「醇雅」的詩論與「雅正」的詞論。

不涉流派之單一詩論研究，有廖淑慧《金聖歎詩學研究》旨在系統化、條理化建構金聖歎的詩學理論，主述部份有「表現說」重視「自我意識」之感受表達；批評概論則由解句、字、詞在詩中的作用作一耙梳；詩學的反省與評估則理清詩歌「朦朧性」及其可能的局限；最後指出金氏詩學之後續發展及傳承的狀況。在清代中葉的趙翼《甌北詩話》亦是一本重要論詩的著作，周明儀《趙甌北詩及其詩學研究》

旨在據趙氏之《陔餘叢考》、《甌北集》《甌北詩話》諸書加以整理歸納建構趙氏的詩學理論及其評價。其次，黃昱凌《趙翼詩論研究》旨在研究趙翼的詩論，分從才力、性情、學養三面來論述。

桐城詩論咸以方東樹《昭昧詹言》為主，方東樹為姚鼐的四大弟子之一，其詩論可以反映桐城以文論詩的義法。康維訓《方東樹詩論研究》即以方氏《昭昧詹言》一書為主，兼及桐城文學理論之探討，欲由方氏詩學理論之說明，昭明桐城詩學。郭正宜《方東樹詩學源流及其美感取向之研究》亦是以方氏《昭昧詹言》為研究範疇，就詩論內在理論而言，其詩論上承桐城餘緒，集桐城派之大成，往下開出桐城門人的詩論，如方宗誠諸人，就外在理路而言，郭紹虞將其列入肌理說的餘波，在某一層次上成為集清代詩論之大成，是故以之為取徑。論述的重點有二：一是重在方氏詩學源流及師承家法之關係，一是重在方氏詩論之美感取向，以知其對詩歌的章法變化、時文關係、評點關係與桐城義法說等論述，並兼論方氏學杜論，以學杜為學詩途徑。楊淑華《方東樹《昭昧詹言》及其詩學定位》以方東樹《昭昧詹言》為核心，重新釐析其評詩內容、探求其論詩祈嚮，並詮釋其詩論的時代意義，以確定其在桐城詩派中的詩史地位；研究指出方東樹由辨體學古而破體創變以追求自家面目的創作理想，進而探討宋詩創作意識對方東樹詩學的啟發；再由方東樹評註還原為閱讀詩的活動，藉「誤讀」理論的觀點分析其對前人選集中各類典律的創意詮釋，再由《古詩選》、《今體詩鈔》與同時代詩歌選集比較中，驗證詩學典範的變遷與桐城詩學典範的初成，結論歸結其對完成桐城詩學典範的貢獻及其在詩學發展上的歷史地位。

以上三書皆以方東樹為主述，金華珍則宏觀論述桐城詩學理論，撰有《桐城派詩論研究》，以方以智、錢澄之、戴名世、方苞、劉大櫆、姚範、方東樹、姚瑩、梅曾亮等理論，以「詩文合一」桐城詩論的內涵進行探究，主論從本體論、創作論、風格論、批評論進行桐城文人詩論交織敘述，完整呈現桐城派詩論的全貌。

同治光緒年間有所謂的「同光體」以祖述宋詩爲主，吳姍姍《陳衍詩學研究：兼論晚清同光體》以陳衍詩學爲主要考察對象，提出晚清「同光體宗宋」之商榷，全文分五部份論述：一、陳衍詩學的歸納整理，透過本質、創作、源流以及選詩評詩考察陳衍論詩所擴大延伸的同光體論題是有根本的；二、同光體的社會性研究，針對同光體形成與發展進行文學、時代、社會的觀照；以陳衍、鄭孝胥、沈曾植、陳三立四人爲同光體代表，說明其特歌特色，而沈曾植與陳三立是從陳衍、鄭孝胥同光體原義偏離出去的別支；三、提出「同光體宗宋」之商榷，清代宋詩學大多傾向融合折衷唐宋，具有容受空間，可引進新力量；四、同光體之共時性考察，理論基礎是同光體之反對者的言論，分析同光體之共時性論述，以反求正，從反宋詩與反陳衍襯映晚清詩壇對同光體的兩種態度；五、指出陳衍詩學之時代意義，在透過唐宋詩之爭，以轉化新舊文學之爭，化解同光體宗宋之誤讀，中國現代新文學之機不在詩界革命之「革命」，而是在中國古典詩學的內在反省。最後歸結經由陳衍詩學描述「同光體宗宋」此一流行是在誤讀的場域產生權力話語，去除權力誤讀同光體有自身存在的意識，以開啓創造的生命。

四、綜覽清代詩學成就的宏觀研究

清代分唐界宋，畛域分明，論者或從唐宋之爭入手，或從宋詩學論述，各有擅場，吳宏一《清代詩學研究》是早年宏觀清代詩學的重要著作，開啓後學研究清代詩學的谿徑。廖淑慧《清初唐宋詩之爭研究》以唐宋詩之爭爲論述焦點，時間指向清初，檢視明亡到乾隆初年約百年間的詩學發展，可分爲兩階段，其一是順治元年到康熙二十年的四十年間，爲遺民詩人及二臣把持是晚明詩學的延續；其二是康熙二十年到乾隆初年，約六十年間爲清代詩學建設期，詩歌審美功能逐漸取代教化功能，成爲一時主流詩學觀。清初詩論家對唐宋詩各個層面探討後，能知其本質之差異，故中期以後逐漸採調和折衷態度，格

調、肌理、性靈三家詩論，可視爲清人折衷唐宋詩學之後的結果，而唐宋之爭也趨緩。

論述宋詩學，有吳彩娥《清代宋詩學研究》以研究清代宋詩學的形成與發展情形爲主述，並就清代宋詩學的內容作分析：總論宋詩之風格、技巧、各體詩；再分論宋詩人：包括梅堯臣、蘇舜欽、歐陽修、王安石、蘇軾、黃庭堅、陳與義、陸游、范成大、楊萬里諸人，其次再就編選宋詩來論述，包括通選歷代詩歌而將宋詩列入其中、專選宋詩的選集二種。再次，論清代詩學所透顯的詩觀及詩法觀。吳彩娥的研究是以有清一朝爲主。而龐中柱《晚清宋詩運動研究》則專就晚清時期論述，旨在討論晚清詩家崇尚宋詩蔚然成風的轉變。晚清斷限指清宣宗道光元年至民國二十六年（1811～1937）先述晚清宋詩運動的成因，其下再分道咸時期的宋詩派、同體詩派二期，最後對晚清宋詩運動的評價。吳文雄《清代宋詩運動研究》則專從「宋詩運動」切入，揭示「宋詩運動」是採廣義，異於道光以後之「同光體」，時間由明末清初到清代中期，主要運動人物有錢謙益、黃宗羲、朱彝尊、吳之振、查慎行、厲鶚、杭世駿、翁方綱等人，論述方式是依循詩學邏輯推演次序呈現二元對立概念，再結合傅柯的話語詮釋原則，將宋詩運動分爲評論功能、作者功能、定律功能三階段觀察詩學話語形成過程中，主要運動人物所採行的運動策略及其相關詩學聲明。

討論專家詩論者有簡恩定《清初杜詩學研究》旨在探討清初杜詩學，用以理出杜詩學的源流及對中國詩論史所產生的影響。蔡志超《清代杜詩創作理論研究：以古文筆法的考察爲限》揭示杜甫在創作上常以賦筆敘事與議論，追求詩歌起伏變化，以一正一反、兩相對待的表現方式，使詩歌呈現起伏跌宕的審美趣味以及文法曲折的表現色彩，金聖嘆論杜提出文字貴有筆勢說，吳見思論杜提出詩避直率而倒句說，黃生論杜提出「詩道喜曲而惡直」說，吳瞻泰論杜提出「詩惡排序而貴錯綜」說，方東樹提出「文法」、「不許一筆卅順挨接」之說等，大致皆在詮釋杜詩曲筆的創作現象。黃麗卿《清代評白居易詩研究：

以詩話為主》則以宏觀的角度來觀察清代詩話對白居易的研究與評價。王英俊《清代李商隱詩學研究》揭示宋代反西崑之後，李商隱詩長期受到貶抑，直到清代才重新被重視，隨著箋釋方法的改變，李商隱詩論成為關注焦點，對李商隱「比興」表現手法給予崇高評價，肯定李商隱「諷諫」精神，而「李商隱學杜」也得到清人認同，因此而確立李商隱在詩壇的地位。

以探討某一時期詩論者有何石松《乾嘉詩學初探》、以乾嘉詩學為主述，說明各家各派之詩學觀點。以探論詩話用典者有洪秀萍《清代詩話用事理論研究》旨在以清代詩話為主述，討論清代詩學建立用事理論基礎，歸納用事的藝術規律。理論重心有四：用事創作論、用事方法論、用事詮釋論、用事藝術論，總結清代詩話用事理論的特色、得失及對現代詩歌的啟示。以文學術語作研究對象者有杜淑華以宏觀的角度來觀覽清代攸關：境、意境、境界為研究重點的《清代詩學「境」、「意境」、「境界」相關理論與實際批評》即是，其要旨在討論：境、意境、境界三術語之理論及批評，分從理論與術語基源、基本理論詮釋、美學理念詮釋、實際批評方法來進行討論。

其餘尚有王靜新《清人詠藏詩之研究》研究詠藏詩之淵源與發展、詠藏詩內容及事物、實地考察。呂松穎《清代乾隆御製詩詩意圖研究》指出乾隆御製詩詩意圖作品有一百零六幅，大概可分為：宮廷生活、法祖省方、擬古與詠畫三大類；形式特色有：意象的選擇、實景與象徵、古圖式的新詮釋與「消失的帝王身影」等特色；風格可概分為三階段，其一是乾隆十一年之前的發展期，其二是乾隆十一年到十六年的高峰期，及十六年之後的轉變期。詩意圖體現乾隆的為君之道、人生觀、文學觀與藝術觀，同時也展現乾隆個人的特質。黃本任《《紅樓夢》中的詩觀研究》論述重點有：一、詩觀之詩人論，以強調先天稟賦的詩人才，及「興寄寫情」為目的的致用之道，兼涵養以熟讀、熟參之詩歌創作的先備功夫，並以揣摩、觀摩來精進創作能力，不偏廢才學，而以才為主，以學為輔的詩觀；二、創作論，鬖出「遊

戲」與「認眞」二者既獨立又交融的面向;三、作品論,以不落俗套、追求創新,寓含「滋味」、自然現成、言有盡而意無窮等內涵;四、風格論,大觀園眾詩人之詩風爲探討對象,探究衍生風格變異的可能性;五、鑑賞論,釐清鑑賞與創作能力之區隔,兼顧詩歌特點和詩歌作品的藝術形象,從通篇立意、警句、作品風格等面向來取決鑑賞標準,再從旁徵詩情與實境、品讀與感想等關係,來探究鑑賞歷程。

五、清代跨文類研究

跨文類之研究主要是將詩歌與文章或詞一併討論,或是兼及其他文類。

有白芝蓮《夏完淳詩詞研究》以研究夏完淳的詩與詞爲主;、林聖德《歸莊詩文研究》亦是以歸莊詩與文二文類爲主述。廖素卿《方苞詩文研究》以討論方苞的詩歌及文章爲主述。吳文雅《龔自珍詩文研究》兼論其散文及詩歌,在詩歌部份,討論其主體情志及文本形態研究,前者分爲:詩成侍史的著議胸腔、恩仇江湖的俠客肝膽、悔露一鱗的韜晦心潮、不忘春聲的孺慕眞情、甘隸妝台的兒女情長、雲情煙想的飛仙靈氣、簫心劍氣的平心意緒七類;在文本型態的研究,歸納出:回薄激宕的情感基調、比物徵事的傳達特徵、鬱怒清深的語言作風、雄奇哀艷的氣質格調四類。阮桃園《龔自珍的文學研究》旨在全面討論龔自珍的文學成就,分從生平、文學背景、文學見解、文學特色及成就爲主述,論文的重心在散文、詩、詞三部份,詩歌部份分爲古典承襲、蛻變創新及定型三階段以論其內容、形式、技巧及風格之逐層變化。

本章小結

清代之研究,以詩學理論之闡發較多,專家詩、體裁、流派亦各有闡發;專家詩研究有王夫之、顧亭林、吳梅村、屈大均、方苞、袁枚、鄭板橋、查愼行、龔自珍、黃遵憲、秋瑾諸人之研究;題材部份有《紅樓夢中詩詞題詠之研究》、清代女詩人群體研究、清人詠藏詩

等等；在體裁部份有《清代詩話中格律論研究》；流派暨詩論部份有有性靈、格調、神韻、桐城、虞山等派之論述；清代研究，最大成就在詩論的部份，除了能顯示各流派獨特的詩觀，亦能分流發展，而以分唐界宋為主，分畫為神韻、肌理、格調、性靈之說，在大水系之下又能各自發展不同的小支流派。其中單一詩話的研究有賀裳的《載酒園詩話、賀貽孫《詩筏》、葉燮《原詩》、吳喬《圍爐詩話》、劉熙載《藝概》等等。專題研究較能彰顯清代詩學的成果，有宏觀詩學流變，例如《清代詩學研究》、《清初杜詩學研究》、《清代宋詩學研究》、《清代詩話用事理論研究》；有單論某一詩學理論，例如《潘德輿詩論研究》、《翁方綱詩學之研究》、《趙翼詩論研究》等等；有針對某一論題加以發揮，例如《錢牧齋詩學觀念之反省：以「列朝詩集小傳」為探究中心、《方東樹詩學源流及其美感取向之研究》等等。

第八章　歷代宏觀詩學論題研究

綜觀歷代詩學發展或指陳某宏觀的視野或理論者繫於此。

壹、主題研究

屬於現象分析或剖析詩歌發展流變者有戴文和《唐詩與宋詩之爭》旨在以南宋初以迄清末民初的「唐詩」、「宋詩」之爭為中心，闡述諸家遞爭軌轍、分派詩歌之開展。先論唐宋詩之爭的基礎，再作歷史概述以明爭論之歷史事實及各時期爭論的特色，末論唐宋詩之爭的內容，分為品鑑論、詩史論與學習創作論。

討論論詩詩者有周益忠《論詩絕句發展之研究》是以史的脈絡針對歷代論詩絕句發展的情形作一闡述與覽顧，在論題上深具創意，使中國詩學理論，能因而開發、建構「論詩詩」的場域，不再局限於詩話、論詩序跋等文本。從形式討論詩歌者，有蘇恩希《從語文學角度再探討五言詩之相關問題》從語文學的視角討論中國五言詩歌，是屬於語用學的研究。徐秋珍《律詩格律與文字對偶互動關係之研究》旨在以結構主義和記號學的方法，從律詩格律與文字對偶中抽繹出相同與相對原則做為其組織架構，再將格律與文字結構，分別從階級系統和平面系統探討各種因素間互動的關係，掌握了各層次上各相同、相對之聲律因素間的互動關係，則可瞭解各文

字因素如何相互運作而產生意義，綜合格律與文字對偶間之互動關係則更有助於揭示各聲律文字因素如何運作而產生詩的多義性。林春玫《古典詩中的主題句研究：試由語法入手進行詩歌批評》旨在以古典詩歌中的主題句爲範圍，而以《詩經》、唐詩爲主例，借助語法理論從事詩歌研究，以落實傳統文學批評中含混籠統的術語，使研究結果更客觀具體。研究的方法是以「主題——評論」的觀點，去歸納古典詩歌中主題句的類型，再由句型入手，進一步討論各種主題句在組織篇章及組合意象的功能。

李菁芳《聯句詩研究》旨在探究中國聯句詩的起源發展、形式、內涵及創作。所謂「聯句詩」即是詩歌一種特殊的寫作體式，係舊時飲宴聚會、應酬賦詩的方式，作者在二人以上，大家共賦一詩，每一人一句或數句，帶著濃厚的遊戲意味。

討論觀念者有屬於理論建構者有林正三《歷代詩論中「法」的觀念之探究》旨在以「基源問題研究法」來探究詩論中攸關「法」的觀念源流衍變。論述的方式採序時性，先論先秦至唐代，是爲理論的萌芽期，以孟子、莊子、揚雄、劉勰，以至於唐代律詩的發展完成，代表文學規則的建立；宋代以探討蘇軾、黃庭堅、呂本中、楊萬里、周弼等，尤以呂本中的「活法」是最有價值。金元的詩法理論以探究趙秉文、元好問、方回、楊載、范梈爲主，以起承轉合之法相當突出。明代詩法理論以探究前後七子派的李夢陽、何景明、李攀龍、王世貞、及七子折衷派李維楨、公安派袁宏道、袁中道。清代詩法理論分三期：初期有金聖歎、吳喬、徐增、王夫之、葉燮；中期有沈德潛、袁枚、翁方綱；晚期有方東樹、朱庭珍。最後結論肯定「法」的基源問題具有現代意義。杜松柏《禪學與唐宋詩學》是早期開發詩歌與禪學關涉之論文，對後來學者影響甚大，使後學能在其理論基礎上繼續挖深的工作。崔文娟《中國詩學正變觀念析論》旨在透過形式及內容的二重分解，作歷史性的考察，以呈顯詩學「正變」觀念發展演化的動態歷程並說明其在詩歌批評上的意義。詩學「正變」術語由於在本質上兼

具時間連貫性及結構對比性，在歷史實際的運用上錯綜複雜，深富辨證性。自漢以降，以關涉範疇主要可分爲時代、情志、詩體及文學史四大領域，其中時代正變及情志正變屬詩歌後設層面的探討、詩體正變屬詩歌本體層面的探討，時代、情志、詩體又可視爲文學結構演化因素而納入文學歷史中觀其變遷，歸納其演變規律。各代學者依其時代不同問題而各有不同運用與闡發。鍾宇翡《探討詠十種植物詩中之吉祥觀》旨在藉詠植物詩，一窺中國詩歌中吉祥觀的內涵，以柏、菊、菖蒲、桃、梅、牡丹、海棠、石榴、萱著、蓮等十種植物詩所呈現出來的情志，並藉此探究中國共通願望與理想。

　　討論詩派者有易新宙《神韻派詩論之研究》旨在考索神韻派之名稱範圍、思想背景及神韻派詩論之統緒，主要有皎然的神詣說、比興說、文外之旨說、辨體說；司空圖的詣極說、象外象、景外景說、味外之旨、韻外之致說及詩品二十四則，其次，嚴羽有妙悟說、興趣說、品類說，再次有王士禎之興會神到說、三昧說、詩道與禪道畫理、神韻義諦等說。最後歸結出神韻派不言載道，亦不尚思想性及實用性，純以藝術觀點及風貌出現於傳統詩學領域中，豐富詩學之內容及其純粹性。

　　詩話研究有周慶華《詩話摘句批評研究》旨在證明摘句批評的批評方式是中國不可或缺的一種批評方式，並體驗這種批評方式。首先對以往研究成果作檢討，再把摘句批評現象作歸納說明，確定它是以特殊詩句爲對象，其次就摘句批評的現象加以解釋，闡明摘句批評的因果關係，再次，對摘句批評的功能作以推測，以肯定創作的途徑，作爲攻錯的機會。最後說明可繼續發展的領域及展望。張雅端《詩話「結構式批評」研究》旨在就詩話中攸關「結構式」的詩話批評作一研究以討論結構式批評構成的觀念、源流、派別、品第，所採用的結構式詩話有：鍾嶸《詩品》、張爲《詩人主客圖》、呂本中《江西詩社宗派圖》、高棅《唐詩品彙》、舒位《乾嘉詩壇點將錄》五種。林淑貞《詩話論風格》旨在討論詩話中攸關風格之問

題，先論風格意義及相關術語，再就構成論闡述內在與外在二要素。本論部份分爲表層結構及深層結構來討論形式意義及內容意義，分爲表述方法論、喻象論、表述對象論、典型論、品類論、審美論六論，皆兩兩相因相承。

跨文類之研究，有王寬意《從心理距離觀點探索中國詩詞》旨在運用英國心理學家布洛的「心理距離」說來探索我國傳統的詩論，並得出中國傳統詩論合乎心理距離者有十：一、只言其用，不言其名。二、引類譬喻，託物寓情。三、認眞爲假，認假爲眞。四、動中有靜，靜中有動。五、景中有情，情中有景。六、賦事抒懷，使用故實。七、揉直使曲，疊單使複。八、不著一字，盡得風流。九、溫柔敦厚，不迫不露。十、不是此詩，恰是此詩。

另外，吳國榮《中國敘事詩研究》是以某一詩歌體裁作研究，旨在就中國文學中存在的「敘事詩」的事實，做一系統研究及新的評價，先就中西敘事詩作比較，再探察出中國傳統中有豐富多彩的抒情詩，以致敘事詩不發達的原因，其下再就敘事詩觀念的建立、發展狀況、思想內容作分析，其探究中國敘事詩開展的過程及存在的意義。林香伶《清末民初文學轉型期的標誌：南社文學研究》以南社（1909～1929）文學團體爲研究對象，以歷史縱向爲綱領，以「文學轉型期」扣合南社社團屬性、文學刊物、群體創作、時代情懷，以及知識份子面對新舊文學轉型期所作之調整和抉擇等議題作連結。

方宇蓓《中國古代文論中「味」之審美義涵探究：以先秦至隋唐爲研究範圍》以「味」來對詩文進行審美爲中心的品評，打破以味覺爲出發點的審美基調之局限，跨越生理感官之滿足與倫理道德藩籬，而成爲一種審美語言，「味」成爲評論主體之詩文審美特質。涂佩鈴《歷代莫愁詩歌之研究》以樂府詩中的莫愁爲研究中心，呈顯莫愁意象之演變軌跡與其所具有的意義，進而探討詩歌之主題內涵及其意象美學，並揭示以樂府詩中的一個人物意象，作「詩歌主題史」研究，

發掘的不只是莫愁和詩歌作品本身的意義，對於各時代創作情形和文學思潮，亦能同時進行觀察，且閱讀活動具有多重視角，進而為讀者的接受和詮釋之間，可能產生的意義延伸與變化，提供更多思考。凌欣欣《意在言外：對中國古典詩論中一個美學觀念的研究》揭示從六朝時期陸機、劉勰、鍾嶸到中唐劉禹錫、晚唐司空圖等，與宋代梅堯臣、嚴羽，清代王夫之、王士禎、王國維等人，皆對「意在言外」提出個人見解，其名稱有：弦外之音、韻外之致、味外之旨、隱秀、滋味、韻味、興趣、妙悟、神韻、境界、含蓄、寄託之異同，遂以歷代詩話為材料，對語言與思想、意義之表達的諸多現象進行耙梳，探論：言意關係、象與意在言外、比興與意在言外，指出中國詩歌特質是追求「意隱言秀」，講究「辭約旨豐」的用語方式，並由詩歌語言的「體勢聲情」等，明瞭「詩歌語言」的藝術表現，則表達「言外之意」的重要意義；從煉字琢句、使事用典、音節韻腳、平仄抑揚、雙聲疊韻、重字複句、夸飾、通感、反常句法等所提供的線索，皆可追求言外之意。林美慧《霹靂布袋戲人物上場詩研究》首論上場詩與歷代戲劇及各種劇種之關係，並對「霹靂布袋戲」的歷史淵源做一概說，探討其表演形式特色與時代價值，進一步將所蒐集到的上場詩分類，探討其使用時機、體裁與人物角色特質的關係及文辭之美。

貳、體裁暨形式研究

　　考證之研究較少，有宋二變《敦煌通俗詩考論》旨在考察敦煌詩的定義、淵源、題材、思想、形式表現及藝術特色，冀能藉由敦煌詩歌反映唐、五代、宋初敦煌以至整個西北邊陲之地的社會生活、民俗活動的變化軌跡。楊明璋《敦煌世俗詩歌研究》旨在藉由敦煌世俗詩歌來考索社會文明的狀況。

　　徐國能《歷代杜詩學詩法論研究》研究歷代杜詩學中的詩法論，理論結構分為二：一、在原始資料中整理出歷代批評家對杜詩詩法之分析，提出其理論作用、術語定義與相關問題；二、針對理論術語所

具有的文學批評意義作分析。結論指出杜詩爲我國詩學新典範的地位
確立，詩聖地位也由儒家立場擴充至藝術領域，後代詩人幾乎受其霑
漑，與「神韻」一派在創作追求上迥然不同，中國詩歌美學之本位與
主流，也在這樣對立中浮現。

　　針對某一種文學技巧作分析者有馬美娟《中國古典詩歌中的寄
託》的論文，將中國詩歌的寄託分爲三種類型：以男女追求寄託君臣
遇合、以自然界的動物植物爲寄託的對象、以歷史人物寄託的類型，
藉由此三種類型來討論寄託的原因、情意特色等。

　　劉德玲《樂府古辭之原型與流變：以漢至唐爲斷限》以結合主題
學之研究方法來探討漢樂府古辭的主題在不同時代的詩人筆下呈現
不同風貌，歸結研究成果有二：一、詩歌藝術形式發展，兩漢民間樂
府經六朝文人擬作，在詩歌內容與形式上奠定穩固基礎，使擬樂府到
了唐代臻於極盛，擬作詩人與擬作數量爲歷代最高，且擬樂府在發展
過程中，藝術形式不斷在改變，其一是句法由參差趨於整齊，其二是
質樸自然走向形式主義。二、詩歌審美觀念的更新，漢魏詩人「以悲
爲美」的審美特質，到了六朝唯美思潮昌熾，重形式外在之美，主題
內容產生變化，此與時代文風相關，且由漢代質樸無華，轉向南朝宮
體、詠物，顯受當代文學思潮影響。最後歸結漢樂府在中國詩歌史上，
光環雖不及唐代耀眼，卻是孕育詩歌的橋樑與源頭。

　　高莉莉《魏晉至盛唐時期建安風骨論的形成與嬗變》指出「風
骨」理論成於劉勰《文心雕龍》，而「風力」成於鍾嶸，「建安風骨」
是在劉勰論「風骨」與「建安」，以及鍾嶸論「建安風力」之後形成
「建安風骨」的典範。所謂的「建安風骨」不限於題材、風格或是
詩人，是在建安眾多文人共同創作下，所成就的多采多姿的文壇盛
景。到了初盛唐時期，文人對「建安風骨」提出回歸與創新，有陳
子昂「漢魏風骨」與「興寄」說、李白的「貴清眞」、殷璠「聲律」
與「興象」說，由此一歷程可知「風骨」的特質逐漸顯現，與興起
的詩歌特質不謀而合，說明「建安風骨」在詩歌創作中保有其固有

的內涵，且符合時人的審美特質，所以必須有更大的包融性和結合力，進而成為一種內涵更豐富的詩學指標。

　　顏智英《辭章章法變化律研究：以古典詩詞為考察對象》以章法四大律：秩序律、變化律、聯貫律、統一律進行古典詩詞研究，揭示變化律是作家們構思謀篇皆有邏輯思維及共同心理，可從心理學探得其基礎；其次，從「章法結構」與「章法規律」的對應觀之，變化律及秩序律是形成各種章法結構類型的重要規律；同時可與章法的聯貫律、統一律等相互為用。再次，從「章法美學」的對應來看，變化律是形成各種章法結構美感的重要規律，因「力」的方向及強度不同，「移位」與「轉位」會使「章法結構」呈顯出不同的美感，更為音法結構之美增添變化多樣的姿態。楊文惠《五言律詩聲律的形成》研究南齊至初唐的「聲律理論」對進行五言詩聲調量化分析，藉以說明律詩「聲律」發展過程。研究成果指出，「初唐前期」雖有律詩形式，但聯與聯之間如何連綴成章則未定式，且偏好「平起式」、「律聯」至「初唐後期」是「律詩」的成熟期，聲律家元兢「換頭術」說明詩歌「律化」最後階段：「黏式」的確立，「換頭術」規範詩歌以「平起律聯」與「仄起律聯」遞換使用，調聲律法進而朝「整首詩」的聲調配置發展，使得「律詩」聲律形式更為嚴整。至於創作，李嶠可能是初唐後期最早對「換頭律詩」的創作與推廣有貢獻之詩人，且「律詩」的形式則很可能在一群宮廷文人的影響下確立。

參、詩學之教學研究

　　詩歌之教學研究，乃因應在職進修而發展出來的一個研究場域，將詩歌研究與教學實務作一結合，論者或從詩歌體類論述，或從各學習階層進行教材與教法之結合，或從意旨，或從修辭章法入手，或結合電腦教學而進行論述，不一而足。

　　從體類論述者有陳永寶《近體詩及其教學研究》，從近體詩與教學之關係切入是關涉教學作一統整式的論述，內容分兩部份論述：一

是近體詩部份，闡述意義、淵源。二是近體詩與教學之關涉，首先，論述形式結構與教學研究，有聲律、四聲、平仄格律、押韻、對仗。再論，創作技巧與教學研究，涵括詩題之掌握、鍊意之構思、鍊字之方法、謀篇之章法、用典之方法、習作批改實例。次論，近體詩吟唱之教學研究，涵括詩與音樂之關係、詩歌諷誦吟詠在教學上之功用、規則式近體詩吟唱法及其調譜、自由式近體詩吟唱法及其調譜、音樂家近體詩吟唱法及其調譜。再次論，近三十年中學教科書詩選之教學研究，最後說明近體詩行為目標教學設計。

從詩歌義旨論述者有劉文君《詩歌義旨教學之研究：以國中國文教材為例》揭示從事國文教學時，若能透過章法分析，將使文學作品更加條理化，並精確掌握詩歌之義旨，進而能有助於義旨教學。江錦玨《古典詩詞義旨教學之研究：以高中一綱多本國文教材為例》以義旨為中心，來進行國文課文的說解與統整，包括題目、題解、作者、課文、註釋、賞析與問題討論等都應以義旨為依歸，必能達到學習目標。

從教材進行研究者有吳玉屏《現行國中古典詩歌教材研究》以現行國中古典詩歌教材為研究範圍，探論：一、國中古典詩歌教材編寫體例；二、國中古典詩歌教材編選研究；三、民編版與國編版古典詩歌教材編寫研究；四、古典詩歌教學設計與教學活動的實施。

從修辭技巧進行研究者，有方柔雅《國中詩與文修辭教學研究》研究指出國中國文詩文作品中包含辭格豐富，若能充份學習、理解，對於語文能力的提昇必有助益，同時經由教學活動實施的過程，了解各種辭格是學生較易學得且能運用自如。力若能將修辭教學與寫作教學結合，必能提昇語文能力，創作好文章。

以某一議題為主之論述有許春菊《以古詩為素材進行動物權議題教學之研究》研究目的在唐宋古詩中，篩選出具動物權議題內涵之作，並以其作教學活動，建立教學活動之方法與步驟，並透過學生對教學活動的意見與感想修正教學設計。

　　探行動研究者有韓珩《兒童讀經之唐詩教學行動研究》以唐詩作為兒童讀經教學之研究教材，選取國小三年級班級進行教學實施樣本，以觀察紀錄學童的學習狀況。林珍羽《創造性唐詩教學對國小五年級兒童創造力及學習動機之影響》探討創造性唐詩教學對國小五年級學童創造力及學習動機之影響。研究結果：一、創造性唐詩教學對增進國小五年級學童之威廉斯創造性思考活動的得分有顯著效果。二、創造性兒童詩教學對增進國小四年級學童之威廉斯創造性傾向量表之得分有顯著效果。三、創造性唐詩教學能提昇國小五年級兒童對唐詩的學習動機。

　　結合電腦媒體研究者有黃愛娟《國小五年級學生之美育電腦網頁教學研究：以中國古典詩歌教學為例》主要探討：一、中國古典詩歌美育電腦網頁教學對國小五年級學生的學習效果；二、國小五年級學生對中國古典詩歌美學知識學習過程之評價；三、影響國小五年級學生接受中國古典詩歌美育電腦網頁教學因素，並促進教師專業成長。

肆、現當代暨域外詩人研究

　　以民國轉接時期之文學家為研究對象者，有廖怡蘋《溥儒詩歌研究》，以溥儒（1896～1963）為研究對象，溥儒為尊貴帝冑，且一生充滿傳奇，書、畫、詩名滿天下，遂以詩歌來體認溥儒內在的生命思想與情感抒發，並探究其詩歌之藝術成就，以見其性情與眾不同的神采氣味。沈美綺則從陳寅恪入手，撰有《陳寅恪詩之研究》以探析陳寅恪詩歌之內涵為主，著重其「古典」與「今典」的探索，進而探索其藝術風貌，以了解其「以史為詩」的獨特風格。

　　另有以域外的詩歌作為研究對象，有徐丙娥《朝鮮朝女詩人研究》旨在以朝鮮女詩人一百五十餘人，詩歌一千六百餘首為研究內容，著重在背景的探討，依年次分別閨閣詩人的生平與作品介紹、作品分析，並說明在漢詩史上的評價。陳竹灑《胡春香漢喃詩及其女性意識研究》以研究越南女詩人胡春香之漢詩、喃詩為主，先考證其生平及

詩作，再論其詩中所呈現的女性自我定位，進而闡釋其女性心理，歸結胡氏詩歌超越一般女性文學中對男女平等的追求，而是作爲獨立人格之個體，體現人類普遍性的女性經驗與追求，遂能成爲不同文化背景之讀者所認同與肯定。

宇文所安爲美國人，又名：斯蒂芬·歐文，曾執教於耶魯大學、哈佛大學等校，教授中國詩歌，撰有：《初唐詩》、《盛唐詩》、《晚唐詩》、《迷樓》、《追憶》等書，對中國唐詩之研究具有獨特的見解，遂興發研究者一窺究竟之動機，有賴亭融《他山之石：宇文所安及其唐詩研究》以宇文所安之唐詩研究爲範疇，揭示宇文所安採用詩歌流變史，認爲「宮廷詩」貫穿整個初唐，並提出盛唐是一種「都城詩」現象所主宰，詩人在詩中融入個人情感，成爲具有個人風格的詩人，研究並指出宇文所安注重從文本內部來探索作品的內涵，通過細讀法，可知他試圖突破和超越自己原來的批評模式，不囿於方法學的限制，是中西文化理論的融合。

本章小結

跨越各朝代而做宏觀詩學之研究者亦大有其人，題材部份有探討植物詩之吉祥觀、敦煌世俗詩歌、七夕詩、莫愁詩等；體裁部份有探討語言格律與文字對偶互動之研究，或論五言律詩聲律之形成、古典詩詞辭章章法變化律之研究等；詩學理論有論神韻派、唐宋詩之爭、詩話之「結構式」批評、詩話論風格、杜詩學詩法論、摘句批評等。至於關注詩歌教學者亦大有其人，有從近體詩，有從網頁教學，有從一綱多本，有從詩歌義旨、創造性唐詩教學、修辭教學、詩歌教材等等入手，展現多面向之研究。

雖然中國古典詩學迄清代做最華美的結束，然而民國以來，亦有古典詩家繼續創作，引發研究者之興趣，其量雖不多，亦反映出迴光返照之光影，有陳寅恪、錢鍾書、溥儒等詩歌之研究。

第九章　台灣地區詩學研究概況

　　台灣地區之詩學研究，主要可分爲專家詩、主題、詩話、詩社等面向。

壹、台灣地區專家詩研究

　　專家詩研究對象有林占梅、丘逢甲、連雅堂、洪棄生、石中英、吳濁流、賴和、陳肇興、陳維英、許南英等人，有專論詩集者，有關懷社會運動與詩人之關涉，有作品考述者，亦有主題論述或修辭論述者。其中，丘逢甲之研究者眾多，有徐肇誠《丘逢甲嶺雲海日樓詩鈔研究》旨在以丘逢甲內渡後創作所輯成的《嶺雲海日樓詩鈔》爲研究範疇，以探討其詩歌情感內涵和形式創作手法，給予合理的文學評價及價值。賴曉萍《丘逢甲潮州詩研究》指出丘逢甲現存詩篇以內渡後詩歌爲大宗，在台灣所作有《柏莊詩草》以描述台灣風土、關懷民生之作爲多。而潮州之詩作內涵有二：一是記錄潮州歷史、風土、人物，承繼在台之作；其二是抒發個人情懷，包括收復台灣決心與思鄉之作，以「重新詩史作雄談」爲自我期許。而潮州詩之意象包括劍、月、海、木棉等以濟世用世、施展抱負爲主；至於潮州詩對詩界革命之觀照，則反映在詩歌以「貴眞」來抒發復台心志、思鄉之情與憂時憂國之感，是符應詩界革命的「反映時代、

表現個人的精神」。王惠鈴《丘逢甲、「詩界革命」及其與日治時期台灣傳統詩界的關係》探討丘逢甲內渡前《柏莊詩草》之風土詩作，再從《嶺雲海日樓詩鈔》論述與晚清維新人士酬唱詩作內容，又從丘逢甲在《清議報》十七題四十五首詩作析論其與「詩界革命」之關係，最後觀察日治時期台灣詩界革命與論戰過程，與丘逢甲秋懷組詩引起林痴仙、林幼春等人唱和所代表的意義和《嶺雲海日樓詩鈔》在當時台灣詩界被重視的情況。

以群體詩人爲研究對象者有謝志賜《道咸同時期淡水廳文人及其詩文研究：以鄭用錫、陳維英、林占梅爲對象》旨在探究鄭用錫、陳維英、林占梅三人之生平、現存著作，以闡揚其貢獻及作品成就。三人爲道咸同時期台灣淡水廳之領袖人物，其詩文具有代表性，且爲流傳至今較多者，論述的內容兼及詩與文，在詩歌部份以探究其詩歌的內容特色及價值。廖振富《櫟社三家詩研究：林癡仙、林幼春、林獻堂》旨在以台中櫟社核心人物：林痴仙、林幼春、林獻堂叔侄爲研究對象，分析三人之詩歌及精神內蘊，以彰顯其個性及時代性。該論文是以台灣古典詩爲研究中心。

賴和爲台灣新文學之父，其漢詩（用來與日文作對照）亦頗有可觀，研究者有簡志龍《賴和漢詩中的社會現象分析與研究》揭示賴和（1894～1943）漢詩有一千多首，以歷史觀及社會經濟史的觀點研究賴和漢詩及其北後日據時期台灣的社會。研究指出賴和思想由最初的民族主義，繼而對中國失望，最後落點則是台灣本土關懷。蘇娟巧《賴和漢詩意象研究》歸納賴和詩歌有六大意象：月亮、鳥、登高望遠、水、花、黃昏，六意象有三大特質：情景交融、自然明白、深刻沈鬱。許育嘉《賴和漢詩修辭美學研究》揭示賴和漢詩有形式美、義蘊美、抒情美、意象美，並歸結其價值。

除上述諸論文之外，專家詩人研究觀照面向各有不同，皆以發潛德之幽光爲主。劉芳如《賴惠川「悶紅詠物詩」考釋》以日治至戰後初期嘉義地區傳統文學家賴惠川爲研究對象，所著《悶紅館全

集》有八部作品：悶紅小草、悶紅詞草、悶紅墨屑、悶紅墨瀋、悶紅墨餘、悶紅墨滴、悶紅詠物詩、續悶紅墨屑，共四千二百五十三首詩，一百七十四闋詞，一百首曲詞，被譽為嘉義第一詩人，及台灣百年來最重要的詩人之一，本論文以悶紅詠物詩為研究對象，論其內容特色及寫作技巧。謝碧菁《陳維英生平及其詩歌研究》指出陳維英為清淡水廳（今台北市大同區）人，為清宣宗、咸豐、穆宗時期之重要文人，並執淡北教育界之牛耳，本論文針對其生平、詩歌內容、詩歌藝術成就等，深入探究，以瞭解其在台灣歷史與詩歌史上之地位、影響及價值。康書頻《王松詩中的祖國意識研究》揭示王松（1866～1930）為橫跨清末與日治時代的台灣古典詩人，享年六十五歲，詩集有《四香樓餘力草》後改稱《四香樓少作》、《如此江山樓詩存》、《友竹行窩遺稿》約二百餘首，及《台陽詩話》、《台陽詩話續編》、《內渡日記》一卷、《餘生紀聞》一卷，編《草艸草堂隨筆》三卷，其詩文作品，若就文學藝術觀察，雖無法與中國傳統文學中優秀作品相提並論，但詩文中的人生抱負、處世態度及身分認同間的進退出處，以及祖國意識與定位模糊的台灣意識等，皆可作為研究者對理解勾勒清末、日據時期知識份子及其文學作品的理解途徑。顏育潔《石中英、呂伯雄其人其詩探究》揭示石中英在日據時期與陳子敏結婚，後離婚，與女詩人共同組詩社，再赴大陸與呂伯雄結褵，後參加抗日組織，台灣光復後加入「台灣政治建設協會」，歷經「二二八事件」遭通緝，後獲平反，晚年致力於教會事務，協助「古亭教會」，夫妻唱和，有《芸香閣儷玉吟草》及《竹筠軒伯雄吟草》傳世。研究以作者平生為架構，進而探討作品集，以二本詩集之主題內容、藝術特色作分析。石中英一生提倡男女平權，提倡女學，鼓勵女性青年從軍報國；呂伯雄一生愛國，以詩繫年，記載歷史，詩句淺顯，卻是真性情之作。閔秋英《石中英及其《芸香閣儷玉吟草》研究》，指出石中英生於台南，歷經清末、日據、抗日、光復四個時代，以一部《芸香閣儷玉吟草》傳世，研究結論揭示：

一、空間轉變中，石中英自我成長與作品風貌深受影響；二、社群交流中，石中英作品呈現自我追尋的意義及時代的社會性與歷史性；三、石中英日據時期作品，展現時代意義的比興諷諭及寫實抗議精神；四、石中英一生逃遁，仍具文人對家國不變之摯愛與忠貞；五、石中英的女性書寫在其關懷人民的書寫角度中，呈現詩史的價值與意義。顧敏耀《陳肇興及其《陶村詩稿》研究》蒐集陳肇興資料，次對陳氏生卒年、交遊、生平事蹟有確定瞭解，再辨新詩中的內容、重要性及其影響，使詩作面貌明顯，再以分類械鬥及原住民兩大主題討論《陶村詩稿》的特色及價值，最後觀察詩作之特色、影響及風格。李貞瑤《陳逢源之漢詩研究》指出陳逢源（1893～1982）詩文創作性高、創作期長、數量豐富，並因多重角色扮演，形成豐富觀察面向，由於身處異質文化與新舊文學交鋒期，「二世文人」是其提出對舊詩壇的革新觀點，加入漢詩改革行列，對中國古典詩學有一定地位與價值。揭示陳氏漢詩之內容，以了解其思想，並進一步探討新文學與漢詩兼創的二世文人中，其文學創作重心及其漢詩的內容與藝術特色。蔡玉滿《林占梅詩形賞析》指出清代台北文風以竹塹最盛，竹塹地區文風除鄭用錫在北郭園的提倡，又得力於潛園詩社的獎掖。林占梅爲風雅園主，以金錢資助藝文活動，更以詩會友，潛心作詩，約有二千多首，逐從語言學分析林詩之語音、語形、語義之表達手法；再從美學角度探索林詩藝術之美，含線條、形體及聲音之美；三從詩史上界定林詩之價值，提出台灣區域文學不同於大陸，在台灣詩史的地位是以質優量多爲台灣詩壇巨擘。邱一帆《台灣客籍作家吳濁流在詩歌表現上的困境》採用語言學視角，從語音、詞彙、語法角度去分析吳濁流詩歌外，還結合語言與文學、語言與社會、語言與心理、語言與生活、語言與族群文化等觀點，來詮釋吳濁流在詩歌表現上的困境。吳怡慧《陳貫《豁軒詩草》析論》指出陳貫（1882～？）的號「豁軒」，是苑裡詩人，作品收錄在台灣先賢詩文集彙刊第二輯〉中，研究主要有四，一是外緣研究探

討政治時局、思想潮流、文學環境、家學淵源、交游對象；二是內涵研究，論其特色、精神及人格特質、價值觀；三論詩韻與詩歌風格之關係，四論詩歌藝術，歸結在語詞、語句及修辭上的表現手法，歸結出日治時期漢詩發展傾向。王秀鳳《陳虛谷詩歌研究：以傳統詩爲研究對象》以陳虛谷所處的社會背景和生平著手，探論其傳統詩的特色及表現手法，再針對前人對其詩歌作一評價及其對後世的影響。張滿花《張達修及其詩研究：以《醉草園詩集》爲例》指出張達修（1906～1983）爲台灣南投竹山人，一生致力提倡古典詩歌且有作品傳世，積極參與古典詩壇活動。本研究以考察張達修家世、生平及交游來了解其成長背景及當時文人參與詩會、詩壇的現象，並對張達修《醉草園詩集》研究，從詩歌題材、作品創作特色來了解台灣古典詩壇概況。賴郁文《吳景箕及其詩研究》指出吳景箕是斗六地區重要古典詩人，在日治時期及光復初期，引領雲林地區詩壇數十年，詩集有：《兩京賸稿》、《尊味集》、《簾青集》、《蕉窗吟草》、《淡藻賤》、《詠歸集》等六冊，亦有未刊行手稿，發表於各大報，其一生除留學日本之外，主要活動皆在雲林地區，古典詩富有地方色彩與田園風味，詠物詩及詠史詩亦有獨特風格。林哲瑋《邱水謨漢詩研究》以雲林口湖詩人邱謨（1910～1984）爲研究對象，邱氏有《春雨軒文集》、《春雨軒吟集》、《金湖鐘韻》三冊，存詩二千多首，曾與曾仁杰等人共組「鄉勵吟社」，研究邱氏目的在呈現日治時期至戰後台灣古典詩壇的局部風貌，將台灣文學部份資料保存，並重新省察邱水謨在雲林區域文學所扮演的重要性。謝錦味《林友笛漢詩研究》以研究嘉義朴子人林榮（1893～1984）爲主，林氏字友笛，自號旋馬庭主人，籍貫爲嘉義朴子，卻與布袋淵源極深，四十六歲後客居雲林四湖，直到九十二歲去世，是日據以來雲嘉地區重要詩人之一，存詩一千多首。研究指出林榮以詩言志，寫實詠懷，純出性靈，並且以詩見證歷史，是一位跨時代區域文人自我完型的個案。陳盈達《周定山漢詩研究：文化移民悲鳴與哀愁》以研究周

定山漢詩創作歷程、創作特色、文學思考等議題為主。吳玲瑛《孫元衡及其《赤嵌集》研究》以《赤嵌集》為研究焦點——這是一部由台灣土地所蘊藏的文學資產，研究其題材內容、反映清初台灣風貌、藝文成就，並揭示其在台灣文學及史學上不容忽視的價值與地位。張永錦《孫元衡詩探析》揭示孫元衡一生著有《片石園詩》和《赤嵌集》兩本詩集，共錄七百四十七首詩，《片石園詩》是宦遊二十二年歷經數萬里之力作，作於來台之前；《赤嵌集》是寫於康熙四十四年來台任官三年之作，凡三百六十首詩；二書合論，以知孫詩形成背景、社經變化、文化思潮及其題材分類、藝術風格與技法等。洪惠燕《鹿港文化人施文炳先生研究》揭示施文炳一生為復興鹿港、為台灣文化奉獻之經歷及其參與之活動都與鹿港文化發展息息相關，從日本戰敗、光復之初、白色恐怖、經濟蕭條、經濟奇蹟等，他兼容傳統與現代，跨越雅俗兩領域，是經歷鹿港的劇變及親身參與促成鹿港蛻變的代表性人物之一，對傳統詩學傳承更是功不可沒，可補某些歷史空白。賴筱萍《許南英及其窺園留草研究》以探論許南英生命歷程、詩作流傳、主題意涵、寫作技巧之運用與實踐為主，指出在傳統與新學交錯中的傳統知識份子，在生命與政治轉折之間，如何取得平衡，進而奮進淑世。余育婷《施瓊芳詩歌研究》指出施瓊芳生於嘉義末年，是清代台南第一進士，也是道咸時期台灣文人，曾輔佐台灣道徐宗幹在海東書院推動教學改革，提倡詩文之學，鼓勵學生創作台灣風物的詩篇，在其五百二十三首詩品當中，也多反映台灣民俗及社會現實內容，頗能代表道咸時期本土文人對台灣的關懷，遂以其生平、創作背景、詩歌內容與藝術手法加以探討，以深入了解其人其詩在台灣歷史、台灣文學的地位與價值。楊添發《陳維英及其文學研究》指出陳維英為道咸時期北台灣文壇領袖，以其詩作《偷閒錄》、《太古巢聯集》為主，論其一生及主題，並論敘其評價及對後世之影響。

貳、台灣地區主題詩歌研究

　　主題詩歌之論述，多時代性、地域性之研究；以時代性爲主者有：施懿琳《清代台灣詩所反映的漢人社會》是早年研究台灣古典詩的重要著作，開發後學對於台灣古典詩學的興趣與領域。蔡清波《台灣古典詩自然寫作研究：以明鄭時期至清朝時期》揭示台灣古典詩自然書寫中記錄台灣的實象，貼近歷史，有「詩史」的成份，是三百年台灣最重要的資源。王淳純《馬關割台與乙未抗日之詩壇評議研究》揭示自甲午年間對日戰爭至馬關割台後，與乙未年間台灣成立民主國抗日事敗，中國歷經百年未有之動盪，造成民間知識份子與文化領袖民族意識之衝擊，以這段史實來挖掘詩人感懷與論衡詩作背後所壓抑的庶民史觀，可彰顯歷史意義。

　　以地域性爲論述重心者有：許玉青《清代台灣古典詩之地理書寫研究》以探討宦／遊文人之地理書寫、景觀／觀景之台灣府八景詩之地理書寫、人／地以五妃寧靖王和延平郡王之地理書寫、漢／番之原住民之地理書寫四大主題爲主，歸結清代台灣古典詩之地理書寫反應是詩人尋求「生命安頓」的文化表現。吳淑娟《台灣基隆地區古典詩歌研究》主要依時間畫分爲清代、日據、光復至今三期，將基隆地區之詩社、詩作皆盡力蒐羅論述，以探討基隆地區古典詩整體發展與流變。高雪卿《台灣苗栗地區古典詩研究》以清代、日治、台灣光復後各時代之苗栗地區古典詩爲研究重點，將其整體發展與演變作一歸納整理。王俊勝《清代台灣鳳山縣詩歌研究》指出鳳山之區域沿革包括高屏縣市，本論文以清代高屏地區漢語傳統詩歌爲研究素材，探討清代台灣鳳山詩歌寫作發展情形。林淑媚《花蓮地區詩歌研究（1945～1989）》研究範疇包括 1945～1989 年之傳統詩、現代詩、阿美族口傳詩歌、詩社及一切文學活動，並從詩歌回顧當中，預期九〇年代以後詩歌發展的時代風貌。張淑玲《台灣南投地區傳統詩研究》揭示南投地區「南陔詩社」與台中櫟社、彰化應社與興賢吟社往來頻繁，共成中部地區傳統詩的文學網絡。探

討詩社、詩人、作品、活動概況，依年序、區域建域出南投傳統詩文學之發展脈絡。林麗鳳《詩說噶瑪蘭、說噶瑪蘭詩：清代宜蘭地區古典詩研究》指出宜蘭因地形的封閉與開發較晚，文教設施落後西部，因文人倡導及官員鼓勵，使得清代宜蘭古典詩嶄露頭角；本論文論述方向以清代宜蘭詩人和遊宦宜蘭人士之古典詩作品為主，採「背景──作者──作品──評價」進行論述，以展現噶瑪蘭意象及詩歌美學。

以人物為研究對象者有吳品賢《日治時期台灣女性古典詩作研究》探論台灣女性古典詩作發展概況、女性古典詩作者背景探討、內容探析等，試圖了解台灣女性古典詩作發展概況。吳青霞《台灣三大民變書寫研究：以古典詩文為主》探討清代台灣人民三大「民變」血淚辛酸史，試圖比較題材選擇之差異、人物形象之異同、統治階層與本土文人論述之差異或類同，再將古典詩文與民間文學相關文本作比較，以社會位階與族群意識影響下的觀看角度，探討不同文本中的人物摶造變異。

從古典詩歌論述天然災害者有戴雅芬《台灣天然災害類古典詩歌研究：清代至日據時代》以地震、風災、旱潦之災的詩歌來論述台灣居民共同生活經驗和記憶的內容分析，再進行詩歌藝術成就分析，最後探討先民面對天災所衍生的敬天畏天的思想與人事反省的訴求。論述宦遊詩歌者有吳毓琪《康熙時期台灣宦遊詩之研究》先探論時代背景特色，再切入宦遊詩所含各類主題，再探討情志表現、符號形構與審美意識，最後再探討宦台山水詩的空間擬寫與內蘊意義。以分析俗語典故為主者有蔡寶琴《海音詩俗語典故之分析》指出清代道咸年間遊宦詩人劉家謀來台四年所作《海音詩》百首七絕，首首有註，體例特殊，但其詩艱澀難讀，原因在於俗語入詩及大量運用「典故」，遂以探討詩句中所使用的典故來源及俗語用法在詩中所扮演的內涵意義。

參、台灣地區詩話研究

　　台灣地區之詩話創作亦大有其人，研究者有李知灝《吳德功《瑞桃齋詩話》研究》以史傳研究、文獻研究、詩話研究三方法進行研究，揭示吳德功爲彰化名儒，詩學理論具見《瑞桃齋詩話》，用以講授漢詩文，在理論方面以創作理論爲主，呈現述而不評的情形。許雯琪《洪棄生《寄鶴齋詩話》研究》揭示洪棄生、吳德功、王松三人同爲清領到日據初期之詩文作家，三人詩話迥異，洪棄生以傳統詩話爲宗，不主宗派，以閒談方式進行書寫，詩話理論繁雜，缺乏明確系統；吳德功以宗唐爲主，以教育後學爲目的，詩話較有系統；王松則認爲古人評論已詳，不再作傳統詩話，以談論台灣本土詩人爲主的地方性詩話。本論文主要論述《寄鶴齋詩話》之作者生平、成書時間、版本、詩歌理論、創作理論、批評理論等，以耙梳洪棄生詩學理論體系。陳怡如《回歸風雅傳統：洪棄生《寄鶴齋詩話》研究》指出洪棄生以「養龍於淺水，寄鶴在高枝」遂以「寄鶴」名其書齋，亦以名其詩話。詩話內容所載皆爲歷代詩人、作品之鑑賞與品評，屬論詩及辭，卷七專錄詩史之作，屬論詩及事類型，並揭示洪棄生之詩話理論主要以儒家風雅詩學傳統爲主，提出「入格」之說，以摹習典範之格調派，回歸風雅傳統。謝崇耀《日治時期台灣詩話比較研究》試圖從「名家專著之詩話」與「寄生媒體之詩話」進行日治時期台灣詩話之研究。先論台灣文學本質，再論詩話文本內涵、精神與價值，進而以宏觀歷史視野概觀台灣詩話是百年來詭譎多變且歧異特殊的發展。

肆、台灣地區詩社研究

　　古典詩社之研究，多以區域性詩社之論述爲主，例如武麗芳《日據時期竹塹地區詩社研究》論述鄭家珍、葉文樞、張純甫等人加入「竹社」活躍於新竹詩壇，影響新竹地區後輩詩人與生徒，對鄉土文化紮根與傳承有不可磨滅之功。張作珍《北港地區傳統詩社研究》主要探討：一、日治時期北港地區的社會、文化和教育狀況；二、透過區域

研究，探討地區特殊景觀直接影響當地居民性格與文學表現；三、以歷史調查法和田野調查法，整理散佚相關資料，並對該區域的傳統詩社的組織、成員、活動方式與活動範圍加以重構、還原；四、針對該區域傳統詩社的集體作品和個人作品進行文學批評，以了解其在文學上的價值，以及反映時代、表現特殊地方風貌上的呈現。王玉輝《日據時期高雄市詩社和詩人之研究：以旗津吟社爲例》研究日據時期高雄傳統詩社「旗津吟社」爲主，及其重要詩人：陳錫如、王天賞、陳皆興三人之特色和詩人風格爲主。王幼華《日治時期苗栗縣傳統詩社研究：以栗社爲中心》以苗栗在地十一個詩社作簡述，並對詩社運作、詩人背景、詩社發展情形及詩歌作分析。陳芳萍《彰化應社及其詩作研究》以傳統詩社：應社（1939～1969）爲研究中心，揭示其社員規模不大，皆維持在十人左右，且創作混雜傳統文人悲憤、抒情形式和新的事物、新的名詞和新精神，與過去文人詩不注重時局不同，表現出一種新精神與新視野。張端然《日治時期瀛社之研究》揭示瀛社在民前三年（1909）由謝汝銓、林馨蘭於台北共同發起，並徵得《台灣日日新報》社長同意，在漢文欄開闢《瀛社詩壇》專欄，並招徠社員，旋即成爲全台第一詩社，論文以研究瀛社沿革及六家詩人別集爲主，論其表現形式、內容題材與藝術表現等，以歸納日治時期詩人之特色。曾絢煜《栗社研究》以栗社爲研究主題，透過文獻史料、田野調查以補文獻不足，探討栗社之活動與發展意義。潘玉蘭《天籟吟社研究》以探論林述三成立天籟吟社活動、發展及相關詩人之詩歌作品之內容與特色分析，有林述三、李神義、吳紉秋、林錫麟、林錫牙、礪心齋女弟子、張國裕、葉世榮等人，並歸結天籟吟社對詩壇之影響與貢獻。

伍、台灣籤詩研究

從民間信仰入手，探討寺廟籤詩者有蔡美意《金門城隍廟籤詩之研究》探討籤題之歷史內涵、教育意義及文化傳承，進而討論用字、

形式、修飾等問題，解析表層意義，再推究深層隱喻，以推求文學與信仰關係，並分從內容特色與社會價值，歸納出：一、用字簡明易曉特色；二、語意模稜兩可；三、善用文學技巧；四、故事通俗常見；五、結局趨於圓滿五項特色。其價值則有：心靈寄託、自我修養、增進能量、宣傳倫理、社會功能、傳遞文化。故而籤詩文化的繼承與發揚，應受理性重視。陳香琪《台灣通行籤詩之文學性研究》全文分五章進行論述，第一章論台灣通行籤詩文本之資料引證、參酌；第二章論籤詩之定義、形成、流傳歷程及求籤儀式、籤詩特色、價值。第三章論明清小說中籤詩意象，將具代表性之擬兆意象歸納分析；第四章論台灣通行籤詩詩文之外在語言形式與內蘊之三教思想；第五章論台灣通行籤詩典故出處，並闡述其對應典故之意義。劉玉龍《寺廟籤詩研究：以台灣寺廟運籤為主》以蒐集九十套籤詩比對校正後數位化，再進行分類統計以概述台灣流傳籤詩之現況與類型，發現二十八星宿籤詩在台流變豐富多樣，並以「福如東海壽南山」為例作考證。其次對籤詩文字疑誤考及特殊用字作淺顯說，發現籤詩顯現以外流人口結構的台灣社會現象，反映出對「貴人」一詞有特別期待，同時對籤頭、籤王和籤尾的後人外加籤詩作探討。孫淑華《屏東市媽祖廟籤文之研究》以屏東媽祖廟（慈鳳宮）籤文為研究對象，並參考台南大天后宮籤詩與長治鄉天后宮的藥籤，探討籤文之意涵與社會變革，藉以了解寺廟文化，提升宗教信仰之文化，因籤詩含蘊儒家思想、倫理道德教化的觀念，在傳統社會中，具有正面導向功能，值得認識與保存。

本章小結

　　前七章以時代為序，第八章為跨越時代之宏觀論述，本章則獨標台灣詩學，主要是七〇年代本土意識抬頭，研究者開始不斷關注台灣本土之創作情形，古典詩學的部份，最早有《台灣詩史》，其後消歇，迄九〇年代，古典詩學才又被注視，專家詩之研究有施瓊芳、林占梅、丘逢甲、洪棄生、吳濁流、石中英、呂伯雄、王松、施文炳、陳虛谷、

陳維英、許南英等人；題材之研究有從時代性論明鄭時期到清朝時期、馬關割台之詩壇評議研究、日據時其鹿港民族正氣詩之研究；亦有從區域性論一地之古典詩，例如鳳山、南投、基隆、花蓮、噶瑪蘭、苗栗、地塹等地；亦有專從詩社論述者，例如櫟社、栗社、瀛社、旗津吟社、南社、北港詩社、彰化應社、天籟吟社等；詩話之研究有吳德功《瑞桃齋詩話》、洪棄生《寄鶴齋詩話》之研究等；與庶民相關之籤詩研究亦有其人，有金門城隍廟、台灣運籤、屏東市媽祖廟籤文之研究及台灣通行籤詩之文學性研究。

第十章　結　論

壹、前人研究成果、價值與意義

　　觀察當前碩博士論文研究的成果，我們可以歸結成四方面來說明：一、簡述各代研究之主要方向，用以說明研究者對各代研究之偏好；二、簡述論題之主要方向，用以歸納研究者對論題之偏好；三、前後期研究方向評估，揭示研究者之大致方向及其相對之研究成果；四、各校主要研究方向概況，說明各校研究之導向。以下分別說明。

一、各代研究的主要方向

（一）兩漢時期

　　樂府詩及古詩是兩漢時期研究的主要對象，研究者從宏觀的視角作跨時代的研究，往往跨越到魏代，甚有跨至六朝者。專家研究以三曹為主，尤以曹植為多，且以跨文類為主，有詩與賦、詩與楚辭之研究。題材之研究則有怨詩、情感曲折、戰爭詩、懷鄉意識、思婦詩等面向；形式之研究則有修辭藝術、語言藝術等之研究；從整體研究的數量考察，研究兩漢時期之學位論文相當有限。

（二）魏晉南北朝時期

　　以專家詩的研究為多，且多集中在陶、謝二家，其次為潘岳、陸機、左思、郭璞、傅玄、顏延之、鮑照、謝玄暉、吳均、徐陵、庾信

等人；題材研究以呈示時代特色爲主，探討的議題有：遊仙詩、山水詩、宮體詩、玄言詩、隱逸詩、交誼詩、詠史詩、飲酒詩、抒情詩、行旅詩、登臨詩、僧侶詩、詠俠詩、悲美詩風、挽詩等等，多樣而豐富；體裁方面有專論四言詩、五言詩，亦有研究詩歌賦化、辭賦詩化、詩賦合流現象；至於六朝音律之研究者較少，詩論之闡述則以《文心雕龍》、《詩品》、《昭明文選》三書爲主，較論其異同。

（三）隋唐五代時期

本期是中國詩歌創作的高峰期，以專家詩之研究爲主是歷朝中最多者，初唐專家詩研究有王績、王梵志、寒山、四傑；盛唐有張九齡、李白、杜甫、王維、孟浩然、岑參、王昌齡、高適諸人，尤其是李白、杜甫之研究蓬勃富盛；中唐有元稹、白居易、韓愈、張籍、王建、劉禹錫、孟郊、顧況、姚合、李賀等；晚唐則以李商隱爲主述，其他詩家偶有研究者涉入，有溫庭筠、羅隱、韓偓、許渾、司空圖、李頎、皎然、魚玄機等人。主題論述者有敘事、詠史、詠物、題畫、遊仙、神話、人物、登臨、戰爭、題壁、宴飲、閨閣、送別、情感類等等，更較六朝繽紛多彩。體裁研究以詩律、用韻及聲詩爲主。體派研究以邊塞詩、自然詩派、元和詩人、大曆詩人爲主。詩論部份，探論詩格者有《現存唐人詩格著述初探》，研究選詩者有《河嶽英靈集選詩研究》、《今存十種唐人選唐詩考》，宏觀論述各種現象、原理或流變者有《唐人論唐詩研究》、《全唐詩中胡漢關係之探討》、《唐詩形成的研究》、《唐詩所見游藝休閒活動之研究》、《論唐代長安佛寺發展及其對詩歌之影響》等顯示面向之多元。

（四）兩宋時期

兩宋時期專家詩研究，學習平易淺俗的白體者有王禹偁，學崑體者有楊億、劉邠諸人，學晚唐體者主要有林逋、魏野、潘閬、寇準、魏野諸人，使唐風再現。開啓宋詩獨特風格者爲歐陽修、石延年、蘇舜欽、梅堯臣等人提出平淡詩風，擺脫唐風之習，另闢谿徑，往下開

發北宋蘇軾、黃庭堅、陳師道諸人開啓江西詩派。南宋四大家陸游、范成大、楊萬里、尤袤之研究不乏其人，四靈詩派及江湖詩派亦有論述者。其中以蘇軾詩之研究最多。黃山谷之研究主要是從詩論著手。至於跨文類研究，以詩與書法、繪畫藝術結合論述最多。主題論述有詠史、詠茶、題畫詩、園林詩、遺民詩、題壁詩、飲食書寫等。體裁論述有用韻、格律論之研究。詩學理論之研究成果包括：論詩詩、杜詩評論、宋代詩話、格律論、禪詩、白俗觀等論述，豐富而多元。

（五）金元明時期

金元二代之研究較之其他時期，數量偏少，以宏觀論述者有《金詩研究》、《元詩之社會性與藝術性研究》，專家詩研究以元好問爲主，其他詩家研究尚有王若虛、趙秉文、倪瓚、林景熙、王冕、丘處機等；詩論則涉及宗唐、宗宋之議題研究。

明代專家詩研究有劉基、高啓、王陽明、江進之、董其昌、唐寅、陳白沙、沈宜修諸人爲主；主題研究以跨文類方式考索詩與畫的關涉爲多；流派研究以復古之前後七子論述爲多，其次有茶陵派、格調派、公安、竟陵等。詩論之研究展現明代詩學觀念之演變。詩話研究有《原詩析論》、《四溟詩話研究》、《許學夷詩源辨體研究》等；單論一家之詩學理論者，有李何詩論、徐禎卿、王世貞、胡應麟鍾惺、楊愼、陳子龍等。無論是宏觀概述或單論一家之學，或論述詩學流變，皆揭示明人對唐、宋詩歌有反省之能力。

（六）清代時期

清代研究，專家詩、體裁、流派各有闡發；專家詩研究從清初到清末之詩家皆有所探究，其中包括王夫之、顧亭林、吳梅村、屈大均、方苞、袁枚、鄭板橋、查愼行、龔自珍、黃遵憲、秋瑾諸人。主題研究有紅樓夢題詠之研究、清代女詩人群體研究、清人詠藏詩等等。體裁研究有格律研究。流派暨詩論研究有性靈、格調、神韻、桐城、虞山等。清代研究，最大成就在詩論，以分唐界宋之論述爲主，分畫爲

神韻、肌理、格調、性靈四系。單一詩話研究有賀裳《載酒園詩話》、
賀貽孫《詩筏》、葉燮《原詩》、吳喬《圍爐詩話》、劉熙載《藝概》
等等，不一而足。

（七）民國以後

雖然中國古典詩學迄清代做最華美的結束，然而民國以來，亦有
古典詩家繼續創作，引發研究者之興趣，其量雖不多，亦反映出迴光
返照之光影，有陳寅恪、錢鍾書、溥儒等詩歌之研究。

（八）宏觀詩學之研究

跨越時代之研究，亦大有其人，主題研究有植物詩之吉祥觀、
敦煌世俗詩歌、七夕詩、莫愁詩等；體裁研究有探討語言格律、律
詩聲律、古典詩歌章法變化等；詩學理論有論神韻派、唐宋詩之爭、
詩話之「結構式」批評、詩話論風格、杜詩學詩法論、摘句批評等，
豐富而多元化。甚至詩歌教學之研究開啟新的視域，網頁教學、一
綱多本、詩歌義旨、創造性唐詩教學、修辭教學、詩歌教材等之論
述，開發時代之需求性。

（九）台灣詩學

最早以《台灣詩史》肇始，其後沈寂甚久，迄七〇年代以後，隨
著本土意識抬頭，台灣古典詩學重新被召喚注視，專家詩有施瓊芳、
林占梅、丘逢甲、洪棄生、吳濁流、石中英、呂伯雄、王松、施文炳、
陳虛谷、陳維英、許南英等人之研究；主題研究有時代性論述，亦有
區域性論述，更有專從詩社、論話論述者，甚至與庶民相關之籤詩研
究亦不乏其人，展現與在地結合之特質。

二、各代論題的主要研究方向

我們可從〈表一：台灣地區古典詩學碩博士論文一覽表〉觀察各
代主要研究論題方向，可知當前研究趨向：

1、專家詩之研究，以唐代為多，次為宋代，再次為魏晉六朝時
期，主要是因為唐代詩家備起，各自呈現不同的風格，展現綺麗多彩

的面貌，供後學研讀董理；宋詩則是另一典型，與氣勢噴薄、光彩四射的唐詩相較而言，則較內斂深沈，研究專家詩亦甚夥，以王安石、蘇軾、黃庭堅最多；明、清之詩歌創作顯然不敵唐宋有獨特的風貌，是故專家詩研究顯然較少，也較無突出的特色。

2、論題式的研究，兩漢集中在樂府及古詩，魏晉集中在題材分類之研究，唐代以詩家之某一題材、體裁、流派分類研究爲主，宋代則以江西詩派之研究及環繞相關論題之研究較有特色；至於明清則較向詩歌理論的闡述、發皇爲主，尤其是詩話之研究及詩派源流之發展爲主。

3、宏觀式論題之研究，以宏觀詩人體派之流變發衍爲主，其次關涉文學思想、理論之研究亦多，其下則跨領域之研究爲多，開闢詩歌思想的領域。

4、比較式論題之研究，就比較的對象來分類，有人與人、類與類、書與書之比較，人與人即指專家詩之比較，例如大小謝之研究即是。類與類，即指流派之異同比較，而書與書乃就某一特定的書籍作研究，例如《原詩》與《一瓢詩話》之比較即是，目前以專家詩之比較爲多。

5、整合型論題之研究，有詩文、詩賦、詩詞、詩畫等，均屬於跨文類的研究，就目前研究的態勢觀之，六朝之前以合論詩與文、詩與賦爲多，宋代以詩與詞爲多，宋代及其後則以詩與畫之跨媒材研究爲多。

承上所述，專家詩是歷來研究的重心，詩人的排行榜如何呢？歷代專家詩當中，以杜甫、蘇軾、李白、陶淵明、黃庭堅、李義山、李賀之研究最多，且所論從早期整體觀覽到精細分期、分類、分體（裁）的研究，或是從某一視域入手，皆體現了該詩家研究的不同面向，正因爲詩人呈現豐富的樣貌，故而研究者不論從何種角度切入，皆能有得；且六十年代以後，西方文學理論蓬勃發展，用於詩歌研究，亦能開發新的思考向度，所以相同的「文本」（text）亦能呈現不同的研究

路向，供後學源源不斷地挖掘。七〇年代以後，本土關懷形成台灣區域詩史、詩社、詩家之研究，風起雲湧。

三、前後期研究方向評估

若將近五十年的詩學研究，以民國八十年為斷限，分成前後期來論述，則前後期研究的方向有明顯不同：

（一）前期研究特點

1、專家詩研究的部份，必關涉詩家生平之考證或耙梳其傳略或作箋注工作，使能知其人而論其世。例如《王若虛及其詩文論》、《翁方綱及其詩論》、《李白及其詩之版本》、《寒山子其人及其詩之箋注與校訂》、《張曲江詩集校注》、《李群玉詩集校注》等等。由於有基礎性的奠基研究，後學才能在繼續發皇、掘深之工作。

2、論題研究的部份，多採宏觀的角度開發視域，使能全面觀照該論題之價值與意義，例如：《唐詩形成的研究》、《唐代敘事詩研究》、《清代詩學研究》等等，然而，正因為宏觀，所呈現的是一個大的架構或體系，細部的論述較不足，留待後學能再繼續挖深工作，例如吳宏一《清代詩學研究》建立清代詩學的規模，後學可再就某一專家、流派、專題再作掘深、補強的工作；例如杜松柏《禪學與唐宋詩學》開發詩與禪的視界，其下，研究者有《王維禪詩研究》、《王維詩中禪意境之研究》、《唐代詩禪相互影響論》等等。

3、多開發可研究的範疇，使後學能踵事增華，變本加厲。例如劉漢初《六朝詩發展論述》、李瑞騰《六朝詩學研究》二人一從詩歌發展，一從詩學研究，皆開發研究的視域，使有輪廓規模可再發展。

（二）後期研究特點

1、在前人研究基礎上（早年論題多涉考證，後學無須再作辨證工作）多作精細論題的發揮，蓋前修未密，後出轉精，例如杜甫、蘇軾之研究有分期、題材、體裁等之不同，故雖為相同的研究對象，但是切入論述的角度顯然有所不同。例如：《杜甫追憶主題研究》、

《李白詩中神話運用之研究：以仙道神話爲主體》、《李白游俠詩研究》等等。

2、多微觀論題掘深工作，以論題爲主或主題式爲主，不再作某一詩家的宏觀研究。例如研究李商隱則從「不圓滿情境」來論述，或是研究曾鞏則從「破體爲詩」的角度入手，凡此等等，皆顯示縝密的思維論述。

3、比起前期而言，多運用新的文學理論來觀照中國的古典詩歌，或從詮釋學、接受美學理論、新批評、結構主義等，不一而足。例如：「唐詩中的罪與罰：唐代詩人貶謫心態與詩作研究」是從心理學入手；「李益及其詩研究：符號學式之詮釋」、「從現代語義學看李賀詩歌之語義研究」等等。

4、從數量來觀察，早期對於詩歌之研究相對於義理、思想、小學系統之研究數量較少，後期對於詩歌之研究有趨多的情形，且不再作孤立的研究，多涉入跨媒材的研究，例如詩與畫的部份有《唐人題畫詩研究》、《唐代題畫詩研究》、《宋題畫詩研究》、《明代詩畫對應關係之探討》等等。或整體式的思考詩學的流變，例如《明清格調詩說研究》、《袁枚與性靈詩論研究》、《明清性靈詩說研究》等等。

此中所分之前後期比較，乃是相對而言，並非絕對性。

四、各校主要研究方向概況

由於各校中國文學（或語文或歷史語文）研究所成立的先後不同，故而在數量的統計上，有明顯的差距，早年成立的研究有：台大、台師、政大、文化、輔大、東海、成大、高師、東吳諸校，在數量上的比率，自然較新成立的研究所多。早期成立的研究所（指上述諸校），以專家詩之研究爲多，次爲詩學理論的論述，再次爲主題、宏觀論題之研究；而新成立的研究所則以詩學理論爲主要的關注點，次爲專家詩、主題等。可知，早期之研究以專家詩爲主述，晚近之研究則側重詩學理論之探賾。

　　整體觀覽各校研究重心，以唐代爲多，其次爲宋代，再次爲魏晉南北朝、清代、元明，最後爲兩漢時期，顯示唐代之研究仍是研究者的最愛，再結合表一來觀察，可知唐代之研究以專家詩的研究爲多，再次爲詩學理論、題材等等。

　　而各校擁有詩學專長之指導教授，亦往往成爲研究的重要資源，例如政大有羅宗濤、黃景進、黃志民等教授，台師大有汪中、王熙元、邱燮友、陳文華等教授；成大有黃永武、張高評等教授；台大有台靜農、鄭騫、吳宏一、張健、林文月、方瑜、黃啓方等教授，這些學有專長的學者，大都會影響研究者選擇的朝代與論題方向的重要考慮點；例如台大林文月教授專長爲中古文學，是故指導的論文有《魏晉飲酒詩探析》、《陶淵明詩承襲之探析》、《謝靈運詩用典考》、《六朝遊仙詩研究》、《陸機及其詩賦研究》、《魏晉交誼詩類的研究》等等。又如成大張高評教授的專長領域爲宋代詩歌，是故指導的論文，亦以宋代爲主要範疇，例如《東坡生平及其嶺南詩研究》、《文同詩畫之研究》、《范成大山水田園詩研究》、《蘇軾禪詩研究》、《北宋詠史詩探論》、《南宋四大家詠花詩研究》等等。由是可知，研究者論題之決定，往往與指導教授專長有密切關係。七〇年代以後，本土意識抬頭，台灣古典詩人、詩話、詩社、主題式之論述亦蓬勃發展，打開觀照台灣古典詩研究的視域。

貳、本論題概述之限制與困難

一、資料運用部份的限制

　　本論文研究的範疇定在碩博士論文，雖然學位論文可管窺學術研究的風向與趨勢，但是在資料運用方面仍有未足之處，其一在於未能統合攸關古典詩歌、詩學論著之出版資料，其二在於未能涵括期刊論文之研究成果，其三未能蒐羅研討會論文集之研究成果，致使本論文只能剋就學位論文作一概況式的覽閱，未能全面整合學界研究詩學的成果，是故仍有偏枯之處，例如早年黃永武的《中國詩學》：鑑賞、

設計、思想、考據四書，是研究中國古典詩歌的經典之作，又如張夢機之《古典詩的形式與結構》亦是享譽一時的力作，錯過這些成就，似乎有所不足，但是限於論述範疇之界定，未能全面檢視，日後冀能進一步再針對出版品暨期刊論納入整體研究之內，使能充份呈展學術界豐盛的研究成果〔註1〕。復次，本論文之索引根據國家圖書館學位論文的檢索系統編製而成，然而此一系統仍有遺漏，例如尤信雄之《清代同光體研究》、龔鵬程先生《江西詩社研究》等皆未能在系統中檢出，可見仍有遺珠之憾，本文儘量將缺漏減少至最低的程度。

二、論述方式與進路之限制

　　由於宏觀覽視整個學位論文，橫跨的時代綿亙，論述的體類繁多，欲採時代先後為論述主軸，或恐有跨時代的論文，無法歸類；若採體類方式，依據詩人、體裁、體派、題材等分類，亦有橫跨兩類以上者難以歸類的困難；若採用詩歌本體論、體裁論、批評論、鑑賞論、考証論為論述進路，亦有無法歸類的危機，無論採用何種方法作為論述的進路皆有其不足之處，是故仍不得不採用以時代為主軸的進路，實礙於所論述的時代歷時太長，欲規劃研究藍圖時，以時代為斷，較能掌控論述的內容。然而無論如何歸類，仍會出現分類標準不一的情形，且有時跨類而難以分類時，亦出現混淆之情形頻生。

參、研究方向與範疇探尋

　　考銓學者研究的方向，有下列導向：

　　一、興趣所在、性情所契，常會導引學者對某一論題產生高度的研究興趣，例如研究李白、杜甫詩歌的論文甚多，一方面可能是詩人具召喚之魅力，一方面可能是研究者對於李、杜詩歌產生高度的興趣，另一方面也可能是師承關係的啟迪。而在面對相同的研究對象

〔註1〕本人與陳文華教授另有《台灣地區古典詩研究成果述評：1949～2000》一書，宏觀台灣地區古典詩研究成果，含攝專書、學位論文、期刊論文、會議論文等，可資參考。

時，研究者可以前人研究成果爲基礎，繼續挖深的工作，或是採用不同的視域或文學理論導入研究，或是，推翻前人研究成果，另樹型範。職是，我們可發現相同的研究對象有不同的研究面向與視域，例如研究李白、杜甫可分期研究，或以某一體裁爲主：古風、樂府、律詩、絕句、虛詞用法、格律用韻等等，或以某一題材爲主，例如形象人物、用典、風格特色等等。研究唐詩時，採詠史、詠物、或是神話典故、園林、遊仙等視角切入，而有不同的成果。

　　二、學者發潛德之幽光，使一些重要而又黯然不彰的研究對象得以面世，耙梳董理，以掘發不被重視的論題或研究對象爲主，開發新的研究視域，例如元代的詩歌研究，本來即乏人問津，楊維禎的鐵崖體更少研究者關切，開發此一領域，可知「鐵崖體」之沿承與新創。

　　三、研究資料的開發，使研究面向得以開展，例如詩話考述雖是考證、蒐集之工夫，卻可資後學作爲研究詩話或詩論研究的重要憑藉。

　　四、跨領域、跨媒材的研究開發研究新面向，例如研究詩與畫、詩與文、詩與詞、詩與禪……等等，即具有統整的作用，關涉不同媒材、文類、思想向度的研究。

　　基本上，研究皆須先有宏觀的視野，再就某一明確的論題作耙梳，並且須將研究的成果置於文學史的流變中觀覽，才能看出研究的價值與成就，如是，匯整成果，即可衍成大流域，否則餖飣瑣碎，無足觀也。本文附錄一覽表提供研究者參考之用，避免研究資源重複、浪費，同時也能客觀呈現已有的研究面向，供研究者尋找、開發新的研究路向，當然，疏漏在所難免，或有漏列，尚祈大雅君子斧正。

附錄：台灣地區古典詩學碩博士論文：
1949～2006年一覽表

說明：

1、本表原爲國科會計畫案之一，由靜宜大學學生饒家維、呂尹甄於2000年編製1949～1999年之學位論文；後由中興大學研究生陳怡安負責編製1999～2006年之學位論文。

2、本表以時代爲經，每一時代以詩家、題材、體裁、流派、詩論、其它類爲緯，冀能統其綱目。同類者，以時代先後爲序，跨時代者以時代先後爲序，若未標示時代者，置宏觀一類。跨類者以詩家爲主，次爲題材、體裁、流派、詩論爲排序。

3、「詩家」指以詩人爲主之研究；「題材」指主題、內容或以題材爲主；「體裁」指體類之研究，內含形式之聲韻、格律、用典、修辭、藝術形式等之研究。

4、「M」代表碩士論文，「D」代表博士論文。「年度」以國家圖書館碩博士網站所標示年爲主，至於六十年代有些作品未能檢索者，暫時存缺。

5、若有分類不當，或缺漏者，尚祈大雅君子惠正。

一、兩　漢

分類	論文名稱	作　者	指導教授	學校所別	年度
詩家	三曹詩賦考	朴貞玉	汪　中	台師國文 M	74
	三曹時代北地文士「惜時生命觀」研究──以建安七子與曹氏父子之詩歌為研究對象	丁威仁	王文進 尤雅姿	中興中文 M	87
	曹操樂府詩之研究	范德芬	李正治	南華文學 M	93
	曹植詩賦研究	吳明津	廖國棟	成大中文 M	83
	曹植詩歌與楚辭關係之研究	張忠智	陳怡良	成大中文 M	86
	曹丕及其詩文研究	王弘先	洪順隆	文化中文 M	88
	曹丕詩賦研究	金昭希	王國瓔	臺大中文 M	91
題材	漢魏怨詩研究	高莉芬	黃景進	政大中文 M	76
	建安詩人情感曲折研究	章黎文	王金凌	輔大中文 M	87
	漢鼓吹鐃歌十八曲研究	曾金城	曹淑娟	南華中文 M	88
	三國時代戰爭詩研究	張娣明	沈秋雄	師大國文 M	90
	漢魏詩歌中懷鄉意識的研究	張瑞蘭	呂光華	彰師國文 M	91
	建安詩歌之題材類型研究	張麗敏	朱雅琪	文化中文 M	91
	古詩十九首抒情美學研究	郭姿秀	沈耿志堅	南華文學 M	91
	漢魏思婦詩研究	崔恩亨	邱燮友	師大國文 M	92
	建安詩文中反映的社會現象	彭昱萱	傅錫壬	淡江中文 M	89
	樂府詩中採桑與採蓮之研究	高靜宜	羅宗濤	玄奘中文 M	94
	漢代樂府歌辭新探：從娛樂與表演角度出發的研究	林宏安	施逢雨	清大中文 D	91
體裁	漢代樂府詩研究	鄭開道	李漁叔	文化中文 M	60
	漢魏六朝樂府研究	陳義成		輔大中文 M	62
	漢代文人樂府研究	沈志方	邱燮友	東海中文 M	69
	漢魏敘事詩研究	林彩淑	金榮華	文化中文 M	87
	〈悲憤詩〉與〈孔雀東南飛〉之研究	方定君	沈　謙	玄奘中文 M	92
	《古詩十九首》修辭藝術探究	王莉莉	沈　謙	玄奘中文 M	92
	《古詩十九首》語言藝術言研究	陳瑩珠	耿志堅	彰師國文 M	94
詩論	漢代詩教理論之重新探討	顏淑華	李正治	南華文學 M	89

二、魏晉六朝

分類	論文名稱	作　者	指導教授	學校所別	年度
	時空情境中自我影像——以阮籍、陸機、陶淵明詩爲例	李清筠	陳滿銘	台師國文 D	87
	從詠懷詩意象探索阮籍的生命情調	陳思穎	林文欽	高師國文 M	89
	張華詩歌研究	李子煌	席涵靜	文化中文 M	93
	太康英彦—三張詩文研究	張嘉珊	王次澄	中央中文 M	94
	孤弱的悲慨：陸機詩歌研究	陳恬儀	王金凌	輔仁中文 M	84
	陸機及其詩賦研究	王秋傑	林文月	台大中文 M	81
	陸機詩研究	陳玉惠	徐信義	高師國文 M	75
	陸機詩歌中的時間推移意識	吳娟萍	彭錦堂	東海中文 M	90
	潘岳及其詩文研究	陳淑美	洪順隆	文化中文 M	85
	郭璞之詩賦研究	陳秀美	王仁鈞	淡江中文 M	81
	郭璞遊仙詩研究	陳子梅	林文欽	高師國文 M	94
詩家	陶淵明及其詩的探源和分析	王貴苓	王叔岷	台大中文 M	48
	陶詩之地位與影響研究	高大鵬		東吳中文 M	67
	陶淵明詩承襲之探析	崔年均	林文月	台大中文 M	75
	陶淵明與李穡詩之比較研究——以隱逸思想爲中心	宋政憲	汪　中	台師中文 D	73
	陶淵明詩對朝鮮詩歌影響之研究	金周淳	王熙元	台師中文 D	73
	陶謝詩韻與廣韻之比較	竺鳳來	林　尹	政大中文 M	57
	陶淵明詩修辭探究	劉金菊	沈　謙	玄奘中文 M	92
	人與自然的對話——陶詩自然意象研究	鄭淳云	李清筠	師大國文 M	94
	陶詩中的生命層境與藝術風格	陳麗足	李清筠	師大國文 M	93
	陶淵明、謝靈運思想與詩風較論	黃菁芬	傅武光	師大國文 M	95
	顏延之及其詩文研究	黃水雲	洪順隆	文化中文 M	77
	謝靈運山水詩研究	王來福	趙滋蕃	東海中文 M	69

	謝靈運詩用典考論	李光哲	林文月	台大中文 M	75
	謝靈運的政治生涯與其山水詩的關係	吳若梅	施逢雨	清大中文 M	81
	謝靈運山水詩之研究	陳美足	邱燮友	玄奘中文 M	91
	謝靈運詩修辭探究	葛建國	沈　謙	玄奘中文 M	92
	謝靈運山水詩與其三教安頓思考研究	陶玉璞	蔡英俊	清大中文 D	94
	謝靈運與鮑照山水詩研究	李海元	呂　凱	政大中文 M	75
	大小謝詩研究	林嵩山	成惕軒	政大中文 M	63
	大小謝詩之比較	朱雅琪	齊益壽	台大中文 M	81
	鮑照詩研究	金惠峰	邱燮友	台師國文 M	71
	鮑照樂府詩研究	陳慶和	沈　謙	東海中文 M	83
詩家	悲情的孤憤——鮑照詩文情感研究	黃捷榕	王金凌	輔大中文 M	89
	鮑照〈代言詩〉研究	張彗冠	胡仲權	南華文學 M	90
	謝朓山水詩研究	鄭義雨	汪　中	東海史文 M	83
	謝玄暉詩研究	郭德根	齊益壽	台大中文 M	74
	江淹詩歌研究	范玉君	王國瓔	臺大中文 M	92
	梁武帝蕭衍與梁代文風之研究	王若嫻	王更生	文化中文 D	93
	蕭綱詩歌研究	沈凡玉	王國瓔	台大中文 M	89
	三蕭宮體詩之研究	李曉雯	邱燮友	師大國文 M	94
	吳均詩研究	尹慶美	邱燮友	東吳中文 M	78
	徐陵及其詩文研究	劉家烘	葉慶炳　包根弟	輔仁中文 M	83
	何遜詩歌研究	涂佩鈴	王國瓔	台大中文 M	88
	庾信詩研究	邱淑珍	李立信	東海中文 M	79
	庾信〈擬詠懷詩〉研究	陳位王	李正治	南華文學 M	92
	庾信詩探析	劉　俞	沈秋雄	師大國文 M	92
	傅玄及其詩文研究	王繪絜	洪順隆	文化中文 M	84

	魏晉遊仙詩研究	康 萍	葉慶炳	輔大中文 M	65
	魏晉隱逸詩研究	沈禹英	呂 凱	政大中文 M	73
	魏晉飲酒詩探析	金南喜	林文月	台大中文 M	73
	魏晉詠史詩研究	黃雅歆	葉慶炳	台大中文 M	78
	魏晉交誼詩類的研究	金南喜	林文月	台大中文 D	81
	魏晉詩歌悲怨意識之研究	王銘惠	羅宗濤	華梵中文 M	87
	東晉玄言詩研究	林蔚蓉	林顯庭	東海中文 M	86
	六朝詠懷組詩研究	李正治	邱燮友	台師國文 M	69
	六朝宮體詩研究	黃婷婷	邱燮友	台師國文 M	72
	六朝遊仙詩研究	張鈞莉	林文月	台大中文 M	75
	六朝哀挽詩研究	吳炳輝	黃景進	政大中文 M	79
	六朝詩學研究	李瑞騰	黃永武	文化中文 M	67
	六朝詩發展述論	劉漢初	張 敬 葉慶炳	台大中文 D	73
	六朝隱逸詩研究	沈禹英	呂 凱	政大中文 D	81
題材	六朝抒情詩研究	羅吉希	洪順隆	文化中文 M	83
	六朝行旅詩之研究	陳晉卿	王文進	淡江中文 M	84
	六朝詩歌中的「女性書寫」	張紫君	鄭毓瑜	輔大中文 M	87
	六朝服食風氣與詩歌	顏進雄	洪順隆	文化中文 M	80
	六朝僧侶詩研究	羅文玲	李立信 蔡榮婷	東海中文 D	90
	六朝詩歌中之佛教風貌研究	王延蕙	洪順隆	文化中文 M	88
	六朝詩歌中所呈現《莊子》思想之考察	陳雅眞	李時銘	逢甲中文 M	90
	六朝樂府詩之題材類型研究	林育翠	廖一瑾	文化中文 M	90
	南北朝山水詩研究	宮菊芳	葉慶炳	輔大中文 M	65
	南朝詩研究	王次澄	鄭 騫	東吳中文 D	71
	北朝詩歌的邊族風采	許旭文	林恩顯	政大邊政 M	77
	東晉玄言詩研究	林蔚蓉	林顯庭	東海中文 M	86
	論六朝詩中巧構形似之言	王文進	葉慶炳	台師國文 M	67
	論晉詩之個性與社會性	錢佩文	葉慶炳	台師國文 M	74

題材	荊雍地帶與南朝詩歌關係之研究	王文進	林文月	台大中文 D	76
	《文選》選詩研究	楊淑華	邱燮友	台師國文 M	81
	文選贈答詩類的流變研究	江雅玲	王文進	淡江中文 M	86
	「選詩」之山水體類研究	孫淑芳	游志誠	中央中文 M	82
	齊梁詠物詩與詠物賦之比較研究	李玉玲	羅宗濤 廖國棟	高師國文 M	79
	梁末屬北文士詩賦作品研究	盧宜安	邱燮友	台師國文 M	86
	魏晉南北朝道教經典中詩歌史料析論—以上清經派與靈寶經派爲中心的考察	林帥月	李豐楙	東吳中文 M	89
	「齊梁新變詩風」的發展歷程	陳啓仁	許東海	中正中文 M	88
	從詠懷詩意象探索阮籍的生命情調	陳思穎	林文欽	高師國文 M	89
	晉宋山水詩研究	張滿足	張子良	師大國文 D	88
	六朝物色觀研究——從「感物」到「體物」的詩歌發展	江明玲	簡宗梧	政大中文 M	89
	元嘉登臨詩之時空研究	楊芮芳	朱雅琪	文化中文 M	90
	六朝僧侶詩研究	羅文玲	李立信 蔡榮婷	東海中文 D	90
	六朝詩歌批評與人物評鑑之關係	許玉純	李正治	南華文學 M	91
	南朝詩歌中柳意象研究	蔡碧芳	呂光華	彰師國文 M	91
	六朝悲美詩風研究	田秀鳳	潘麗珠	師大國文 M	92
	魏晉南北朝五言詩擬作現象研究	徐千雯	廖美玉	成大中文 M	90
	魏晉六朝擬古詩研究	馮秀娟	王國瓔	臺大中文 M	91
	魏晉詩歌中的懷歸意識	沈芳如	王國瓔	臺大中文 M	93
	魏晉南北朝文人挽歌研究	馮棋楠	王瓊玲	中正中文 M	93
	魏晉詠懷組詩研究	黎慧慧	江聰平	高師國文 M	93
	魏晉南北朝詠俠詩研究	吳采蓓	王國瓔	臺大中文 M	93
	魏晉〈雜詩〉研究	廖玉華	呂光華	彰師國文 M	94
	《文選》五臣注詩之比興思維	鄭婷尹	張蓓蓓	臺大中文 M	94

	兩晉五言詩研究	王次澄	鄭騫	東吳中文 M	65
	魏晉四言詩研究	崔宇錫	王國瓔	台大中文 M	88
	魏晉詩歌賦化現象之研究	賴貞蓉	齊益壽	台大中文 M	85
	六朝賦「詩化」現象研究	陳英絲	李立信	逢甲中文 M	87
	魏至西晉賦之詩化現象研究	蘇怡如	齊益壽	台大中文 M	88
	南朝詩歌與佛教關係之研究	羅文玲	李立信	東海中文 M	84
	南北朝樂府詩研究	周誠明	李漁叔	文化中文 M	60
體裁	南北朝至初唐五音律詩格律形成之研究	向麗頻	簡錦松	中山中文 M	83
	六朝漢譯佛典偈訟與詩歌之研究	王晴慧	李立信	靜宜中文 M	87
	六朝詩賦合流現象之新探	祁立峰	簡宗梧	政大中文 M	94
	六朝詩歌聲律理論研究——以《文心雕龍·聲律篇》為討論中心	方柏琪	張蓓蓓	臺大中文 M	93
	元嘉詩人用典研究	高莉芬	羅宗濤	政大中文 D	81
詩論	劉勰鍾嶸論詩歧見析論	陳端端	葉慶炳	輔大中文 M	61
	六朝詩評中的形象批評	廖棟樑	葉慶炳	輔大中文 M	71
	劉勰與鍾嶸的詩論比較研究	朴泰德	王更生 蔡宗陽	台師國文 D	84
	鍾嶸《詩品》評詩標準的研究	朱碧君	金榮華	文化中文 M	84

三、隋唐五代

分類	論文名稱	作 者	指導教授	學校所別	年度
	王績及其詩文研究	趙麗莎	李建崑	中興中文 M	84
	王梵志詩研究	朱鳳玉	潘重規	文化中文 D	73
詩家	王梵志詩用韻考及其與敦煌變文用韻之比較	盧順點	周法高	東海中文 M	78
	寒山子其人及其詩之箋注與校定	卓安琪	李漁叔	文化中文 M	60
	寒山詩研究	沈美玉	潘重規	文化中文 M	66

詩家	寒山詩及其版本之研究	朴魯玹	黃志民	政大中文 M	75
	寒山子詩語法研究	趙芳藝	周法高	東海中文 M	77
	寒山其人及其詩研究	李鮮熙	羅宗濤	東吳中文 D	81
	寒山子資料考辨	葉珠紅	李建崑	中興中文 M	91
	初唐四傑詩用韻考	陳素貞		輔大中文 M	60
	初唐四傑邊塞詩研究	蔡淑月	張簡坤明	彰師國文 M	87
	王勃詩賦研究	陳錦文	金榮華	文化中文 M	79
	陳子昂及其感遇詩之研究	劉遠智	朱守亮	政大中文 M	66
	陳子昂〈感遇詩〉語言風格研究	徐敏綺	葉鍵得	北教應語 M	94
	陳子昂感遇詩研究	李圓美	柯金虎	玄奘中文 M	94
	李白詩研究	吳興昌	鄭騫	台大中文 M	62
	李白及其詩之版本	唐明敏	高明	政大中文 M	64
	李白詩用韻之研究	林慶盛	陳新雄	東吳中文 M	74
	李太白詩探源	莊美芳	羅宗濤	東吳中文 M	75
	李白樂府詩之研究	張榮基	邱燮友	東吳中文 M	75
	李白詠物詩研究	陳麗娜	沈謙	東吳中文 M	75
	李白詩中神話運用之研究——以仙道神化爲主體	楊文雀	李豐楙	輔大中文 M	79
	太白歌詩中人物形象析論	李淑媛	方瑜	台大中文 M	81
	李白游俠詩研究	卓曼菁	邱燮友	台師國文 M	83
	李白山水詩研究	陳敏祥	林文欽	高師國文 M	89
	李白安史之亂期間詩作研究	顏鸝慧	羅宗濤	政大中文 M	82
	李白詩歌中植物意象研究	孫鐵吾	邱燮友	台師國文 M	86
	李白詩歌感時傷逝情懷研究	楊靜宜	謝海平 蔡榮婷	中正中文 M	87
	李杜詩歌之歷史人物形象探討	葉勵儀	羅宗濤	東海中文 M	87
	李白五古詩中的仙道語言析論	陳怡秀	周益忠	彰師國文 M	89
	李白山水詩研究	陳敏祥	林文欽	高師國文 M	89
	李白樂府詩研究	賴昭君	李建崑	靜宜中文 M	90

	李白詩歌月亮意象研究	沈木生	鄭志明	南華文學 M	90
	李白詠月詩研究	沈慧玲	文幸福	玄奘中文 M	95
	李白樂府詩中的「文學性」	何騏竹	李正治	南華文學 M	90
	李白詩作之旅遊心理析論—以揚州系列的傳記論述為例	徐圓貞	葉源鎰	南華旅管 M	90
	李白飲酒詩研究	陳懷心	蔡振念	中山中文 M	91
	李白飲酒詩研究	余瑞如	周益忠	彰師國文 M	91
	李白樂府詩色彩之研究	黃麗容	邱燮友	文化中文 D	92
	李白思想及其詩歌藝術研究	黃碧雲	依空法師	南華文學 M	92
	李白酒詩修辭技巧研究	林永煌	江惜美	銘傳中文 M	93
	論李白遊仙詩的文化心理與主題內容	洪啓智	盧明瑜	中央中文 M	94
	李白詩研究	陳敏介	陳慶煌	東吳中文 D	94
	吳融生平及其詩作研究	胡雅嵐	謝海平	逢甲中文 M	92
	吳筠道教詩研究	林海永	鄭志明	南華文學 M	91
詩家	王維詩研究	徐賢德	汪　中	文化中文 M	62
	詩佛王維之研究	林桂香	李豐楙	政大中文 M	72
	王維詩歌的抒情藝術成就	朱我芯	李立信	東海中文 M	76
	王維禪詩研究	杜昭瑩	葉慶炳	輔大中文 M	81
	論園林詩畫意境與詩意空間之塑造——以王維輞川園為例	許富居	張俊彥	逢甲建築 M	82
	王維詩中禪意境之研究	王詠雪	方　瑜	台大中文 M	86
	王維禪詩創作技巧與藝術風格之研究	彭政德	邱燮友	玄奘中文 M	89
	王維五言律詩之研究	陳健順	席涵靜	文化中文 M	93
	王維禪詩創作技巧與藝術風格之研究	彭政德	邱燮友	玄奘中文 M	89
	王維詩中的終極關懷類型	陳昭伶	羅宗濤	玄奘中文 M	92
	王維山水詩之研究	黃偉正	李孟晉	玄奘中文 M	93
	王維山水詩句的美學鑑賞及研究	李及文	耿志堅	彰師國文 M	93

	王維的禪意世界	陳振盛	皮述民	文化史學 D	93
	王維詩研究	林柏儀	江聰平	高師國文 M	94
	孟浩然及其詩研究	蔡玲婉	何淑貞	高師國文 M	85
	盛唐邊塞詩人岑參之研究	孫述山		輔大中文 M	60
	岑參邊塞詩研究	陳鴻圖	席涵靜	文化中文 M	91
	岑參邊塞詩研究	陳秀端	沈秋雄	臺師國文 M	70
	敦煌寫本高適詩研究	施淑婷	黃永武	成大歷語 M	76
	高適及其詩歌研究	徐義龍	李建崑	中興中國 M	91
	高適七言古詩語言風格研究	洪雅惠	葉鍵得	北市師應語 M	92
	王昌齡詩論研究	陳必正	王金凌	輔大中文 M	80
	王昌齡及其詩歌研究	紀佳惠	李立信	東海中文 M	84
	王昌齡五言古詩的音韻風格	湯慧麗	竺家寧	北教應語 M	94
	張若虛及其春江花月夜	柴非凡		輔大中文 M	64
	張曲江詩集校注	司仲敖		文化中文 M	61
詩家	張九齡詩研究	徐賢德	汪　中	文化中文 M	62
	曲江詩「儒境」研究	陳乃宙	古清美	台大中文 M	82
	唐代曲江詩空間意涵研究	余淑娟	方　瑜	台大中文 M	87
	杜甫詩史研究	李道顯	林　尹 王靜芝	文化中文 D	62
	杜甫詩律探微	陳文華	汪　中	台師國文 M	66
	杜甫詠懷古跡五首集說	區靜飛		文化中文 M	64
	杜甫連章詩研究	廖美玉	柳作梅	東海中文 M	68
	杜甫寫實諷論詩歌研究	金龍雲	羅聯添	台師國文 M	71
	杜甫夔州詩研究	許應華	汪　中	台師國文 M	71
	杜甫詠物詩研究	簡恩定	張夢機	東海中文 M	72
	杜甫古風格律研究	李立信	鄭　騫	東吳中文 M	72
	杜詩修辭藝術之探究	林春蘭	沈　謙	高師國文 M	73
	論杜詩沉鬱頓挫之風格	蕭麗華	張夢機	台師中文 M	74
	杜詩戰爭思想研究	陳菁瑩	張夢機	東吳中文 M	74

	杜甫長安期之詩研究	鄭元準	張仁青	高師國文 M	74
	杜甫律詩研究	徐鳳城	李殿魁	台師國文 M	74
	杜甫秦州詩研究	方秋停	汪　中	東海中文 M	77
	杜甫題畫詩研究	楊國蘭	陳文華	中央中文 M	78
	杜甫成都期詩歌研究	林瑛瑛	包根弟	輔大中文 M	79
	杜甫詩之意象研究	歐麗娟	方　瑜	台大中文 M	79
	杜甫七律詩句中「虛詞」運用之探究	朱梅韶	王仁鈞	淡江中文 M	82
	杜甫詩追憶主題研究	許銘全	方　瑜	台大中文 M	85
	杜甫晚期詩作之精神動向——以夔州詩為歸趨之探究	朱伊雯	鍾慧玲	東海中文 M	85
	杜甫巴蜀詩「生活」題材研究	李欣錫	陳文華 沈秋雄 蕭麗華	台師國文 M	87
詩家	韓國詩畫中有關杜甫及其作品之研究	全英蘭	李　鍌	台師國文 D	77
	杜甫山水紀游詩研究	林雅韻	包根弟	輔仁中文 M	90
	杜甫荊湘詩初探	洪素香	張仁青	中山中文 M	91
	杜詩鏡銓引正史考	黃書益	沈　謙	玄奘中文 M	92
	從語境探索杜詩教學	江曉慧	丁履譔	高師國文 M	92
	杜甫題畫詩之審美觀研究	李百容	陳文華	師大國文 M	92
	杜甫〈三吏〉〈三別〉詩研究	王淑英	席涵靜	文化中文 M	93
	杜甫詩中之意志與命運衝突研究——以意象為核心之探討	王正利	方　瑜	臺大中文 M	93
	杜甫題畫詩辨析	王　嵩	羅宗濤	玄奘中文 M	94
	杜甫樂府詩研究	陳宣諭	邱燮友	師大國文 M	94
	杜甫五律登臨詩篇章結構探析	廖惠美	陳滿銘	師大國文 M	94
	詩歌聲律之資訊化探索——以杜甫五律為試驗	張艾茹	許清雲	東吳中文 M	94
	韋應物詩研究	盧明瑜	方　瑜	台大中文 M	78
	韋蘇州及其詩之研究	崔成宗	成惕軒	台師國文 M	69

	韋應物的山水詩研究	許緗瑩	林文欽	高師國文 M	88
	韋應物及其詩之研究	趙夏霜	李建崑	靜宜中文 M	90
	劉長卿及其詩	劉美珠	葉慶炳	輔大中文 M	71
	柳宗元及其詩研究	藍百川	李建崑	中興中文 M	87
	柳宗元永州詩研究	曾宿娟	沈秋雄	師大國文 M	94
	元稹及其詩研究	呂惠貞	羅聯添	台大中文 M	81
	元稹詩文用韻考	廖湘美	林炯陽	東吳中文 M	81
	元白詩韻考	蕭永雄	陳新雄	文化中文 M	62
	元白比較研究	呂正惠	台靜農	台大中文 M	63
	白居易及其詩對日本文學之影響	矢野光治	黃得時	台大中文 M	59
	白詩研究	黃亦眞	汪　中	文化中文 M	66
	白居易諷諭詩研究	余炳禮	邱燮友	台師國文 M	70
	白居易詩與釋道之關係	韓庭銀	成惕軒 蕭霽虹	政大中文 M	73
詩家	白居易詩研究	余炳禮	尤信雄	台師國文 D	76
	白居易敘事詩研究	林明珠	張夢機	東吳中文 M	78
	白居易敘事詩研究	邱曉淳	林文欽	高師國文 M	89
	白居易詩探析	林明珠	柯慶明	東吳中文 D	85
	白居易詩文用韻考及其與唐代西北方音之比較	陳美霞	林炯陽	輔大中文 M	84
	白居易生命歷程對詩風影響之研究	陳家煌	簡錦松	中山中文 M	87
	白居易詩歌中的陶淵明風範	蔣淨玉	許東海	中正中文 M	90
	白居易詩集中季節詩研究	沈芬好	耿志堅	南華文學 M	91
	白居易諷諭詩的創作理論與修辭實踐	蔡淑梓	沈　謙	玄奘中文 M	92
	白居易詩歌之歷史人物形象探討	何享憫	羅宗濤	玄奘中文 M	92
	白居易「閒適」詩研究——以「情性」爲考察基點	蔡叔珍	廖美玉	成功中文 M	92
	白居易詩歌及樂舞研究	蔡霓眞	席涵靜	文化中文 M	93

	白居易詩中的衣食雅趣	簡意文	蔡根祥	高師國文 M	94
	白居易禪詩研究	莊美綏	釋依空	高師國文 M	94
	白居易新樂府詩語言藝術研究	蕭雅蓮	耿志堅	彰師國文 M	94
	白居易敘事詩美學研究——以諷諭詩、感傷詩為主	侯配晴	江惜美	北教應語 M	94
	張籍、王建社會詩研究	金卿東	羅聯添	台大中文 M	78
	張籍及其樂府詩研究	巫淑寧	李建崑	中興中文 M	85
	張籍樂府詩研究	陳秀文	王國瓔	台大中文 M	87
	張籍詩呈現之唐代社會風情研究	謝慧美	李建崑	中興中文 M	92
	王建詩歌研究	謝明輝	李建崑	東海中文 M	91
	劉夢得研究	張長台	邱燮友	東吳中文 M	69
	劉禹錫及其詩研究	楊秋生	黃永武	高師國文 M	70
	劉禹錫詩歌創作與政治遭遇關係之研究	鍾曉峰	呂正惠	清華中文 M	93
詩家	顧況及其詩研究	塗佳儒	張簡坤明	靜宜中文 M	94
	李益及其詩研究——符號學式之詮釋	黃奕珍	張雙英	政大中文 M	76
	大曆二家詩研究——以盧綸、李益為探討對象	陳姿羽	邱燮友	台師國文 M	86
	姚合及其詩研究	徐玉美	羅聯添	台師中文 M	74
	姚合詩研究	蔡柏盈	施逢雨	清華中文 M	89
	姚合詩及其《極玄集》研究	簡貴雀	羅宗濤	高師國文 D	89
	錢起詩研究	陳玉妮	張簡坤明	靜宜中文 M	94
	權德輿生平及其詩歌研究	許恬怡	謝海平	中正中文 M	90
	韓愈生平及其詩之研究	吳達芸	臺靜農	台大中文 M	61
	韓愈詩觀及其詩	張慧蓮	葉慶炳	輔大中文 M	66
	韓愈詩研究	高八美	汪 中	台師國文 D	74
	韓門詩家論評	吳 車		輔大中文 M	62
	韓愈詩探析	李建崑	邱燮友	台師國文 D	80

	韓愈詩美學研究	黃舜彬	柯慶明	臺師國文 N	92
	韓愈古體詩之音韻風格	陳穩如	竺家寧	北市師應語 M	92
	韓愈詩修辭藝術探究	陳顯頌	李建崑	中興中文 M	93
	孟郊奇險詩風研究	施寬文	張夢機 簡恩定	中央中文 M	82
	孟郊詩歌研究	張惠珍	李建崑	靜宜中文 M	88
	孟郊、韓愈奇險詩風比較	王麗雅	黃景進	輔大中文 M	84
	從孟郊詩探究其人格	林德威	簡恩定	政大中文 M	88
	賈島詩研究	鄭紀真	張夢機	台師國文 M	80
	推敲詩人─賈島詩藝探索	顏寶秀	李建崑	中興中文 M	92
	武元衡詩研究	鄭雅芬	羅宗濤	中興中文 M	85
	李賀詩析論	李恆敬	楊成祖	台大中文 M	68
	李賀詩文學世界研究	洪在玄	王夢鷗	輔仁中文 M	73
	李賀詩風格之構成與表現	楊雪嬰	顏崑陽	高師國文	78
詩家	李賀詩之語言風格研究──從詞彙與句型結構分析	張靜宜	竺家寧	淡江中文 M	84
	從現代語義學看李賀詩歌之語義研究	林庸鎮	周世箴	東海中文 M	84
	李賀詩在中唐詩歌史上的地位特色及影響	張康淳	李志超	文化中文 M	87
	李賀詩神話題材研究	楊淑美	陳文華	臺師國文 M	91
	李賀詩中神話思維現象研究	陳怡君	李正治	南華文學 M	92
	李賀詩意象研究	鍾達華	賴麗蓉	南華文學 M	93
	鄭谷及其詩研究	蔡旻真	李建崑	中興中文 M	88
	杜牧生平及其詩之析論	邱柳漫	臺靜農	台大中文 M	63
	杜牧研究	謝錦桂毓		輔大中文 M	64
	杜牧詩研究	徐錫國	張夢機 尤信雄	東海中文 M	74
	樊川詩的詞彙和語法──從語言風格學探索	李美玲	竺家寧	中興中國 M	90
	杜牧詩藝術情境之研究	許惠華	耿志堅	南華文學 M	91

	杜牧詩用典研究	張雅惠	潘麗珠	台師國文 M	92
	杜牧詩中唐代之「女性形象」研究	曾宗宇	陳文華	南華文學 M	91
	杜牧七言律詩語言風格研究——以音韻和詞彙爲範圍	張嘉玲	葉鍵得	北市師應語 M	92
	杜牧之詩研究	高溥懋	楊文雄	成功中文 M	93
	杜牧詠史詩研究	周宜梅	沈秋雄	台師國文 M	93
	張祐詩研究	陳怡秀	羅宗濤	政大中文 M	84
	薛濤及其詩研究	蘇珊玉	何淑貞	高師國文 M	82
	李群玉詩集校注	黃尙信		文化中文 M	61
	李義山詩研究	張淑香	臺靜農	台大中文 M	62
	李義山詩意象研究	朴柱邦	羅宗濤	政大中文 M	67
	李商隱及其詩研究	朴仁成	沈秋雄	台師國文 M	73
	李商隱詩「不圓滿」情境研究	方復華	蔡英俊	清大國文 M	83
詩家	李商隱七言律詩之詞彙風格研究	羅娓淑	竺家寧	淡江中文 M	83
	李商隱詠物詩研究	曾淑巖	張仁青	中山中文 M	86
	李商隱詩中神話運用之研究——以神仙道化爲主體	徐玉舒	李豐楙	東吳中文 M	87
	李商隱與花間集詞關係研究	李宜學	簡錦松	中山中文 M	88
	李商隱詩用典析疑	吳榮富	梁　冰	成功中文 D	90
	李商隱詩歌「女性敘寫」之研究	吳品蓍	鄭文惠	臺師國文 M	90
	李商隱十八首無題詩詮釋策略之研究	劉盟潭	黃盛雄	中院語教 M	93
	李商隱與令狐氏關係考—兼論相關詩文及史事	黃勝雄	蔡振念	中山中文 M	93
	論牛李黨爭與李商隱政治詩的關係	楊儀君	王隆升	華梵東方人文思想 M	93
	李商隱牡丹詩之研究	張麗琴	李霖生	玄奘中文 M	94
	「漢字詩歌」對設計創造力之影響研究——以晚唐詩人「李商隱」作品爲例	林美玲	唐玄輝	長庚工業設計 M	94

詩家	李賀、李商隱「設色穠麗」的詩歌色彩析論	蔡宇蕙	廖美玉	成功中文 M	92
	李義山詩神話題材研究	陳淑媛	沈秋雄	臺師國文 M	92
	李賀與李商隱詩歌中的通感表現手法研究	趙路得	張雙英 高大彭 呂正惠	東吳中國 M	94
	主體意識的情志抒寫──韋莊詩詞關係研究	林淑華	黃文吉	彰師國文 M	91
	羅隱及其詩研究	黃致遠	李德超	文化中文 M	92
	羅隱詠史詩時空審美研究	劉桂芳	黃惠菁	屏院語教 M	93
	裴度交往詩研究	陳玉雪	羅宗濤	中興中文 M	84
	溫庭筠詩研究	楊　玖		東海中文 M	62
	溫庭筠詩詞中感覺之表現	李恩禧	羅宗濤	政大中文 M	80
	溫庭筠詩之語言風格研究──從顏色字的使用及其詩句結構分析	許瑞玲	竺家寧	成大中文 M	81
	溫庭筠及其詩歌研究	李淑芬	黃啟方	台大中文 M	88
	韓偓詩新探	蔡靖文	張仁青	中山中文 M	86
	韓偓及其詩研究	蘇麗卿	陳文華	台師國文 M	83
	鄭谷交往詩研究	金秀美	羅宗濤	政大中文 M	83
	皮日休陸龜蒙唱和詩研究	陳立台	李雲漢 閻沁恆	台大中文 M	69
	皮日休詩歌研究	王盈芬	李立信	中正中文 M	81
	三李神話詩歌之探討	盧明瑜	方　瑜	台大中文 D	87
	許渾詩研究	孫方琴	羅宗濤	政大中文 M	74
	許渾及其律詩用典研究	許雯喻	周益忠	彰師國文 M	94
	司空圖詩論研究	吳忠華	王熙元	文化中文 M	74
	司空圖詩品運用莊子思想之研究	閔丙三	黃錦鋐	台師中文 D	79
	李頎及其詩研究	陳登山	尉素秋	東海中文 M	71
	元次山之生平及其文學	李建崑	王禮卿	東海中文 M	69

	張說與其詩	大井紀子	王靜芝	輔仁中文 M	76
詩家	皎然詩論之研究	鍾慧玲	朱守亮	政大中文 M	64
	皎然詩研究	王家琪	李建崑	中興中文 M	88
	李冶、薛濤、魚玄機詩歌研究	朱銘貞	簡貴雀	屏院國教 M	90
	唐代女冠詩人魚玄機研究	黃選郿	李正治	南華文學 M	93
題材	隋詩研究	徐國能	李立信	東海中文 M	86
	唐代敘事詩研究	梁榮源	臺靜農	台大中文 M	61
	中國敘事詩的傳承研究以唐代敘事詩為主	田寶玉	楊昌年	台大中文 D	82
	唐詠物詩研究	盧先志	杜松柏	東吳中文 M	74
	唐代論草書詩研究	許擇文	莊耀郎	台師國文 M	88
	唐人詠花詩研究——以全唐詩為範圍	陳聖萌	羅宗濤 黃志民	政大中文 M	71
	唐代詠花詩研究	張琪蒼	羅宗濤	中興中文 M	84
	唐代詠月詩研究	梁淑媛	包根弟	輔大中文 M	77
	唐代詠史詩之發展與特質	廖振富	張夢機	台師國文 M	78
	唐代詠安史之亂詩歌研究	劉黎卿	包根弟	輔大中文 M	78
	晚唐詠史詩研究	李宜涯	金榮華	文化中文 D	89
	唐代戰爭詩研究	洪 讚	羅宗濤	政大中文 D	74
	唐人題畫詩研究	許麗玲	羅宗濤	東吳中文 M	76
	唐代題畫詩研究	廖慧美	楊承祖	東海中文 M	79
	唐代題壁詩之研究	嚴紀華	羅宗濤	交大中文 D	83
	唐代登臨詩研究	王隆升	黃永武	台師國文 M	81
	唐代九日重陽詩歌研究	李秀靜	王三慶	交大中文 M	82
	唐代游俠詩歌研究	林香伶	羅宗濤	政大中文 M	82
	唐代俠詩歌/小說之行俠主題研究	揚碧樺	廖美玉	成功中文 M	89
	唐代閨閣詩歌研究	王雅資	李建崑	中興中文 M	88
	唐代飲酒詩研究	林淑桂	沈 謙	高師國文 M	73
	唐代宴飲詩研究	吳秋慧	羅宗濤	政大中文 D	88

	唐代琴詩研究	歐純純	羅宗濤	中興中文 M	87
	唐代古琴詩研究	周虹怜	包根弟	輔仁中文 M	88
	唐代詩歌之樂器音響研究	林恬慧	李時銘	逢甲中文 M	89
	唐代遊仙詩研究	顏進雄	洪順隆	交大中文 D	84
	唐代和詩研究	陳鍾琇	李立信	東海中文 M	89
	唐詩中的仙境傳說研究	吳淑玲	李豐楙	東海中文 M	75
	唐詩中月神話運用之研究	李艷梅	葉慶炳	輔大中文 M	77
	唐詩中日月神話考察及詮釋	劉月珠	傅錫壬	淡江中文 M	81
	唐詩中的樂園意識	歐麗娟	方 瑜	台大中文 D	85
	唐詩中「楊柳」意象之研究	張雅慧	歐陽炯	東吳中文 M	89
	唐詩中的「揚州」形象	李心怡	羅宗濤	政大中文 M	88
	全唐詩婦女詩歌之內容分析	嚴紀華	羅宗濤	政大中文 M	70
	唐人以漢代婦女爲主題詩歌之研究	黃美玉	謝海平	政大中文 M	77
題材	唐詩中的女性形象研究	李孟君	包根弟	輔大中文 M	80
	唐詩中的女冠	林雪鈴	鄭阿財	中正中文 M	89
	唐代閨怨詩研究	許翠雲	王熙元	台師國文 M	77
	唐詩中的兩性意象研究	李鎮如	張夢機	中央中文 M	86
	唐代夫妻懷贈詩與悼亡詩研究	杜麗香	葉慶炳	台師國文 M	79
	唐詩中夫婦情誼之研究	吳秋慧	羅宗濤	政大中文 M	78
	唐人家庭倫理詩之研究	吳月蕙	羅宗濤	文化中文 M	79
	唐代親情詩研究	許傑勝	洪順隆	交大中文 M	85
	唐代詠玄宗楊妃詩研究	李怡芬	包根弟	輔大中文 M	87
	唐代唯美詩之研究──以晚唐爲探討對象	朴柱邦	楊昌年	政大中文 D	75
	盛唐送別詩研究	蔡玲婉	何淑貞	高師國文 D	89
	盛唐詩與禪	姚儀敏	杜松柏	東吳中文 M	74
	唐代詩禪相互影響論	黃秀琴	張夢機	中央中文 M	86
	雁在唐詩中所呈現的意象研究	楊景綺	李立信	逢甲中文 M	85
	《全唐詩》中"射"之研究	陳錫遊	邱燮友	玄奘中文 M	89

	唐代詩人與佛教關係之研究兼論唐詩中的佛教語彙意象	蔡榮婷	羅宗濤 李豐楙	政大中文 D	81
	唐代詩歌與佛家思想（上）	黎金剛	歐陽鷟 汪 中	台師國文 M	69
	初唐詩意觀念與詩語理論研究	陳怡蓉	王金凌	輔大中文 M	80
	唐代詩論與畫論關係之研究僅以詩畫論之專著為研究對象	曹愉生	高 明 呂 凱	政大中文 D	80
	初唐宮廷詩內容探析——以君臣唱和詩為對象	吳元嘉	羅宗濤	中興中文 M	86
	唐代詩歌之樂器音響研究	林恬慧	李時銘	逢甲中文 M	89
	初唐前期詩的解讀——以詩人與唐太宗朝廷的切入點為主	陳猷青	李正治	淡江中文 M	86
	初唐前期詩歌研究	林于弘	包根弟	輔大中文 M	84
	初唐詩歌中季節之研究	凌欣欣	羅宗濤	交大中文 M	84
	盛唐田園詩研究	連素屬	蔡英俊	清大國文 M	82
題材	盛唐六大詩人干謁作品研究	吳玲珠	施逢雨	清大中文 M	85
	盛唐送別詩研究	蔡玲婉	何淑貞	高師國文 D	89
	盛唐詩時空意識研究	陳清俊	羅宗濤	台師國文 D	85
	中唐詩歌中之夢研究	莊惠綺	羅宗濤	政大中文 M	83
	中晚唐詩研究	馬楊萬運	鄭 騫	台大中文 D	63
	中唐佛理詩研究	楊曉玫	邱燮友	玄奘宗教 M	88
	《河嶽英靈集》選詩研究	柳惠英	王國瓔	台大中文 M	87
	晚唐詩歌中黃昏意象研究	黃大松	王文顏	政大中文 M	87
	晚唐三家詠史詩研究	潘志宏	呂正惠	清大國文 M	81
	晚唐諷刺詩研究	劉幸怡	廖美玉	成大中文 M	86
	晚唐詠史詩研究	李宜涯	金榮華	文化中文 D	89
	晚唐社會詩、風人體研究	曾進豐	邱燮友 楊昌年	台師國文 D	89
	唐詩廬山語彙所呈現的文化意涵	梁素惠	蔡榮婷	中正中文 M	90
	盛唐山水詩研究	李遠志	蔡崇名	高師國文 D	90

	唐詩中哲理思維之探析	鄭璇	李立信	東海中文 M	91
	唐詩中桃源意象之研究	吳賢妃	蔡榮婷	中正中文 M	91
	中唐樂舞詩研究	周曉蓮	邱燮友	文化中文 D	91
	全唐詩唐代婦女研究	謝淑如	柯金虎	玄奘中語 M	91
	唐代茶詩研究	林珍瑩	莊雅州	中正中文 D	91
	唐詩三百首之星象意象研究	邱永昌	劉明宗	屏院國教 M	91
	唐詩鶴意象研究	黃喬玲	羅宗濤	政治中文 M	91
	唐宋詩歌中的楊貴妃形象研究	吳世如	傅錫壬	淡江中文 M	90
	藩鎮與中唐文學	張玉芳	葉國良	臺大中文 D	91
	唐詩中女仙、道家女子之研究	關曼君	羅宗濤	東華中語 M	92
	晚唐五代詠史詩之美學意識	賴玉樹	邱燮友	文化中文 D	92
	《全唐詩》宮廷婦女形象研究	李映瑾	蔡榮婷	中正中文 M	92
	唐代婦女閨怨詩研究	曾莉莉	林文欽	高師國教 M	92
	《全唐詩》中之紅色色彩字與詞的表現研究	劉晏志	曾啓雄	雲科視覺傳達設計系 M	92
題材	詩歌諷諭傳統與唐代新樂府研究	朱我芯	李立信	東海中文 D	92
	中唐詩歌「由雅入俗」的美學意涵研究	莊蕙綺	羅宗濤	政大中文 D	93
	唐代詠舞詩感覺書寫研究	曾淑蓉	羅宗濤	玄奘中語 M	93
	唐詩婦女頭面妝飾研究	游琁安	羅宗濤	玄奘中語 M	93
	唐聲詩研究	陳鍾琇	李立信	東海中文 D	93
	唐代懷古詩研究	柳惠英	王國瓔	臺大中文 M	94
	唐代親子詩研究	吳燕珠	廖美玉	成大中文 M	94
	唐代「夢」詩研究	陳玟璇	廖美玉	成大中文 M	94
	晚唐詩中書寫"女性及男女情愛"主題之研究	簡恩民	黃志民	政大中文 D	94
	唐代科舉詩研究	劉巾英	李立信	嘉義中文 M	94
	唐代音樂詩研究	孫貴珠	邱燮友 李時銘	臺師國文 D	94
	唐代茶文化與茶詩	顏鸝慧	董金裕	輔仁中文 D	94
	晚唐五代敘事詩研究	游佳容	鄭阿財	中正中文 M	91

	隋代樂府詩研究	邱欣心	高莉芬	政大中文 M	91
	唐代樂府詩研究	張國相	舒衷正	東海中文 M	69
	盛唐樂府詩研究	金銀雅	羅宗濤 李豐楙	政大中文 D	78
	中唐樂府詩研究	張修蓉	羅宗濤 葉慶炳	政大中文 D	70
	初唐詩人用韻考	許燈城	陳新雄	文化中文 M	60
	唐代近體詩用韻之研究	耿志堅	陳新雄 黃永武	政大中文 D	72
體裁	詞體起源與唐聲詩關係之研究	陳枚秀	李立信	逢甲中文 M	88
	段安節樂府雜錄箋訂	洪惟助	盧元駿	政大中文 M	61
	晚唐律體詩用韻通轉之研究	李添福	陳新雄	輔大中文 M	69
	唐詩入唱研究	洪靜芳	方師鐸	東海中文 M	79
	九宮大成譜中唐聲詩研究	謝怡奕	邱燮友	東吳中文 M	73
	敦煌詩歌用韻研究	謝佩慈	孔仲溫	中山中文 M	87
	唐詩視覺意象的語言呈現——以顏色詞為分析對象	邱靖雅	曹逢甫	清大語言 M	87
	唐代和詩研究	陳鍾琇	李立信	東海中文 M	89
	五代詩用韻研究	何昆益	林慶勳	中山中文 M	90
	唐代邊塞詩研究	何寄澎	葉慶炳	台大中文 M	63
	盛唐邊塞詩的審美特質研究	蘇珊玉	何淑貞	高師中文 D	88
	盛唐王孟詩派美學研究	潘麗珠	邱燮友	台師國文 M	75
流派	盛唐山水田園詩研究	金勝心	邱燮友	台師國文 D	75
	元和詩人研究	呂正惠	台靜農	東吳中文 D	72
	唐代自然詩研究	李漢偉	龔顯宗	高師中文 M	74
	大曆詩人研究	王小琳	羅聯添	台大中文 M	74
詩論	從唐人詩文別集認識唐人律詩觀	洪如薇	李立信	東海中文 M	89
	孟棨《本事詩》研究	李昭鴻	陳妙如	文化中文 M	87

詩論	唐代意境觀詩論的起源與發展研究	鄭英志	李金星	東海中文 M	91
	《唐詩歸》之詩學觀研究	王曉晴	包根弟	輔仁中文 M	94
	唐代詩評中風格論之研究	黃美玲	王更生	台師國文 M	70
	現存唐人詩格著述初探	許清雲		東吳中文 M	67
	唐朝復古詩學研究	紀偉文	王熙元	台師國文 M	73
	唐詩演變之研究——唐詩近代化特質形成初探	高大鵬	王夢鷗 羅宗濤	政大中文 D	73
	唐人論唐詩研究	陳坤祥	潘重規	文化中文 D	74
	從「全唐詩」中六句詩看四句詩及八句詩之定體並附論六言詩	吳珍玉	方師鐸	東海中文 M	78
	從唐人詩文別集認識唐人律詩觀	洪如薇	李立信	東海中文 M	89
	唐詩雄渾風格之研究	何修仁	張夢機	中央中文 M	78
	唐詩形成的研究	方　瑜	臺靜農	台大中文 M	59
	唐代文人的園林生活——以全唐詩人（文）的呈現爲主	侯迺慧	羅宗濤	政大中文 D	78
	全唐詩中胡漢關係之探討	戴國瑞	劉義棠	政大邊政 M	77
	今存十種唐人選唐詩考	呂光華	黃景進	政大中文 M	74
	唐詩中的罪與罰——唐代詩人貶謫心態與詩作研究	張玉芳	葉國良	台大中文 M	85
	敦煌陷番詩歌研究	周宏苙	林聰明	逢甲中文 M	87
	五代詩詞比較研究	李寶玲	羅宗濤	政大中文 M	78
	唐代詩僧的創作論研究：詩歌與佛教的綜合研究	彭雅玲	羅宗濤	政大中文 D	88
	唐詩所見游藝休閒活動之研究	陳正平	李立信	東海中文 D	94
	論唐代長安佛寺發展及其對詩歌之影響	李寶玲	李立信	東海中文 D	94
	楊貴妃在唐詩、唐史資料中之多重形象研究	李沛靜	施逢雨	清大中文 M	94

四、兩　宋

分類	論文名稱	作　者	指導教授	學校所別	年度
詩家	王禹偁及其詩	梁東淑	羅聯添	台大中文 M	61
	王禹偁詩研究	石淑蘭	陳維德	北院應語 M	91
	林和靖詩研究	林秀岩	金榮華	東吳中文 M	77
	梅堯臣詩論之研究	陳金現	黃啓方	台師國文 M	73
	蘇舜欽詩研究	崔成錫	黃啓方	台大中文 M	75
	蘇舜欽及其文學研究	張鴻文	李　李	文化中文 M	89
	歐陽修詩歌研究	謝佩芬	黃啓方	台大中文 M	79
	王安石詩研究	梁明雄	巴壺天	東海中文 M	64
	王安石詩研究	陳　錚	潘重規	東吳中文 D	81
	王荊公詩析論	李康馨	葉慶炳	台大中文 M	65
	王荊公詩探究	李燕新	于大成	高師中文 M	67
	王荊公金陵詩研究	劉正忠	張子良	高師中文 M	83
	王安石禪詩初探	洪雅文	何廣棪	華梵東方 M	89
	王荊公詠史詩研究	江珮慧	周益忠	彰師國文 M	93
	王荊公中晚年的心靈世界—以其詩為討論中心	石佩玉	黃盛雄	靜宜中文 M	94
	觀物與詩：邵雍觀物思想研究	施乃綺	祝平次	成大中文 M	92
	邵雍詩研究	許美敬	邱燮友	台師國文 M	86
	曾鞏詩研究——以「破體為詩」為例	丁慧娟	張高評	中山中文 M	84
	東坡瓊州詩研究	林採梅	張夢機	東吳中文 M	76
	蘇軾黃州詩研究	羅鳳珠	汪　中	台師國文 M	76
	蘇軾嶺南詩論析	劉昭明	汪　中	台師國文 M	77
	東坡生平及其嶺南詩研究	張尹炫	張高評	成大歷語 M	77
	蘇軾杭州詩研究	楊佩琪	沈秋雄	台師國文 M	87
	蘇軾題畫詩藝術技巧研究	戴伶娟	張高評	成大歷語 M	82
	蘇軾禪詩研究	朴永煥	張高評	成大歷史 M	80

	蘇軾詩學理論及其實踐	江惜美	陳新雄	東吳中文 D	79
	蘇軾詩詞中夢的研析	史國興	陳新雄	台師國文 D	85
	蘇軾「以賦爲詩」研究	鄭倖朱	張高評 廖國棟	成大中文 M	82
	蘇軾蘇轍兄弟唱和詩研究	廖志超	陳新雄	台師國文 M	86
	蘇軾和陶詩之比較研究	宋丘龍	王禮卿	東海中文 M	66
	蘇軾和陶詩研究	金汶洙	魏仲佑	東海中文 M	87
	蘇東坡和陶詩研究	黃蕙心	陳新雄	輔仁中文 M	89
	蘇軾詠花詩研究	陳貞俐	張子良	高師國文 M	89
	蘇軾嶺南詩研究	林淑惠	耿湘沅	政大中文 M	91
	蘇軾儋州詩研究	鄧瑞卿	沈秋雄	臺師國文 M	91
	蘇軾和陶詩的莊學思想	徐莉娟	周益忠	彰師國文 M	91
詩家	詩作風格知識庫之研究──以蘇軾近體詩爲例	楊哲青	曾憲雄	交大網路 M	92
	東坡詩譬喻修辭研究	盧韻琴	林文欽	高師國文 M	92
	東坡詩詞月意象研究	林聆慈	羅宗濤	政大中文 M	92
	蘇軾與黃庭堅詩論及其比較	廖鳳君	王建生	東海中文 M	92
	蘇軾送別詩研究	謝佳樺	鄭定國	雲科漢學 M	92
	東坡酒詩意象研究──以黃州、惠州、儋州詩作爲研究中心	廖怡甄	王隆升	華梵東方 M	93
	蘇東坡題畫詩之隱喻學	程碧珠	李霖生	玄奘中文 M	93
	蘇軾詩趣研究──以貶謫時期作品爲例	石一絢	簡添興	嘉義中文 M	93
	東坡詩文中的思想及其對生命教育的啓示	吳淑瑞	陳維德	明道教學 M	93
	蘇軾山水詩研究	謝迺西	王建生	東海中文 M	94
	蘇軾對唐代詩人的接受行爲研究	洪鳴谷	鄭文惠	政大中文 M	94
	蘇軾遊仙詩研究	陳雅娟	周益忠	彰師國文 M	94
	蘇軾黃庭堅之交游及其唱和詩研究	劉雅芳	陳新雄	臺師國文 M	89

	蘇轍詩歌之風格與價值	林秀珍	張高評	高師國文 D	91
	蘇過斜川集研究	楊景琦	張高評	文化中文 D	94
	秦觀貶謫詩研究	江文秀	廖宏昌	中山中文 M	93
	秦觀詩研究	呂玟靜	黃啓方 李偉泰	台大中文 M	86
	文同詩畫之研究	賴麗娟	張高評	成大歷語 M	77
	黃山谷詩研究	徐裕源	成惕軒 陳啓鳳	政大中文 M	73
	黃庭堅律詩的語言風格研究——以詞彙的運用現象爲例	吳幸樺	竺家寧 張高評	成大中文 M	84
	黃山谷詩與書法之研究	金炳基	汪　中	文化中文 D	76
	黃山谷的詩與詩論	李元貞	鄭　騫	台大中文 M	60
	黃庭堅詩論探微	王源娥	黃啓方	東吳中文 M	72
	蘇黃唱和詩研究	杜卉仙	陳新雄	東吳中文 M	85
	蘇軾與黃庭堅詩論異同之比較	林錦婷	黃景進	中央中文 M	82
詩家	黃山谷詩論與詩的教學	余純卿	蔡崇名	高師國文 M	90
	黃庭堅詠物詩研究	李英華	張高評	高師國文 M	90
	山谷及其詩歌教學研究	黃泓智	劉明宗	屏院國教 M	91
	宋代對黃庭堅詩法之接受研究	陳裕美	李正治	南華文學 M	92
	黃庭堅詩美學研究	張輝誠	龔鵬程	臺師國文 M	92
	黃庭堅論詩意見之研究	陳雋弘	王義良	高師國文 M	93
	黃庭堅晚期詩歌研究	黃銘鈺	崔成宗 林葉連	雲科漢學 M	94
	黃庭堅七言律詩音韻風格研究	黎采縈	竺家寧	政大國文 M	94
	黃庭堅題畫文學研究	馬君怡	李貞慧	清大中文 M	94
	陳與義詩歌研究	張天錫	施隆民	北院應語 M	90
	李清照詩詞箋釋	柳明熙		輔大中文 M	69
	李清照詩詞中的譬喻運作：認知角度的探討	林增文	周世箴	東海中文 M	94
	葉石林的詩論	金英淑	張　健	台大中文 M	68

	葉夢得之文學研究	高靜文	王熙元	高師國文 M	71
	朱熹詩歌之研究	蕭雅丹	包根弟	輔大中文 M	84
	朱子詩中的思想研究	申美子	何佑森	台大中文 D	73
	承擔與自在之間——從朱熹的詩歌論其生命態度的依違	林佳蓉	黃錦鋐 陳郁夫	臺師國文 D	89
	楊萬里詩述評	胡明珽	李漁叔	文化中文 M	55
	楊萬里生平及其詩	劉桂鴻		台大中文 M	59
	楊萬里生平及其詩研究	陳義成	林 尹 李殿魁 王靜芝	文化中文 D	71
	楊萬里及其詩學	歐陽炯		東吳中文 M	70
	楊萬里山水詩研究	林珍瑩	張高評	高師中文 M	80
	楊萬里山水詩研究	汪美月	林文欽	高師國文 M	90
	楊萬里文學理論研究：以詩為主	侯美霞	江惜美	北市師應 M	91
詩家	范成大紀遊詩研究	高碧雲	李清筠	臺師國文 M	93
	范成大山水田園詩研究	林天祥	張高評	成大歷語 M	79
	范成大田園詩研究	文寬洙	黃志民	政大中文 M	75
	陸游詩歌研究	宋邦珍	何淑貞	高師國文 D	88
	陸放翁研究	羅士凱		輔大中文 M	60
	陸游詩研究	李致洙	張 健	台大中文 D	78
	陸游紀遊詩研究	康育英	李立信	逢甲中文 M	87
	陸游與楊萬里詠梅詩比較研究	歐純純	謝海平	中正中文 D	91
	陸游蜀中詩歌研究	王曉雯	陳文華	淡江中文 M	91
	父子更兼師友分——陸游教子詩研究	王瑄琪	周益忠	彰師國文 M	92
	陸游紀夢詩研究	劉奇慧	陳文華	臺師國文 M	92
	嚴滄浪其人及其詩歌研究	黃□瑩	李正治	南華文學 M	89
	朱淑眞詩詞研究	倪雅萍	張仁青	中山中文 M	89
	朱淑眞及其斷腸詩	鄭垣玲	黃麗貞 詹秀惠	中央中文 M	90
	朱淑眞《斷腸集》研究	廖淑幸	江惜美	北院應語 M	92

詩家	韓駒詩箋注	蔡美端	黃永武	成大歷語 M	78
	王十朋及其詩研究	鄭定國	黃永武	文化中文 D	78
	葛立方韻語陽秋詩論研究	孫秀玲	張雙英	東吳中文 M	78
	李綱詩詞研究	李淑芳	王忠林	高師國文 M	82
	張耒及其詩文研究	林美君	黃啓方	東吳中文 M	75
	陳後山詩研究	李致洙	張 健	台大中文 M	71
	姜白石的詩與詩論	張月雲	張 健	台大中文 M	67
	姜夔詩研究	康季菊	施隆民	北院應語 M	92
	論南宋江湖詩人所呈現的文化現象——以姜夔爲考察中心	陳蔚琯	劉漢初	東華中語 M	93
	姜夔文藝思想之情理觀研究	洪慧敏	王偉勇	東吳中文 M	94
	方虛谷之詩及其詩學	許清雲	鄭 騫	東吳中文 D	70
	王重陽詩歌研究——以探索其詩歌中的義理世界爲主	梁淑芳	李豐楙	玄奘宗教 M	89
	文天祥生平及其詩詞研究	張公鑑	洪順隆	文化中文 M	74
	鄭思肖研究研究及其詩箋注	張麗圭	王熙元	文化中文 M	66
	汪元量詩史研究	黃麗月	陳文華	台師國文 M	86
	周密及其韻文學研究——詩詞及其理論	張 薰	吳宏一	台大中文 D	82
題材	南宋遺民詩研究	潘玲玲	董金裕	政大中文 M	74
	宋代詠茶詩研究	石韶華	張高評	成大中文 M	84
	宋題畫詩研究	李 栖	鄭 騫	東吳中文 D	79
	宋初詩風體派發展之研究	劉明宗	張子良	高師中文 D	82
	北宋四大理趣詩研究——蘇、黃、二陳爲例	鐘美玲	張高評	成大中文 M	84
	北宋《使北詩》研究	王祝美	黃啓方	台大中文 M	85
	北宋詩學中「寫意」課題研究	謝佩芬	黃啓方	台大中文 D	85
	北宋園林詩之研究	林秀珍	邱燮友	台師國文 M	86
	北宋詠史詩探論	陳吉山	張高評	成大歷語 M	81
	北宋以文爲詩詩風形成原因及其風格之研究	戴麗霜	羅宗濤	政大中文 M	79

	形神理論與北宋題畫詩	林翠華	張高評	成大中文 M	85
	活法與江西詩派形成	蓋美鳳	何寄澎	台大中文 M	84
	南宋四大家詠花詩研究	蕭翠霞	張高評	成大歷語 M	81
	南宋詠史詩研究	李明華	張高評	成大歷語 M	81
	宋代雜體詩研究	王慈鸞	李立信	中正中文 M	83
	宋初九僧詩研究	吉廣輿	張子良	高師國文 D	89
	宋室南渡前後詩詞衍變研究	李淑芳	王忠林	高師國文 D	89
	宋代說理詩研究	吳星瑾	李立信	逢甲中文 M	89
	宋代禪宗對詩歌的影響研究	廖丹妙	釋如念	南華文學 M	90
	宋高宗朝詩歌中家國意識之探討	黃夙慧	羅宗濤	政大中文 M	91
題材	宋詩對經典的闡釋與呈現──以《全宋詩》中讀書詩爲考察對象	陳撫耕	李立信	東海中文 M	92
	北宋讀書詩研究──以讀史詩爲中心	陳逸珊	張高評	成大中文 M	94
	宋詩中松的文化意涵	林秀珍	楊雅惠	中山中文 M	92
	北宋題壁詩之研究	張惠喬	羅宗濤	台師國文 M	92
	北宋前期貶謫詩研究	陳文慧	羅宗濤	政大中文 M	92
	游心騁目・養志怡情──北宋詩歌中園林意趣探究	王瑞蓮	潘麗珠	台師國文 M	92
	北宋文人的飲食書寫──以詩歌爲例的考察	陳素貞	康來新 王建生	東海中文 D	94
	全宋詩禪僧觀音畫贊之研究	吳芳智	李霖生	玄奘中文 M	94
流派	「江西詩派」研究	林湘華	張高評	成大中文 D	94
	四靈詩人研究	徐慶源	黃景進	政大中文 M	76
	四靈詩初探	崔正芬	張仁青	中山中文 M	92
	非確定性文學集團在文學史研究上的意義──以江湖詩派爲例	康莉娟	周彥文	淡江中文 M	86
	南宋四靈詩派與江湖詩派之研究	陳杏玫	謝金美	臺南國教 M	90
體裁	宋代律體詩用韻之研究	耿志堅		政大中文 M	67

宋代論詩詩研究	周益忠	汪　中	台師國文 D	77
宋人杜詩評論研究	黃志誠	包根弟	輔大中文 M	78
禪宗與宋代詩學理論	林湘華	張高評	成大中文 M	87
宋代詩學創作之自然觀研究	張　霖	張夢機	中央中文 M	80
論宋代詩話源流	鄭如玲	王金凌	輔大中文 M	81
宋代詩畫論詩研究：以詩之性情、寫景、詠物、詠史、敘事、說理為對象	崔成宗	杜松柏	東吳中文 D	83
宋代詩話的格律論研究	劉萬青	李立信	逢甲中文 M	87
宋代詩學中「晚唐」觀念形成與演變	黃奕珍	黃啓方	台大中文 D	83
宋代陶詩學平淡觀研究	郭秋顯	龔顯宗	中山中文 M	86
宋代唐詩學	蔡　瑜	吳宏一	台大中文 D	78
宋代朱熹詩與李朝李退溪詩之比較研究	李秀雄	邱燮友	文化中文 D	78
曾鞏文學與北宋詩文革新運動	魏王妙櫻	王更生	東吳中文 D	88
宋代詩話的詩法研究	郭玉雯	張　健	台大中文 D	76
禪宗與宋代詩學理論	林湘華	張高評	成大中文 M	87
歲寒堂詩話研究	黃培青	黃慶萱	台師國文 M	89
楊萬里文學理論研究——以詩為主	侯美霞	江惜美	北院應語 M	91
〈滄浪詩話〉興趣研究	林秀玲	徐信義	中山中文 M	88
劉辰翁詩歌評點析論——以唐代詩歌為研究中心	賴靜玫	李正治 高柏園	淡江中文 M	91
閑樂：宋初白居易接受研究	李妮庭	張蜀蕙	東華中語 M	92
歐陽脩詩文理論及實踐	歐陽美慧	廖宏昌	中山中語 M	92
惠洪文字禪之詩學內涵研究	吳靜宜	蕭麗華	台師國文 M	92
宋詩話中的白俗觀	潘振宏	龔鵬程	佛光文學 M	93
《臨漢隱居詩話》研究	劉靜華	廖宏昌	中山中文 M	93
新舊黨爭與北宋詩話——黨爭影響論的重新評估	楊雅筑	曾守正 崔成宗	淡江中文 M	93
宋代「詩學盛唐」觀念的形成與內涵	陳英傑	黃景進	政大中文 M	93
宋詩話對李商隱詩評論之研究	林欣怡	周虎林	高師國文 M	94
陳師道「學詩如學仙」之說底蘊探究	謝昀軒	周益忠	彰師國文 M	94

詩論

五、金　元

分類	論文名稱	作　者	指導教授	學校所別	年度
詩家	王若虛及其詩文論	鄭靖時	王夢鷗	政大中文 M	63
	趙秉文詩研究	洪光勳	張　健	台大中文 M	75
	元遺山詩研究	吳美玉	鄭　騫	台大中文 M	62
	元遺山詩學研究	陳石慶	王靜芝	輔大中文 M	66
	元遺山詩析論	陳志光	張夢機	台師中文 M	76
	金元詩人元好問（元遺山詩集）用韻考	楊台福	耿志堅	彰師國文 M	91
	元好問別離詩研究	薛麗萍	施隆民	北院應語 M	91
	史筆摧殘的文學場域──元好問《中州集》詩史辯證之研究	呂珏音	楊玉成	暨南中文 M	94
	倪瓚題畫詩研究	蔣翔宇	李立信	逢甲中文 M	83
	林景熙及其詩文研究	邱創華	董金裕	政大中文 M	93
	鐵崖古樂府研究	胡蘭芳	王靜芝	輔大中文 M	72
	吳鎮題畫文學研究	王雪吟	施隆民	北院應語 M	91
	王冕七言古體詩歌研究	宋美灼	包根弟	北院應語 M	90
題材	元詩之社會性與藝術性研究	蕭麗華	曾永義	台大中文 D	80
	辛文房《唐才子傳》研究──歷史圖像與詩學觀點	黃惠萍	曾守正	淡江中文 M	93
體裁	金詩研究	胡幼峰	葉慶炳	輔大中文 M	64
詩論	丘處機〈磻溪集〉研究	朱麗娟	陳廖安	淡江中文 M	88
	元代詩學之「宗唐」「宗宋」問題研究	郭玲妦	周彥文	淡江中文 M	89
	元代唐詩學	李嘉瑜	方瑜	輔仁中文 D	92
	方回《瀛奎律髓》及其評點研究	張哲愿	游志誠	彰師國文 M	91
其他	元代蒙古族詩人及其漢文詩歌研究	葉含秋	魏仲佑	東海中文 D	92

六、明　代

分類	論文名稱	作者	指導教授	學校所別	年度
詩家	劉伯溫及其詩	應懿梅	葉慶炳	輔大中文 M	73
	高啓詩研究	劉龍勳	黃得時	台大中文 M	65
	高啓梅花詩探微——兼論歷代梅花詩之發展	吳家茜	張仁青	中山中文 M	92
	王陽明詩與其思想	廖鳳琳	林耀曾	文化中文 M	65
	王陽明詩研究	崔完植	高　明 李　鍌	台師國文 D	73
	江進之詩學理論與實踐	林美秀	何淑貞	高師中文 M	76
	董其昌之詩書畫研究	胡舒婷		文化中文 M	67
	董其昌《大唐中興頌并題浯溪讀碑圖詩卷》研究——兼論董書中期款式風格	徐孝育	李福臻	華梵東方及思想研究所 M	86
	唐寅生平及其詩文研究	譚銀順	羅宗濤	政大中文 M	81
	王紱題畫詩研究	劉文叢	包根弟	北院應語 M	90
	沈周題畫詩研究	游美玲	陳維德	北院應語 M	93
	《文衡山拙政園詩畫冊》的園林意境研究	紀逸鋒	何武璋陳懷恩	南華環境 M	89
	文徵明題畫文學研究	許淑美	施隆民	北院應語 M	93
	湯顯祖仙釋詩研究	許如蘋	陳文華	淡江中文 M	89
	錢曾《牧齋詩註》之史事考察	劉福田	胡楚生	東海中文 D	89
	柳如是及其《戊寅草》研究	高月娟	鍾慧玲	東海中文 M	89
	柳如是及其詩詞研究	沈伊玲	汪中文	臺南教管 M	93
	陳白沙及其哲理詩研究	蘇倉永	李威熊	彰師國文 M	94
	沈宜修及《鸝吹》詩研究	胡慧南	鍾慧玲	東海中文 M	94
題材	明人詩畫合論之研究	鄭文惠	黃景進	政大中文 M	76
	明清之際詠史詩研究	黃俊傑	吳彩娥	彰師國文 M	90
	南明遺民詩集敘錄	許淑敏	黃永武	成大歷語 M	76
	明代詩畫對應關係之探討	鄭文惠	羅宗濤	政大中文 D	80

	晚明畫論詩化之研究	林素玟	龔鵬程	淡江中文 M	82
	明代復古詩論「緣情比興」說	楊英姿	王金凌	中山中文 M	84
	明三家畫題畫詩研究	錢天善	陳文華	淡江中文 M	91
	三國演義詩詞析論	葉滄吉	羅宗濤	玄奘中文 M	92
題材	從「語言風格學」賞析《三國演義》中所引詩詞──以有題目的作品爲範疇	葉淑宜	葉鍵得	北院應語 M	91
	明代昭君詩研究	鄭潮鴻	羅宗濤	玄奘中文 M	94
	明代女詩人的主體性呈現	孫敏娟	龔顯宗	暨南中文 M	94
	明代茶陵派詩論研究	連文萍	張 健	東吳中文 M	77
	錢、馮主導的虞山派詩論研究	胡幼峰	鄭 騫	東吳中文 D	77
	明代中葉吳中名士詩歌研究	林賢得	黃永武	台師國文 M	75
流派	明代詩情觀研究──論「七子」與「公安」詩論之異同	黃雅娟	黃景進	東海中文 M	76
	明清格調詩說研究	元鍾禮	吳宏一	台大中文 M	68
	明清性靈詩說研究	王頌梅	金榮華	東吳中文 D	79
	論眞：以明代詩論爲考察中心	邵曼珣	龔鵬程	東吳中文 M	75
	明代復古詩論重探	李欣潔	蔡英俊	清大中文 M	89
	從明詩話中理解風骨的演變與評述	蔡婧妍	游志誠	彰師國文 M	93
	明洪武、建文時期地域詩學研究	丁威仁	許建崑	東海中文 D	93
	明代詩話論王維	謝淑容	廖宏昌	中山中文 M	93
	高棅詩學研究	蔡 瑜	吳宏一	台大中文 M	73
詩論	李何詩論研究	簡錦松	汪 中	台大中文 M	69
	徐禎卿之詩論研究	陳錦盛	黃景進	政大中文 M	79
	王世貞詩文論研究	朴均雨	黃景進	政大中文 M	78
	王世貞詩文論研究	卓福安	許建崑	東海中文 D	91
	胡應麟的詩史觀與詩論研究	金鍾吾	李 鍌	台師國文 M	73
	晚明學者的〈詩序〉觀	蕭開元	林慶彰	東吳中文 M	88
	《原詩》析論	王策宇	顏崑陽	高師中文 M	76
	四溟詩話研究	何永清	黃錦鋐	台師國文 D	86

分類	論文名稱	作者	指導教授	學校所別	年度
詩論	許學夷《詩源辨體》研究	謝明陽	黃志民	政大中文 M	84
	升庵詩話研究	劉桂彰	周志文	淡江中文 M	82
	錢牧齋詩學觀念之反省：以《列朝詩集小傳》為探究中心	范宜如	吳宏一	台師國文 M	81
	晚明陸時雍詩學研究	黃如焄	李立信	中正中文 M	82
	明末清初詩詞正變觀研究——以二陳、王、朱為對象之考察	陳美朱	廖美玉	成大中文 D	89
	明末清初吳中詩學研究——以分解說為中心	江仰婉	吳宏一 陳耀南	中正中文 D	90
	謝肇淛《小草齋詩話》之詩學理論研究	周艷娟	胡幼峰	輔仁中文 M	92
	謝榛《四溟詩話》批評論研究	林立中	江聰平	高師國文 M	92
	鍾惺、譚元春詩論研究——以《詩歸》為核心的探討	江翊君	蔡瑜	臺大中文 M	94
	楊慎《升庵詩話》之詩學理論研究	黃勁傑	胡幼峰	輔仁中文 M	94
	陳子龍詩學研究	蔡勝德		東吳中文 M	70

七、清　朝

分類	論文名稱	作者	指導教授	學校所別	年度
詩家	顧亭林詩研究	談海珠	潘重規	東吳中文 D	76
	顧亭林之人格及其詩歌風格	施又文	王熙元	台師中文 M	76
	吳梅村諷諭詩研究	陳光瑩	王忠林	高師中文 M	83
	吳梅村詩世變書寫之研究	陳美娟	柯慶明	臺大中文 M	90
	吳梅村詩史研究	盧俊吉	包根弟	北院應語 M	91
	梅村詩悲痛情感之研究	洪唯婷	梁淑媛	北院應語 M	94
	吳梅村敘事詩研究	黃錦珠	吳宏一	台師中文 M	74
	神韻詩表現手法特色研究——以王士禎所選絕句為討論範疇	王者馨	蔡英俊	清大中文 M	92
	漁洋論詩絕句證析	李建福	王熙元	台師國文 M	80
	方苞詩文研究	廖素卿	潘重規	文化中文 D	80

	沈德潛及其格調說	吳瑞泉	鄭　騫	東吳中文 M	69
	沈德潛及其弟子詩論之研究	林秀蓉	龔顯宗	高師中文 M	74
	沈德潛《唐詩別裁集》之詩觀研究	鄭佳倫	張夢機	中央中文 M	88
	沈德潛《古詩源》研究	鄭莉芳	亓婷婷	台師國文 M	91
	袁枚詩論研究	王紘久	成惕軒	政大中文 M	62
	袁枚與性靈詩論研究	張簡坤明	汪　中	文化中文 D	74
	袁枚詩論美學研究	周佩芳	邱燮友	台師中文 M	87
	袁枚詩中「趣」的研究	林純禎	顏天佑	彰師國文 M	92
	傳播・聲譽・性別──以袁枚《隨園詩話》爲中心的文化研究	王鐿容	楊昌年 楊玉成	暨南中文 M	91
	方東樹詩論研究	康維訓	張夢機	高師中文 M	76
	鄭板橋詩研究	金美亨	黃永武	輔大中文 M	75
詩家	鄭板橋詩歌研究	胡倩茹	李立信	中正中文 M	81
	陳維英及其文學研究	楊添發	徐麗霞	銘傳應中 M	94
	趙翼詩論研究	黃昱凌	王金凌	輔大中文 M	84
	潘德輿詩論研究	卓月娥	吳宏一	高師中文 M	78
	龔自珍詩研究	韓淑玲	吳宏一	台大中文 M	69
	龔自珍詩文研究	吳文雄	邱燮友	文化中文 M	80
	龔自珍《己亥雜詩》探索	呂霈霞	李建崑	中興中文 M	92
	龔自珍詩歌研究	劉韻蘋	邱燮友	台師國文 M	92
	己亥雜詩與近代中國維新運動	詹永裕	魏仲佑	東海中文 M	94
	王闓運及其詩研究	吳明德	黃永武	台師國文 M	77
	朱庭珍筱園詩話考述	陳廖安	杜松柏	台師中文 M	73
	黃公度詩之研究──以人境廬詩草爲中心	嚴貴德	劉太希 陳子和	政大中文 M	67
	黃遵憲及其詩研究	張堂錡	李瑞騰	台師中文 M	78
	劉熙載《藝概》詩歌理論研究	柯夢田	張子良	高師國文 M	77

	夏完淳詩詞研究	白芝蓮	汪　中	東海中文 M	83
	歸莊詩文研究	林聖德	李金星	東海中文 M	87
	屈翁山忠愛詩研究	張靜尹	張子良	高師中文 M	82
	蔣士銓及其詩文研究	簡有儀	王靜芝	輔大中文 D	88
	天欲文西南，大筆授柴翁——晚清貴州詩人鄭珍及其詩研究	孫佩詩	汪　中	台師中文 M	88
	吳昌碩研究	呂秀蘭	王大智	文化中文 D	88
	許南英及其詩文研究	楊明珠	金榮華	文化中文 M	87
	櫟社三家詩研究——林癡仙、林幼春、林獻堂	廖振富	莊萬壽	台師國文 D	84
	劉蓉及其詩文研究	張丁允	林聰明	逢甲中文 M	91
	孫元衡及其《赤嵌集》研究	吳玲瑛	王文顏	政大中文 M	91
詩家	查慎行詩歌研究	陳茹琪	吳彩娥	彰師國文 M	91
	席佩蘭《長眞閣集》研究	彭貴琳	鍾慧玲	東海中文 M	92
	金農題畫文學研究	金聖容	余美玲	逢甲中文 M	92
	文學生命的建構——顧太清及其詩詞研究	張雅芳	鍾慧玲	東海中文 M	92
	孫元衡詩探析	張永錦	李立信	中興中文 M	93
	秋瑾詩詞研究	龍美雯	李瑞騰	中央中文 M	94
	張煌言詩「亂離書寫」義蘊之研究	宋孔弘	陳文華	台師中文 M	94
	黃仲則諷諭詩研究	莊淑慧	林晉士	高師回中 M	94
	錢澄之及其詩歌研究	譚景方	江惜美	銘傳應中 M	94
	明末清初詩學復古與創新的思維體系	金鍾吾	楊昌年	文化中文 D	80
題材	隨園女弟子研究－清代女詩人群體的初步探討	施幸汝	崔成宗	淡江中文 M	93
	清人詠藏詩之研究	王靜新	羅宗濤	玄奘中文 M	93
	桐城派詩論研究	金華珍	蔡宗陽	台師中文 D	94
流派	明清性靈詩說研究	王頌梅	金榮華	東吳中文 D	80
	清末民初文學轉型期的標誌——南社文學研究	林香伶	羅宗濤	臺師國文 M	91
	清代詩學研究	吳宏一	鄭　騫	台大中文 D	62

詩論	乾嘉詩學初探	何石松	王更生	文化中文 M	72
	清初杜詩學研究	簡恩定	鄭 騫	東吳中文 M	74
	清代前期詩歌創作論及其實踐研究	陳明鎬	張 建	東吳中文 M	87
	清初山水詩研究	黃雅歆	吳宏一	輔大中文 D	87
	清代評白居易詩研究——以詩話為主	黃麗卿	龔鵬程	淡江中文 M	84
	清代宋詩學研究	吳彩娥	羅宗濤	政大大傳 D	81
	晚清宋詩運動研究	龐中柱	周志文	文化中文 M	83
	清代詩話用事理論研究	洪秀萍	林聰明	逢甲中文 M	83
	清代詩話中格律論研究	陳柏全	李立信	東海中文 M	85
	清代詩學「境」「意境」「境界」相關理論與實際批評	杜淑華	黃志民	文化中文 M	80
	清代詩學神韻說研究	張靜尹	張子良	高師國文 D	90
	清代宋詩運動研究	吳文雄	皮述民	文化中文 D	90
	清初唐宋詩之爭研究	廖淑慧	謝海平	中正中文 D	91
	清代杜詩創作理論研究——以古文筆法的考察為限	蔡志超	邱燮友	台師中文 D	92
	清代性情詩論研究——以清代四大詩說為主	黃婉甄	廖宏昌	中山中文 M	92
	清代李商隱詩學研究	王英俊	廖宏昌	中山中文 M	92
	王船山詩學美學研究	許育嘉	林安梧	台師中文 M	93
	王船山評杜詩之研究	吳靜慈	龔鵬程	佛光文學 M	93
	王船山詩論探微	郭鶴鳴	王更生	台師國文 M	67
	王夫之詩論研究	柳亨奎	葉慶炳	輔大中文 M	72
	王船山詩學的理論基礎及理論重心	李錫鎮	齊益壽	台大中文 D	78
	王夫之《唐詩評選》研究	游惠君	呂光華	彰師國文 M	91
	船山論杜詩研究——以《薑齋詩話》為主	呂淑媛	王建生	東海中文 M	94
	王漁洋詩論之研究	談海珠		東海中文 M	65

	王漁洋神韻說與李炯菴詩學比較研究	宋永珠	王熙元	台師國文 D	77
詩論	錢謙益《列朝詩集》文學史觀研究	許蔓玲	殷善培	淡江中文 M	92
	沈德潛「詩教」觀研究——以詩歌評選為論述文本	吳珮文	廖美玉	成大中文 M	93
	金聖歎詩學研究	廖淑慧	林明德	輔大中文 M	80
	紀昀詩學理論研究	楊桂芬	廖宏昌	中山中文 M	90
	方東樹詩學源流及其美感取向之研究	郭正宜	林朝成	成大歷語 M	81
	圍爐詩話研究	江櫻嬌	吳宏一	東吳中文 M	72
	賀裳載酒園詩話研究	王熙銓	黃景進	政大中文 M	79
	賀貽孫詩筏研究	皮述平	張　健	東吳中文 M	75
	葉燮原詩研究	馮曼倫	張　健徐可㯅	東吳中文 M	71
	葉燮原詩論「正變」觀念之研究	李興寧	周虎林	高師國文 M	88
	葉燮、薛雪與沈德潛詩論研究	簡文志	龔鵬程	佛光文學 D	94
	薛雪詩學研究——兼論與葉燮、沈德潛詩學理論之關係	吳曉佩	張　健	臺大中文 M	89
	翁方綱及其詩論	李豐楙		政大中文 M	63
	翁方綱詩學之研究	宋如珊	金榮華	文化中文 M	79
	翁方綱肌理說研究	楊淑玲	陳昌明	成大中文 M	90
	趙甌北詩及其詩學研究	周明儀	張夢機	東吳中文 M	77
	洪北江詩論研究	陳姿吟	江聰平	高雄國文 M	87
	林昌彝詩論研究	林淑貞	李瑞騰	淡江中文 M	81
	而庵《說唐詩》研究	郭寶元	許清雲	東吳中文 M	81
	《原詩》與《一瓢詩話》之比較研究	葛惠瑋	岑溢成	中央中文 M	75
	洪北江詩論研究	陳姿吟	江聰平	高師國文 M	87
	龔橙〈詩本誼〉研究	楊瑞嘉	黃宗慎	彰師國文 M	87
	石遺室詩話研究	楊淙銘	汪　中	台師中文 M	76

	論文名稱	作者	指導教授	學校系所	年度
詩論	「神韻」詩學譜系研究—以王漁洋爲基點的後設考察	黃繼立	廖美玉	成大中文 M	90
	方東樹《昭昧詹言》及其詩學定位	楊淑華	張高評	成大中文 D	92
	李重華《貞一齋詩說》研究	盧鴻志	陳光憲	北院應語 M	92
	《紅樓夢》中的詩觀研究	黃本任	楊雅惠	中山中文 M	93
	陳衍詩學研究——兼論晚清同光體	吳姍姍	張高評 林朝成	成大中文 D	94
	清代乾隆御製詩詩意圖研究	呂松穎	曾肅良	臺師美術 M	94
其他					

八、民國以後大陸地區

分類	論文名稱	作者	指導教授	學校系所	年度
詩家	陳寅恪詩之研究	沈美綺	汪中文	臺南國教 M	90
	陳寅恪元白詩箋證稿探微	陳秀香	陳文華	臺師國文 M	91
	錢鍾書詩論研究	潘少瑜	柯慶明	台大中文 M	87
	溥儒詩歌研究	廖怡蘋	包根弟	輔仁中文 M	94

九、台灣地區及詩人

分類	論文名稱	作者	指導教授	學校系所	年度
詩家	施瓊芳詩歌研究	余育婷	歐陽炯	東吳中文 M	93
	道咸同時期淡水廳文人及其詩文研究——以鄭用錫、陳維英、林占梅爲對象	謝志賜	李 鍌	台師國文 M	83
	林占梅先生年譜	徐慧鈺	黃志民	政大中文 M	79
	林占梅詩形賞析	蔡玉滿	范文芳	竹院臺文 M	91
	丘逢甲潮州詩研究	賴曉萍	余美玲	逢甲中文 M	90
	丘逢甲、「詩界革命」及其與日治時期台灣傳統詩界的關係	王惠鈴	魏仲佑	東海中文 D	94
	丘逢甲嶺雲海日樓詩鈔研究	徐肇誠	呂興昌	成大歷語 M	81
	連雅堂文學研究	黃美玲	龔顯宗	中山中文 D	87
	日治時期鹽分地帶詩作析論——以吳新榮、郭水潭、王登山爲主	王秀珠	龔顯宗	高師國文 M	93

台灣詩史——洪棄生詩與史研究	劉麗珠	施懿琳	東海中文 D	88
洪棄生及其作品考述	程玉鳳	謝海平	中正中文 M	83
洪棄生社會詩研究	邱靖桑	龔顯宗	靜宜中文 M	88
陳逢源之漢詩研究	李貞瑤	施懿琳	成大中文 M	90
石中英及其《芸香閣儷玉吟草》研究	閔秋英	吳彩娥	彰師國文 M	91
石中英、呂伯雄其人其詩探究	顏育潔	龔顯宗	中山中文 M	93
王松詩中的祖國意識研究	康書頻	龔顯宗	中山中文 M	91
臺灣客籍作家吳濁流在詩歌表現上的困境	邱一帆	范文芳	竹院臺文 M	93
吳濁流的詩論與詩歌	潘進福	王文顏	政大中文 M	87
賴和漢詩的主題詩想研究	陳淑娟	施懿琳	靜宜中文 M	88
賴和漢詩修辭美學研究	許育嘉	沈謙	南華文學 M	91
賴和漢詩中的社會現象分析與研究	簡志龍	余崇生	屏院國教 M	91
賴和漢詩意象研究	蘇娟巧	周益忠	彰師國文 M	91
周定山漢詩研究——文化移民的悲鳴與哀愁	陳盈達	施懿琳 黃美娥	靜宜中文 M	91
鹿港文化人施文炳先生研究	洪惠燕	賴芳伶	中興中文 M	91
陳肇興及其《陶村詩稿》研究	顧敏耀	李瑞騰	中央中文 M	92
邱水謨漢詩研究	林哲瑋	鄭定國	雲科漢學 M	92
吳景箕及其詩研究	賴郁文	鄭定國	雲科漢學 M	92
張達修及其詩研究——以《醉草園詩集》為例	張滿花	游志誠	彰師國文 M	92
賴惠川《悶紅詠物詩》考釋	劉芳如	吳福助	東海中文 M	93
陳虛谷詩歌研究——以傳統詩為研究對象	王秀鳳	周益忠	彰師國文 M	94
陳貫《豁軒詩草》析論	吳怡慧	羅肇錦	彰師國文 M	94
林友笛漢詩研究	謝錦味	鄭定國	雲科漢學 M	94
陳維英生平及其詩歌研究	謝碧菁	歐陽炯	東吳中文 M	94
許南英及其窺園留草研究	賴筱萍	余美玲	逢甲中文 M	90

「詩家」（左側縱向欄位標示）

	清代臺灣八景與八景詩	劉麗卿	吳福助	中興中文 M	88
	清代台灣詩所反映的漢人社會	施懿琳	王熙元 黃得時	台師國文 D	80
	馬關割臺與乙未抗日之詩壇評議研究	王淳純	王曉波	文化中山 M	93
	清代臺灣古典詩之地理書寫研究	許玉青	李瑞騰	中央中文 M	93
	臺灣天然災害類古典詩歌研究——清代至日據時代	戴雅芬	王文顏	政大國文 M	90
	日據時期鹿港民族正氣詩研究	施懿琳	施人豪 杜松柏	台師國文 M	74
	日治時期臺灣女性古典詩作研究	吳品賢	許俊雅	臺師國文 M	89
題材	清代臺灣鳳山縣詩歌研究	王俊勝	李進益	文化中文 M	90
	台灣南投地區傳統詩研究	張淑玲	廖一瑾	文化中文 M	91
	臺灣基隆地區古典詩歌研究	吳淑娟	廖一瑾	文化中文 M	92
	台灣古典詩自然寫作研究——明鄭時期至清朝時期	蔡清波	龔顯宗	文化中文 M	93
	臺灣苗栗地區古典詩研究	高雪卿	廖一瑾	文化中文 M	93
	花蓮地區詩歌研究（1945—1989）	林淑媚	楊松年	佛光文學 M	93
	康熙時期臺灣宦遊詩之研究	吳毓琪	施懿琳 陳昌明	成大中文 D	94
	詩說噶瑪蘭，說噶瑪蘭詩——清代宜蘭地區古典詩研究	林麗鳳	黃美娥	政治國文 M	94
	台灣三大民變書寫研究——以古典詩文爲主	吳青霞	施懿琳	成大台文 M	94
詩社	日據時代櫟社之研究	鍾美芳	尹章義 張勝彥	東海歷史 M	74
	日治時期苗栗縣傳統詩社研究——以栗社爲中心	王幼華	賴芳伶	中興中文 M	89
	日據時期竹塹地區詩社研究	武麗芳	沈謙 蘇子建	玄奘中語 M	92

分類	論文名稱	學生	教授	學校系所	年度
詩社	日治時期瀛社之研究	張端然	廖一瑾	文化中文 M	92
	日據時期高雄市詩社和詩人之研究—以旗津吟社為例	王玉輝	龔顯宗	中山中文 M	92
	台灣光復前重要詩社作家作品研究	陳丹馨	張夢機	東吳中文 M	76
	台灣詩社之研究	王文顏	劉述先	政大中文 M	68
	台灣南社研究	吳毓琪	陳昌明 施懿琳	成大中文 M	86
	北港地區傳統詩社研究	張作珍	李正治	南華文學 M	89
	彰化應社及其詩作研究	陳芳萍	呂興昌	清大中文 M	90
	天籟吟社研究	潘玉蘭	許俊雅	臺師國文 M	93
詩話	海音詩俗語典故之分析	蔡寶琴	黃志民	政大中文 M	89
	吳德功《瑞桃齋詩話》研究	李知灝	江寶釵	中正中文 M	91
	洪棄生《寄鶴齋詩話》研究	許雯琪	余美玲	逢甲中文 M	91
	洪棄生《寄鶴齋詩話》研究	吳東晟	施懿琳	成大台文 M	92
	回歸風雅傳統——洪棄生《寄鶴齋詩話》研究	陳怡如	廖棟樑	輔仁中文 M	93
	日治時期臺灣詩話比較研究	謝崇耀	周益忠	彰師國文 M	93
籤詩	金門城隍廟籤詩之研究	蔡美意	汪娟	銘傳應中 M	93
	台灣通行籤詩之文學性研究	陳香琪	汪志勇 周虎林	高師國文 M	93
	寺廟籤詩研究——以台灣寺廟運籤為主	劉玉龍	鄭靖時	彰師國文 M	94
	屏東市媽祖廟籤文之研究	孫淑華	羅克洲	高師回中 M	94

十、域外詩人研究

分類	論文名稱	學生	教授	學校系所	年度
詩家	朝鮮朝女詩人研究	徐丙嬋	王靜芝	台師國文 D	74
	胡春香漢喃詩及其女性意識研究	陳竹灕	龔顯宗	中山中語 M	93

十一、宏 觀

分類	論文名稱	學生	教授	學校系所	年度
題材	古上清經派經典中詩歌之研究:以「眞誥」爲主的考察	林帥月	李豐楙	東吳中文 M	76
	探討詠十種植物詩中之吉祥觀	鍾宇翡	黃永武	成大歷語 M	78
	中國古典詩歌中的寄託	馬美娟	施逢雨	清大中文 M	81
	《敦煌通俗詩》考論	宋二燮	林聰明	逢甲中文 M	83
	英雄史詩的結構與流傳──以中國少數民族文學三大英雄史詩爲中心	黃季平	林修澈	政大邊政 M	83
	敦煌世俗詩歌研究	楊明璋	羅宗濤	台師國文 M	87
	中國古代文論中「味」之審美義涵探究─以先秦至隋唐爲研究範圍	方宇蓓	潘麗珠	臺師國文 M	91
	七夕詩之研究──以六朝至唐代爲範圍	吳淑杏	王文顏	政大國文 M	93
	歷代莫愁詩歌之研究	涂佩鈴	邱燮友	臺師國文 M	94
體裁	中國敘事詩研究	吳國榮	張夢機	文化中文 M	73
	律詩格律與文字對偶互動關係之研究	徐秋珍	朱 炎	台大外文 D	74
	從語文學角度再探討五言詩之相關問題	蘇恩希	梅 廣	台大中文 M	81
	聯句詩研究	李菁芳	李立信	逢甲中文 M	86
	『萬葉集』「不識字」研究──中國古典詩文「句末語氣詞」關連中心	張桂娥	蜂矢宣朗	東吳日語 M	86
	從六朝聲病說到盛唐聲律格式之實踐─以五、七言詩爲研究對象	王和心	周益忠	彰師國文 M	91
	樂府古辭之原型與流變──以漢至唐爲斷限	劉德玲	邱燮友	臺師國文 M	91
	五言律詩聲律的形成	楊文惠	施逢雨	清大中文 M	93
	辭章章法變化律研究──以古典詩詞爲考察對象	顏智英	陳滿銘	臺師國文 M	94

詩論	禪學與唐宋詩學	杜松柏	高　明 林　尹	台師國文 D	65
	論詩絕句發展之研究	周益忠	汪　中	台師國文 M	71
	神韻派詩論之研究	易新宙	黃景進	政大中文 M	72
	歷代詩論中「法」的觀念之探究	林正三	吳宏一	台大中文 M	73
	「唐詩」「宋詩」之爭研究	戴文和	顏崑陽	中央中文 M	78
	中國詩學「正變」觀念析論	崔文娟	顏崑陽	高師中文 M	78
	詩話摘句批評研究	周慶華	顏崑陽	淡江中文 M	79
	詩話摘句批評研究	周慶華	顏崑陽	淡江中文 M	79
	古典詩中的主題句研究──試由語法入手進行詩歌批評	林春玫	周法高	中正中文 M	80
	詩話「結構式批評」研究	張雅端	張夢機	中央中文 M	84
	詩話論風格	林淑貞	陳文華	台師國文 D	86
	歷代杜詩學詩法論研究	徐國能	陳文華	臺師國文 M	90
	意在言外──對中國古典詩論中一個美學觀念的研究	凌欣欣	唐翼明	文化中文 M	93
	魏晉到盛唐時期建安風骨論的形成與嬗變	高莉莉	潘麗珠	臺師國文 M	94
其他	從心理距離觀點探索中國詩詞	王寬意		東吳中文 M	67
	石齋詩研究	何明穎	汪　中	文化中文 M	69
	牧歌與田園詩的賦格曲	陳玲華	彭鏡禧	台大外交 D	81
	《突厥語大辭典》中詩歌與諺語之研究──探討十一世紀突厥人的社會文化	顏瑞宏	黃啓輝	政大邊政 M	83
	中國律詩、書法史中文質中和之觀念與實踐──以南北朝至杜甫、顏眞卿的詩歌、書法發展爲觀察對象	曾瑞雯	馬銘浩	淡江中文 M	92
	他山之石──宇文所安及其唐詩研究	賴亭融	李哲賢	雲科漢學 M	93

十二、其他與古典詩教學

分類	論文名稱	學生	教授	學校系所	年度
	近體詩及其教學研究	陳永寶	張夢機	高師國文 M	69
	古典詩詞義旨教學之研究——以高中一綱多本國文教材爲例	江錦珏	陳滿銘	臺師國文 M	89
	國小五年級學生之美育電腦網頁教學研究－以中國古典詩歌教學爲例	黃愛娟	劉明宗	屏院國教 M	90
	詩歌義旨教學之研究——以國中國文教材爲例	劉文君	陳滿銘	臺師國文 M	91
	創造性唐詩教學對國小五年級兒童創造力及學習動機之影響	林珍羽	劉明宗	屏院國教 M	91
	兒童讀經之唐詩教學行動研究	韓　珩	胡瀚平	花院語文 M	91
	霹靂布袋戲人物上場詩研究	林美慧	汪志勇 蔡崇名	高師國文 M	93
	以古詩爲素材進行動物權議題教學之研究	許春菊	劉湘瑤	高師環境 M	93
	國中詩與文修辭教學研究	方柔雅	江聰平	高師國文 M	93
	現行國中古典詩歌教材研究	吳玉屏	周益忠	彰師國文 M	93